Special Saga

Catherine Archer

La figlia del Drago

HARLEQUIN hm MONDADORI

ISBN 9788861831490

Immagine di copertina:
F. Sydney Muschamp - A Pensive Moment
Per gentile concessione di
Fine Art Photographic Library

Titolo originale dell'edizione in lingua inglese:
Dragon's Daughter
Harlequin Historical

Traduzione: Laura Iervicella

Prima edizione I Grandi Romanzi Storici
novembre 2003
Questa edizione Harmony Special Saga
luglio 2009

1

Rowena osservò preoccupata l'uomo che giaceva esanime sulla spiaggia spazzata dal vento. Il viso che in condizioni normali doveva essere piuttosto attraente aveva un colorito grigiastro, i capelli nerissimi erano incrostati di alghe e di sabbia. Il pregiato velluto blu scuro dei suoi indumenti ormai laceri lasciava intendere che non si trattasse di un semplice popolano.

Respirava ancora, proprio come le aveva riferito il giovane Padriac quando era arrivato trafelato alla porta della sua casa per avvertirla che il mare aveva spinto sulla spiaggia il corpo di un naufrago bisognoso delle sue cure. Ma non lo avrebbe fatto ancora per molto.

Rowena si rivolse al ragazzo che la stava fissando con gli occhi sgranati e le guance rotonde arrossate per l'eccitazione. «Dobbiamo portarlo immediatamente a casa mia» dichiarò cercando di non farsi prendere dall'agitazione. «Qui posso fare ben poco per lui.»

Il problema era come trasportare lo sconosciuto fino al villaggio. Padriac si era rivolto a lei proprio perché tutti gli uomini di Ashcroft erano già usciti in mare per la pesca e non sarebbero tornati che a sera.

Il sentiero che saliva dalla spiaggia era scosceso e scivoloso, e lei non sarebbe mai riuscita a trasportare il ferito con il solo aiuto del ragazzo.

«Non possiamo farcela da soli.» Le parole di Padriac fecero eco ai suoi pensieri.

Rowena tornò a guardare lo straniero. Non avrebbe saputo dire da quanto tempo fosse lì, anche se era probabile che la marea l'avesse spinto a riva dopo l'alba, perché se no il giorno prima qualcuno lo avrebbe scorto di sicuro. Benché quel tratto di costa fosse roccioso, i bambini del villaggio vi si recavano spesso alla ricerca di uova di gabbiani, proprio come stava facendo Padriac quando aveva trovato lo sconosciuto.

«Vai da Hagar e dille di chiamare qualche altra donna e di venire ad aiutarci» ordinò al ragazzo. «È un uomo piuttosto muscoloso, ma credo che tutte insieme riusciremo a spostarlo.»

Quello era il modo in cui funzionavano le cose ad Ashcroft, un villaggio della Scozia così piccolo e lontano da qualsiasi altro centro abitato che i suoi abitanti si comportavano come se fossero un'unica famiglia. Era stato proprio questo, tre anni prima, che aveva permesso a Rowena di superare il dolore e la solitudine per la perdita della madre.

Mentre Padriac correva via provò una fitta di malinconia. Benché quasi sempre triste e piena di amarezza, sua madre era stata il centro del suo mondo. Non rammentava quasi nulla del periodo precedente al loro arrivo ad Ashcroft, avvenuto quando lei non aveva ancora quattro anni. Solo due ricordi sembravano emergere dalla nebbia: un'immagine di alte mura di cinta, così vivida che le pareva di sentire le pietre ruvide sotto le dita, e la sensazione di essere tenuta stretta contro un torace ampio e muscoloso e di sentire il forte battito di un cuore. Era una visione meno chiara ma decisamente più interessante, e Rowena era convinta che avesse a che fare con suo padre, perché l'amore e la sicurezza da cui si sentiva circondata non potevano che scaturire da un abbraccio paterno.

Sua madre diventava di pessimo umore ogni volta che lei cercava di scoprire qualcosa di più sul conto del padre, così Rowena non le aveva mai parlato di quei ricordi. Sapeva solo che era un prode cavaliere, e che a detta di sua madre sarebbe stato ancora vivo se si fosse trattato di un uomo comune con l'unica preoccupazione di sostentare la sua famiglia. Invece era morto per difendere le sue terre. L'unica volta che Rowena si era azzardata a chiedere perché dopo la morte di suo padre si fossero rifugiate in quel paesino sperduto della Scozia anziché trovare riparo presso qualche parente, sua madre si era agitata più del solito e piangendo le aveva confessato che i suoi familiari erano tutti morti e che la famiglia di suo padre aveva voltato loro le spalle perché lei era solo una serva e lui non l'aveva mai sposata.

Da quel giorno Rowena si era imposta di non contrariare più la madre con domande che l'agitavano e di compiacerla evitando di pensare al passato... ma nel profondo del cuore continuava a fantasticare sul prode cavaliere che era stato suo padre, chiedendosi se pur non essendo stato fedele a sua madre e non avendo dato a lei il suo nome, lui l'avesse amata almeno un poco e se il vago ricordo che aveva si riferisse davvero a lui. Erano domande destinate a rimanere senza risposta, tuttavia, perché tutti quelli che avrebbero potuto soddisfare la sua curiosità erano morti, o l'avevano rifiutata perché figlia illegittima.

Rowena guardò l'uomo disteso sulla sabbia. Chissà se da qualche parte c'era qualcuno che avrebbe sofferto se lui non fosse tornato. A giudicare dagli abiti che indossava, doveva appartenere a una famiglia di alto lignaggio, considerò, chiedendosi se fosse stato proprio questo a farle tornare in mente il padre che non avrebbe mai conosciuto.

Decisa ad allontanare quei tristi pensieri, si inginocchiò

accanto al naufrago e gli fece correre le mani sul corpo. La freddezza innaturale delle sue membra le disse che era rimasto esposto alla furia degli elementi troppo a lungo. Occorreva riscaldarlo senza ulteriori indugi o sarebbe certamente morto.

Continuò a tastarlo alla ricerca di possibili ferite, ma non trovò altro che un grosso bernoccolo dietro la testa. Sforzandosi di ignorare le proprie sensazioni, così diverse e sconcertanti rispetto a quelle che sperimentava di solito nella sua attività di guaritrice, gli sfiorò la pelle morbida sotto la tunica di lana, notando che il corpo dello sconosciuto era snello e agile, dotato di muscoli tonici e ben sviluppati. Prima di finire su quella spiaggia doveva essere stato un giovane aitante, nel pieno vigore delle sue forze.

D'un tratto lo sconosciuto emise un gemito e aprì gli occhi. Rowena sollevò lo sguardo sul suo viso e si ritrovò a fissare un paio di occhi del più insolito azzurro che avesse mai visto. Avevano un'incredibile sfumatura, luminosa e al tempo stesso decisa, che le faceva venire in mente i boccioli di pervinca.

Il cuore di Rowena accelerò i battiti. Ma presto si rese conto che lui la stava guardando senza tuttavia vederla, come se la sua mente fosse turbata da una qualche oscura visione.

«Rosalind» mormorò il giovane prima di chiudere gli occhi di nuovo.

Rosalind? Per un breve istante quel nome parve solleticare qualcosa nei recessi della mente di Rowena, che però si affrettò a scacciare quella sensazione. Non c'era nessuno nei dintorni che si chiamasse così. La donna che portava quel nome, tuttavia, doveva essere molto importante per il cavaliere dagli occhi azzurri, rifletté tornando a chiedersi come fosse arrivato fin lì, visto che il sentiero che conduceva al villaggio era impervio e veniva percorso di rado.

Forse era caduto in mare da una nave di passaggio, ipotizzò, anche se poche imbarcazioni navigavano vicino alle loro infide coste, dal momento che in quella zona i fondali erano bassi per qualunque vascello appena più grande di una barca da pesca.

Be', per svelare il mistero avrebbe dovuto aspettare che lo sconosciuto riprendesse conoscenza, si disse alzandosi nel sentire un rumore di voci che si avvicinavano. Un gruppo di donne guidate da Hagar, che era diventata una specie di madre per lei da quando la sua era morta, stava procedendo con cautela lungo il sentiero che conduceva alla spiaggia, tempestando di domande il giovane Padriac, che le precedeva saltellando.

A quanto pareva tutte le donne del villaggio avevano risposto al suo appello, constato Rowena sorridendo con profonda gratitudine. Gli abitanti di quel tranquillo villaggio si aiutavano a vicenda, e consideravano la vita umana e i legami familiari infinitamente più importanti delle terre e della posizione sociale.

Con tutte quelle braccia a disposizione, in breve tempo il ferito fu trasportato nella piccola ma linda casetta di Rowena, dove fu sistemato sul letto e coperto con diversi plaid di lana. Continuava a gemere e a mormorare parole sconnesse nelle quali si indovinava una profonda angoscia.

Hagar si allontanò dal letto e osservò il malato, le mani sui fianchi. «Non riesco a capire niente di quello che dice. Da dove arriverà?»

«Nemmeno io lo comprendo» commentò un'anziana vedova di nome Aggie. «Forse è uscito di senno.» Tirò un profondo sospiro. «Se muore non lo scopriremo mai... ma non ha l'aria di uno che resterà ancora a lungo su questa terra.»

Rowena provò una profonda inquietudine all'idea che quell'uomo giovane e nel pieno delle forze avesse perso la ragione. Tuttavia non fece menzione del nome che aveva mormorato con estrema chiarezza poco prima, per non dare false speranze alle sue compagne.

«Se c'è una persona che può farlo guarire, quella è Rowena» osservò Hagar. «Ricordate com'era ridotto John lo scorso autunno, quando cadde dalla barca e rischiò di annegare?»

Le parole di Hagar furono accolte da vigorosi cenni d'assenso mentre gli sguardi dei presenti convergevano verso la giovane guaritrice. Rowena non sapeva cosa dire e così nascose il suo disagio chiedendo a Padriac di andare ad attingere dell'acqua al ruscello, prima di darsi da fare per liberare il tavolo dalle radici che stava preparando per l'essiccatura quando il ragazzo era venuto a chiamarla. Nel frattempo continuava ad ascoltare le congetture delle altre donne a proposito del ferito e della gravità delle sue condizioni.

Anche se sapeva che tutte nutrivano una grande fiducia in lei, le loro accurate valutazioni delle condizioni dell'uomo e delle sue possibilità di recupero stavano mettendo a dura prova la fiducia in se stessa di Rowena. «Vi ringrazio per il vostro aiuto» affermò con gentilezza non appena Padriac tornò con l'acqua. «Sono certa che abbiate tutte parecchie faccende da sbrigare. Prometto di tenervi informate se ci sarà un cambiamento nelle sue condizioni.»

Proprio come si augurava, qualche minuto dopo le donne fecero ritorno alle loro case, lasciandola sola con Hagar. «Vi dispiacerebbe restare e occuparvi di lui insieme a me?» chiese Rowena all'anziana donna, cercando di convincersi che quella richiesta non aveva niente a che vedere con la strana sensazione che aveva provato sulla spiaggia. «Lo apprezzerei molto, dato che devo allontanarmi per raccogliere alcune erbe che mi serviranno per curarlo.»

Hagar annuì. «Mentre sarai via, riscalderò dell'acqua e

gli toglierò tutta questa sporcizia di dosso. Ha bisogno di una bella lavata.»

«Io... d'accordo, grazie.» Chiedendosi perché mai il pensiero di lavare il corpo di quel cavaliere la turbasse tanto, quando aveva visto parecchi uomini svestiti mentre li curava, Rowena mise una pentola sul fuoco. Poi andò nel bosco a raccogliere della mandragora fresca. Solo quando ne ebbe trovata una quantità sufficiente tornò a casa.

Fece un cenno di saluto ad Hagar, che sentendola entrare aveva sollevato il capo dall'ampia ciotola di legno piena d'acqua e dal panno che teneva in mano, e lanciò una rapida occhiata alla lunga forma distesa sul letto. Subito dopo si diede da fare per preparare l'infuso che avrebbe dovuto rinvigorire il sangue dello sconosciuto e calmare la sua irrequietezza.

Mentre sminuzzava e pestava gli ingredienti in una ciotola, Rowena notò che Hagar aveva spogliato lo sconosciuto, e che i suoi abiti bagnati e malridotti ora giacevano ammucchiati sul pavimento ai piedi del giaciglio. Il rumore del panno che veniva bagnato e strizzato e i gemiti sommessi che il poveretto emetteva di quando in quando accompagnavano il suo lavoro. Era stata sua madre a insegnarle tutto quel che sapeva sulle erbe e sui loro poteri medicinali, finché la naturale predisposizione di Rowena per quell'arte non aveva sorpassato di gran lunga le sue capacità. Affascinata dalle proprietà delle piante e dalle loro infinite possibilità di combinazione, la giovane aveva ampliato le sue conoscenze sperimentando nuovi medicamenti e confrontandosi con i pochi guaritori delle campagne circostanti.

La perizia e le capacità di Rowena erano cresciute a tal punto che ormai sempre più spesso veniva chiamata a prestare la sua opera nei villaggi vicini, e a lei dava molta soddisfazione mettere le proprie capacità a disposizione della comunità che aveva accolto a braccia aperte una bambina illegittima e la sua mamma inglese dando loro la famiglia che non avevano.

«Senza tutto quel fango sembra proprio un'altra persona» commentò soddisfatta Hagar dopo quello che sembrò un tempo lunghissimo. «Che peccato!»

Il viso dello sconosciuto, senza la sabbia e la sporcizia che gli incrostavano la pelle, era pallidissimo, la sua vita palesemente appesa a un filo. Il mormorio incoerente parve farsi più forte quando Rowena si avvicinò al letto, anche se non si capiva niente di ciò che stava dicendo. Aveva lineamenti forti e decisi, oltre che molto attraenti, e rammentando l'espressione dei suoi occhi quando aveva sollevato le palpebre sulla spiaggia, comprese che il suo sguardo addolciva l'ampia fronte, il naso aristocratico, gli zigomi alti e la mascella asciutta. Il suo viso era un'affascinante combinazione di forza e gentilezza.

«Se dovesse morire, da qualche parte ci sarebbe un cuore spezzato destinato a non guarire mai più» affermò con profondo rammarico Hagar, richiamandola al presente.

«Rosalind...» Quel nome aveva attraversato come un lampo la mente di Rowena, sfuggendole dalle labbra senza che se ne rendesse conto.

«Che cosa hai detto?» chiese l'anziana donna.

Lei scrollò le spalle. «Si tratta di un nome che lui ha pronunciato.»

L'altra la scrutò corrugando le sopracciglia. «Hai parlato con quest'uomo?»

Rowena ripensò alla preoccupazione e alla compassione che avevano illuminato il suo sguardo mentre pronunciava quel nome. «No, si è ripreso solo il tempo necessario per mormorare quella parola. Poi è ripiombato in questo stato.»

Hagar si diresse verso la porta con la ciotola dell'acqua.

«Non conosco nessuna donna di nome Rosalind.»

«Nemmeno io» rispose dolcemente Rowena. «Ma sembrava così... Se potessi andrei a cercarla, perché ho visto la sua espressione mentre la chiamava. La sua presenza potrebbe aiutarlo a riprendersi.»

Le parole dell'anziana donna furono gentili ma misurate. «Sì, a volte l'amore riesce a compiere tali miracoli.» Poi uscì per gettare via l'acqua sporca.

Rowena si affrettò a tornare verso il focolare, dove i medicamenti che stava preparando presto sarebbero stati pronti. In una ciotola aveva mescolato della ruta con del vino preso in un monastero poco distante, per ottenere una pozione che sarebbe servita ad alleviare il mal di capo. Il decotto di mandragora che sobbolliva in un pentolino lo avrebbe invece aiutato a dormire, alleviando le sue sofferenze nonostante non avesse ancora ripreso coscienza. Accanto a un terzo recipiente, che conteneva una miscela di ruta e aceto, aveva posato un panno pulito.

«Hai intenzione di bagnargli le labbra con quel miscuglio?» le chiese Hagar, rientrando.

Rowena annuì. «Forse lo aiuterà a tornare in sé.»

L'altra fece un cenno di approvazione.

Non appena la pozione fu pronta Rowena si avvicinò al letto e, cercando di superare la bizzarra timidezza che l'aveva assalita nel toccare quell'uomo, gli passò un braccio sotto la testa e gli accostò la ciotola alle labbra. Il fatto che riuscisse a ingoiare il liquido pur non essendo del tutto in sé le procurò un senso di sollievo.

Dopo avergli fatto bere anche la seconda pozione e avergli inumidito l'ampia fronte con la mistura di ruta e aceto, Hagar alzò gli occhi al cielo e mormorò: «Ora tutto quello che ci resta da fare è pregare».

Rowena sospirò. «Sì. In ogni caso io continuerò a somministrargli i miei medicamenti.»

«Possa il Signore guidare le tue mani, figliola» rispose Hagar piano.

Lei piegò umilmente il capo. «Prego che sia così.»

«Se non hai più bisogno di me, andrò a casa a preparare da mangiare per Sean» disse l'anziana donna con aria stanca.

Rowena si affrettò ad annuire, sentendosi in colpa per averla trattenuta tanto a lungo. Sean, il figlio di Hagar, era il suo amico più caro dal giorno in cui si era stabilita con la madre in quella casetta ai margini della foresta. Di recente le era parso agitato, e spesso insisteva perché lei lo accompagnasse in lunghe passeggiate proprio nei momenti in cui era più occupata. Non faceva che parlarle di una certa Berta, una ragazza che aveva conosciuto andando a consegnare il pesce in un vicino villaggio. Per Rowena non era un problema ascoltarlo, ma le dava un po' fastidio che insistesse tanto per metterla a parte delle sue confidenze. Tuttavia voleva un mondo di bene a Sean e sapeva che lui sarebbe stato affamato dopo una giornata di duro lavoro. «Non vi tratterrò oltre, Hagar. Grazie di cuore per la vostra disponibilità.»

L'anziana donna scrollò le spalle e si diresse alla porta, dopo averla guardata con affetto e approvazione. «Io non ho fatto niente. Sei stata tu a preparare le pozioni e a prenderti cura di lui, ragazza. Hai un cuore d'oro. Chiamami se hai bisogno di me.»

Rowena si sentì sommergere da un'ondata di felicità e timidezza insieme. «Vi voglio bene» sussurrò.

Hagar sorrise, arrossendo di piacere, e annuì chiudendosi la porta alle spalle. La casupola in cui abitava con il figlio si trovava a poca distanza, lungo il sentiero che portava al villaggio, e Rowena non avrebbe avuto difficoltà ad andare a chiamarla se ce ne fosse stata la necessità.

Trascorsa appena un'ora, Rowena dovette mettere di

nuovo alla prova le proprie capacità di guaritrice. L'uomo disteso sul letto aveva ripreso a lamentarsi, e nel tempo necessario per preparare una nuova pozione i suoi farneticamenti erano aumentati di intensità e lui aveva cominciato ad agitarsi sul giaciglio.

Quando lei gli passò un braccio attorno al collo per somministrargli la pozione, lui l'afferrò per il polso e si sollevò a sedere spalancando gli occhi azzurri. La ciotola cadde rovesciando il contenuto sulla coperta e Rowena sentì nascere la paura.

Il suo terrore crebbe a dismisura quando l'uomo cominciò a gridare. «Devo raggiungere Ashcroft... Devo trovare Rosalind...» Poi scosse il capo con violenza. «Il drago è morto, e anche la bambina. No, lei non è morta...»

Aveva detto Ashcroft! Lo straniero conosceva il loro villaggio, ed era convinto che fosse in relazione con quella Rosalind. Ma i riferimenti a draghi e a bambine morte erano incomprensibili. Rowena cercò con tutte le sue forze di ignorare il timore che si era impadronito di lei, mentre cercava di calmarlo e di liberarsi da quella stretta d'acciaio.

Con la stessa rapidità con cui si era alzato, l'uomo ricadde sul letto. I suoi occhi erano di nuovo chiusi, ma i suoi vaneggiamenti non cessarono e nemmeno i suoi movimenti irrequieti.

Afferrando la ciotola e stringendosela al petto, Rowena indietreggiò, ripetendosi che doveva mantenere la calma. Respirando a fondo si avvicinò al tavolo per riempire di nuovo la tazza.

Nel frattempo lo sconosciuto continuava a ripetere le stesse frasi sconnesse. Probabilmente aveva davvero perso la ragione, come avevano temuto le altre donne, realizzò con un senso d'angoscia Rowena. Era un tale peccato che un uomo tanto forte e virile dovesse ridursi così. Chissà se si sarebbe mai ripreso. Lei, del resto, non poteva fare altro che cercare con tutti i mezzi di tranquillizzarlo.

Quando tornò vicino al letto armata di pozione e cucchiaio, il suo paziente sembrava più calmo. Teneva un braccio appoggiato sulla fronte e nonostante Rowena fosse estremamente cauta, lui non fece alcun tentativo di afferrarla di nuovo mentre gli somministrava il decotto di mandragora.

Una volta finito gli fece altri impacchi di ruta sul viso e gli sistemò sotto il capo un fagotto che conteneva del rosmarino essiccato per calmare l'ansia che gli agitava la mente. Finalmente, il giovane si acquietò e il braccio ricadde sulla coperta.

Lei restò a fissarlo per un lungo momento e di nuovo, come le era accaduto quando lo aveva soccorso sulla spiaggia, provò un moto di simpatia per coloro che amavano quell'uomo. Si chiese chi avrebbe pianto la sua perdita e se qualcuno, sapendo che era diretto ad Ashcroft, sarebbe venuto a cercarlo. Se fosse morto senza riprendere conoscenza lei non avrebbe potuto avvertire nessuno, e i suoi familiari non avrebbero mai saputo che cosa gli era successo.

Forse aveva un figlio, oppure una figlia che avrebbe continuato a chiedersi per tutta la vita...

Rowena interruppe di colpo quelle riflessioni. Non aveva motivo di pensare che avesse qualcuno, e persino quella Rosalind avrebbe potuto essere solo un prodotto della sua mente confusa, come i draghi di cui vaneggiava. Non doveva farsi coinvolgere nelle vicende di quell'uomo. Si sarebbe limitata a curarlo senza preoccuparsi del resto.

Rowena si limitò a lanciare un'occhiata fugace alla porta quando questa si aprì senza troppe cerimonie qualche tempo dopo. «È vero quello che mi ha riferito mia madre?» tuonò Sean. «Uno straniero è stato trovato privo di sensi sulla spiaggia e voi lo state curando a casa vostra?»

«Sì, Sean. È vero. Eccolo qui» rispose con deliberata calma Rowena.

«Te l'avevo detto» commentò Hagar in un tono venato da profonda esasperazione, facendo capolino da dietro il figlio.

Rowena tenne lo sguardo fisso sulla gola del paziente, dal cui movimento si indovinava che stava faticosamente inghiottendo la pozione senza tuttavia essere del tutto cosciente. Si sentì stranamente imbarazzata nel tenergli la testa contro il petto mentre Sean si avvicinava al letto. «Poveraccio, è davvero ridotto male! Da dove arriverà mai?»

Lei scrollò le spalle e sospirò mentre l'uomo ingeriva l'ultimo cucchiaio di liquido, poi gli fece appoggiare il capo sul cuscino. Solo a quel punto incontrò per un breve momento lo sguardo dell'amico e si accorse dell'agitazione che animava il suo viso forte e sensibile insieme. «Questo è un mistero anche per me. Qualcuno ha per caso scorto una nave?»

Sean scosse la testa bruna. «No. Gli uomini che sono usciti a pesca non ne hanno fatto menzione.» Lanciò un'occhiata al malato valutandolo con attenzione, mentre Rowena appoggiava il recipiente di legno sul tavolino accanto al letto.

Lo straniero si agitò, passandosi una mano sulla fronte. «Perché lo avete portato qui?» chiese Sean aggrottando le sopracciglia.

Lei lo guardò, sorpresa. «Per curarlo, naturalmente. Dove avremmo dovuto portarlo?»

«Dovunque. A casa nostra, per esempio.»

Rowena corrugò la fronte, perplessa, e si voltò a guardare Hagar, la cui espressione si era fatta seria. «Perché avrei dovuto farlo portare da voi quando tutto ciò di cui ho bisogno per medicarlo si trova qui, in questa stanza?»

Lo sguardo di Sean si incupì ulteriormente. «Dovete rendervi conto che quest'uomo non può restare qui con voi.»

«Altri lo hanno fatto.»

Sean si lasciò sfuggire un sospiro esasperato. «Si trattava di persone che conoscevamo. Questo è un estraneo. Potrebbe...»

Rowena scoppiò a ridere nonostante l'irritazione per l'atteggiamento troppo protettivo dell'amico. Litigavano per quel motivo fin da quando erano bambini. Sean le diceva che non poteva arrampicarsi sugli alberi e cose del genere e lei ignorava sistematicamente ogni suo ordine. «E ditemi, di grazia, che cosa potrebbe farmi? Non riesce nemmeno a bere una pozione da solo, come potrebbe farmi del male?» Ripensando al vigore con cui le aveva afferrato il polso, decise che avrebbe fatto attenzione a non svegliarlo del tutto fino a quando non avesse mostrato qualche evidente segno di miglioramento.

«Potete vedere anche voi lo stato in cui si trova» si limitò a dire evitando accuratamente di incontrare lo sguardo dell'amico. «In ogni caso, gli ho somministrato una pozione calmante e continuerò a farlo.»

«Potrebbe tornare in sé da un momento all'altro.»

«Lo terrò in mente, e se dovesse svegliarsi con l'intenzione di farmi del male mi precipiterò a casa vostra.»

Sean appoggiò le mani sui fianchi magri. «Non potete restare sola con un estraneo, Rowena. Ve lo proibisco.»

Lei corrugò la fronte provando un violento impulso di ribellione a quelle parole. Sapeva che Sean desiderava solo il suo bene, ma non avrebbe permesso né a lui né a chiunque altro di darle degli ordini. «Che cosa avete detto, Sean?» chiese fissandolo dritto negli occhi con aria battagliera.

Lui la guardò torvo nonostante avesse riconosciuto la

collera nei suoi occhi. «Non intendevo essere così brusco, Rowena. Sono solo preoccupato...»

Lei sollevò il mento in un gesto di sfida. «Non avete ragione di esserlo. E adesso andatevene e lasciatemi continuare il mio lavoro.»

«Rowena...» Ora il suo tono era venato di lusinghe, ma lei non si lasciò commuovere.

«Andate, ho detto. Potete passare domani mattina, se siete davvero preoccupato per la mia incolumità.» Era ancora determinata a fare a modo suo, ma dalla sua voce era scomparsa qualsiasi acredine. Le era impossibile restare arrabbiata a lungo con Sean. Si conoscevano troppo bene. Anche se non aveva mai avuto un fratello avrebbe voluto che fosse intelligente, protettivo e attraente proprio come lui.

Non avere una famiglia sua glielo rendeva ancora più caro. Non conosceva nemmeno il nome di suo padre. Le era stato detto che era per il suo bene, e persino nel giorno della sua morte sua madre si era rifiutata di rivelarglielo.

Ma pensieri del genere non avrebbero portato a nulla, ricordò a se stessa mentre guardava l'amico dirigersi riluttante verso la porta. Sean non aggiunse altro, si limitò a lanciarle un'occhiata delusa prima di girarsi e uscire.

Hagar, che aveva a sua volta seguito con lo sguardo il figlio che andava via, le lanciò un'occhiata comprensiva e distratta al tempo stesso. «Posso esserti utile?»

Rowena fece cenno di no con la testa. «Non c'è altro da fare se non aspettare.» E all'improvviso si ritrovò a confidare all'amica le sue riflessioni sui vaneggiamenti dell'ammalato. «Si è destato di colpo farneticando di draghi e bambine morte. Temo che il colpo alla testa possa averlo fatto impazzire.»

Dopo aver posato sul tavolo un cesto coperto da un panno Hagar si avvicinò lentamente, piena di timore. «I suoi lamenti sembravano davvero il delirio di un folle. Forse Sean ha ragione. Lo straniero potrebbe essere pericoloso, Rowena.»

«Non datevi pena per me, amica mia. Gli ho dato una dose abbondante di mandragora e altre erbe per farlo dormire. Non si sveglierà.»

L'anziana donna scosse la testa guardando la porta da cui era uscito il figlio. «Io e Sean... Noi ti vogliamo bene, ragazza mia. E desideriamo solo che tu sia al sicuro.»

Rowena colse una sfumatura di imbarazzo nella voce di Hagar mentre le rivelava i sentimenti che provava per lei, e la sincera preoccupazione che aveva espresso con tanta delicatezza la colpì più di quanto avessero fatto i bruschi rimproveri del figlio. Sua madre le aveva sempre raccomandato di guardarsi dagli sconosciuti. A dire il vero fino a quel momento non aveva mai dovuto mettere in pratica quel consiglio, visto che non era mai entrata in stretto contatto con un perfetto estraneo, ma si ripromise di non permettere alla propria ostinazione di farle dimenticare la cautela.

Trasse un profondo respiro. «Vi prometto che farò molta attenzione. Ma non credo che ci sia qualche motivo di preoccuparsi per le prossime ore. Come ho già detto, gli ho somministrato una pozione calmante piuttosto potente. Dormirà fino a domattina, vedrete, e non ci sarà bisogno di disturbare nessuno.»

Hagar la osservò per un lungo silenzioso istante, poi le indicò il cesto che aveva posato sul tavolo. «Vi ho portato qualcosa da mangiare. Tornerò all'alba.»

Rowena chinò la testa. «Vi ringrazio. Vi sono immensamente grata per la vostra premura.»

L'anziana donna uscì senza aggiungere altro e lei sospirò. Da quando era morta sua madre aveva trascorso molto tempo da sola. Nonostante volesse bene agli abitanti del villaggio che le avevano accolte, le piaceva altrettanto la solitudine.

Tornò a guardare verso il letto cercando di convincersi che il suo paziente non le avrebbe dato molto da fare, ma sapeva che non era vero, perché anche se si era ripromessa di non lasciarsi coinvolgere dal punto di vista emotivo, voleva che si riprendesse.

Decisa a pensare ad altro per non lasciarsi sopraffare dalla tristezza, cominciò a prepararsi un giaciglio accanto al fuoco. Non le importava di dover dormire per terra, cosa che del resto aveva fatto per settimane durante la malattia della madre. Poi, dopo aver preparato altre pozioni da somministrare al paziente, si coricò, tendendo l'orecchio per captare i suoni che provenivano dal letto. Non si sentiva altro che l'ansimare pesante dell'uomo.

Dopo un po' si alzò e andò a scrutarlo da vicino alla luce della candela. Il suo viso era pallidissimo e non si notava alcun cambiamento rispetto a prima, però la fronte era fresca al tocco.

Solo il suo respiro si era fatto più rantolante, ma Rowena cercò di non farsi prendere dal panico. Dopo tutto poteva semplicemente dipendere dal fatto che aveva la gola arida e infatti, non appena riuscì a fargli ingoiare un cucchiaio d'acqua, il suono le parve meno aspro.

Si lasciò cadere sulla panca accanto al fuoco e sorseggiò un poco del brodo che le aveva portato Hagar. Benché fosse ormai freddo, era gustoso e le diede nuovo vigore. Poi, stropicciandosi gli occhi arrossati e stanchi, ripose la tazza e tornò a coricarsi sul suo giaciglio. Era stata una giornata lunga e faticosa, e non aveva idea di cosa le avrebbe riservato il domani, perciò avrebbe fatto meglio a riposare un po'.

Non avrebbe saputo dire quanto avesse dormito, quando riaprì gli occhi chiedendosi che cosa l'avesse svegliata.

Subito però si rese conto che il respiro dello sconosciuto si era fatto di nuovo pesante. Preoccupata, si alzò e andò a controllarlo.

Il suo viso attraente era arrossato e nonostante dormisse continuava a muovere la testa girandola da una parte all'altra senza posa.

Rowena gli posò una mano sulla fronte. Era calda... troppo calda.

2

Aveva la febbre alta.

Rowena riattizzò il fuoco e mise l'acqua a scaldare. Temeva che avesse un'infezione ai polmoni e così preparò una mistura di marrubio e miele. Subito dopo mescolò acetosella e calendula per trattare la febbre. Mentre aspettava che l'acqua bollisse si procurò un altro recipiente vuoto, lo riempì con acqua fredda e prese un panno morbido e pulito dalla cassapanca ai piedi del letto.

Tornata dall'ammalato, sistemò la ciotola di legno sul tavolino e vi immerse il tessuto. Mentre lo strizzava osservò il viso dell'uomo, così attraente nonostante la malattia lo avesse privato del colorito e della vitalità, e pensò che forse non avrebbe dovuto far andare via Hagar, ma subito dopo si chiese con un sospiro di impazienza se per caso non fosse impazzita del tutto. Aveva compiuto quei gesti centinaia di volte. Non vedeva perché dovesse esitare proprio con lui. Quell'uomo non rappresentava niente per lei e, in ogni caso, era del tutto inconsapevole della sua presenza. Nemmeno il sospetto che potesse trattarsi di un nobile proveniente dal mondo a cui era appartenuto suo padre lo rendeva diverso da qualunque altra persona avesse curato in precedenza.

Facendosi forza gli passò il panno umido sulla fronte, scostandogli i folti capelli scuri che Hagar aveva lavato.

Lo sconosciuto si agitò impercettibilmente e Rowena si irrigidì. Ma quando si accorse che non aveva nemmeno aperto gli occhi, si costrinse a rilassarsi e continuò a tamponare gli zigomi alti e la mascella magra e volitiva.

Era l'uomo più bello che avesse mai incontrato. Dai suoi lineamenti emanava una profonda forza, appena addolcita dallo sguardo insolitamente gentile di quegli occhi pervinca e dalla morbidezza della sua bocca. All'improvviso si rese conto che, sebbene si trattasse di un perfetto estraneo, desiderava conoscerlo e apprendere qualcosa del suo mondo, lo stesso da cui proveniva suo padre e in cui, in fin dei conti, anche lei e sua madre erano vissute benché per breve tempo. Voleva sapere che cosa l'aveva portato ad Ashcroft e dove sarebbe andato non appena guarito.

Sua madre le aveva detto che i nobili tenevano alle loro terre più che a qualsiasi altra cosa, ma lo sguardo che aveva visto in quegli occhi azzurri quando aveva invocato il nome di Rosalind sembrava smentire quelle affermazioni.

Sempre che quella Rosalind esistesse davvero, si disse. E se si fosse trattato solo di farneticazioni di una mente sconvolta?

Cercando di mettere un freno ai suoi pensieri confusi, Rowena trascinò la panca accanto al letto e tornò al suo compito con rinnovato vigore. Era sempre più consapevole dell'intimità della situazione in cui si trovava: stava toccando quell'uomo come non le sarebbe mai venuto in mente di fare se fosse stato sveglio. Le sue dita seguivano i contorni di quel viso imparandone i lineamenti fin nei minimi particolari. Gli inumidì delicatamente la gola e le possenti spalle, meravigliandosi della virilità che emanava da loro e percependo una più intensa consapevolezza della propria femminilità.

Quando lui gemette e si scostò la coperta dal petto, il suo sguardo si fissò sull'ampio torace imperlato di sudore.

Rowena trattenne il respiro. Di nuovo, benché sapesse esattamente cosa fare per fargli calare la febbre e in quali parti del corpo bagnarlo, si scoprì a esitare.

Un attimo dopo però si riscosse, e riprese a lavorare di buona lena, sforzandosi di ignorare l'effetto che quell'uomo aveva su di lei a dispetto della stanchezza...

Senza rendersene conto doveva essersi addormentata, realizzò a un certo punto, sollevando la testa dal braccio intorpidito su cui evidentemente l'aveva posata. Dal letto arrivò un gemito soffocato, e immediatamente il suo sguardo si spostò sul viso del paziente. Il lieve bagliore che proveniva dal fuoco ormai spento le permise di scorgere le gocce di sudore che gli imperlavano il labbro superiore. Lo sconosciuto emise un altro gemito, agitando il capo sul cuscino.

Rowena si affrettò a immergere il panno nell'acqua fredda e gli deterse la fronte. Nel momento in cui lo toccò, l'ammalato sospirò e si portò una mano alla gola, anche se era chiaro che non era ancora cosciente.

Di nuovo Rowena gli passò la pezza bagnata lungo la mascella.

Senza preavviso gli occhi dell'uomo si spalancarono e lui le catturò un polso attirandola verso di sé. «Rosalind... Devo trovarla...»

Subito lei si tirò indietro, ma la sua resistenza parve accentuare la determinazione dello sconosciuto a tenerla stretta. Le sue braccia le circondarono la vita, premendola contro il torace muscoloso che lei aveva avuto timore a toccare.

L'intensità con cui il suo corpo reagì a quel contatto la meravigliò e la atterrì al tempo stesso. I suoi capezzoli si indurirono all'istante mentre un'ondata di desiderio le riscaldava il ventre.

Poi, con la stessa rapidità con cui l'aveva afferrata, lui la lasciò e ricadde all'indietro, ripiombando in uno stato d'incoscienza. Rowena si affrettò a incrociare le braccia sul seno dolente mentre il suo sguardo correva sulla pelle abbronzata del petto dell'ammalato. Non riusciva a capacitarsi di come un semplice contatto avesse potuto suscitare in lei una reazione tanto violenta.

Lo osservò, chiedendosi se si fosse accorto della sua presenza. Ma subito si rese conto che non era possibile; se anche avesse capito che c'era una donna al suo capezzale non l'avrebbe riconosciuta, perché non si erano mai visti prima. Era il pensiero della misteriosa Rosalind che lo consumava, al punto che la preoccupazione per lei continuava a tormentarlo nonostante la gravità delle sue condizioni.

Inorridita e stupita per l'intensità con cui reagiva alla sua vicinanza, cercò di recuperare un minimo di tranquillità ripetendosi che non appena si fosse ristabilito lui non avrebbe ricordato nulla. Perciò avrebbe fatto meglio a dimenticarla anche lei.

Si passò una mano tra i capelli guardando le imposte chiuse della finestra. Quanto mancava all'alba? In ogni caso, non avrebbe toccato di nuovo quell'uomo finché fosse rimasta sola con lui.

Rowena mantenne il suo proposito fino a quando, poco dopo il sorgere del sole, arrivò Hagar accompagnata dal figlio. Per qualche strana ragione le riusciva difficile guardare negli occhi l'anziana donna e ancora di più affrontare l'attento esame di Sean. Così aprì la porta e si affaccendò a pulire il tavolo sgombrandolo di tutti i recipienti con le erbe che aveva usato durante la notte.

Sean, che indossava una corta tunica e delle pesanti brache di lana, restò esitante sulla soglia mentre Hagar entrava e si toglieva il mantello. «Buongiorno, Rowena» la salutò cauto, e lei si rese conto che stava ancora pensando alla spiacevole discussione della sera precedente.

Rowena gli rispose con un cenno del capo, senza guardarlo. Era arrabbiata più con se stessa che con lui, visti i sentimenti confusi che provava nei confronti dello sconosciuto. Ciononostante ostentò una certa spavalderia. «Buongiorno. Come potete vedere sono ancora tutta intera.»

Si accorse che Sean si irrigidiva.

Hagar sembrava inconsapevole del loro disagio, o forse aveva deciso di ignorarlo. «Allora come ha trascorso la notte?» chiese.

Rendendosi conto che la donna aspettava una risposta, e così pure suo figlio, Rowena si costrinse a rispondere. «È stata dura. Gli è venuta la febbre.»

Hagar si avvicinò al letto e posò una mano avvizzita sulla fronte dello straniero. «Questo non è bene. Avresti potuto chiamarmi.»

Rowena si chinò ad aggiungere altra legna sul fuoco e mise una pentola piena d'acqua a riscaldare. «Perché avrei dovuto svegliarvi, mia buona Hagar, quando voi avevate bisogno di dormire? Me la sono cavata senza problemi da sola, e credo che ormai il peggio sia passato.»

Non avrebbe mai ammesso quanto fosse stato difficile prendersi cura dello straniero, visto che neanche lei riusciva a comprendere fino in fondo le sensazioni che aveva provato. Adesso, alla luce del giorno, si sentiva sciocca ripensando alla sua reazione.

Rowena era consapevole del fatto che Sean continuava a studiarla. Così lo guardò costringendosi a fissarlo negli occhi e a parlare in tono normale. Dopo tutto era un problema suo, se aveva reagito in modo così strano alla presenza di quello sconosciuto. «Immagino che gli uomini vi stiano aspettando per andare a pesca.»

Una volta giunto ad Ashcroft avrebbe finalmente scoperto se l'incredibile rivelazione che aveva raccolto dalle

Lui annuì, e lei non riuscì a impedirsi di provare un moto di simpatia per il suo evidente avvilimento.

«Sarei contenta se passaste a trovarmi, stasera» aggiunse spinta dall'affetto che nutriva per lui. «Sempre che non

cati e i capelli dai riflessi ramati, ora acconciati in una spessa treccia che le ricadeva fino alla vita. «Spero di non sembrarvi impudente se vi chiedo chi siete» le domandò senza nascondere la sua meraviglia.

Lei sembrò irrigidirsi e rispose evitando di guardarlo. «Mi chiamo Rowena.» Gli lanciò un'occhiata fugace prima di continuare. «E voi?»

Lui notò l'inquietudine della fanciulla nel dover rivelare il suo nome, anche se non riuscì a comprenderne il motivo. «Io sono Sir Christian Greatham di Bransbury.»

La giovane si alzò e lo fissò stupita mentre le sue sopracciglia si inarcavano. «Un cavaliere!»

Lui si fece serio a sua volta. «Questo è un problema per voi?»

Rowena si passò la lingua sulle labbra piene, un gesto che tradì il suo nervosismo. «No. Semplicemente non ho mai incontrato un nobile. Mia madre non... Come ci si comporta con un cavaliere?»

Christian scrollò le spalle e rispose con la massima semplicità, anche se non gli era sfuggito quel commento rimasto a metà: «Come si vuole».

Lei corrugò la fronte, pensierosa, mentre i suoi occhi vagavano da lui al focolare per tornare infine a posarsi su di lui e Christian non poté fare a meno di notare ancora una volta quanto fossero luminosi, frangiati da lunghe ciglia sorprendentemente scure. Un uomo avrebbe potuto perdersi in quegli occhi!

Si riscosse a fatica dalle sue fantasticherie per tornare al motivo per cui si trovava lì. Non erano stati gli occhi di quella donna a condurlo ad Ashcroft. «Dove sono i miei vestiti e il mio cavallo?»

Rowena scosse il capo con un'espressione di rammarico. «Mi dispiace. Gli abiti, o meglio quel poco che ne rimaneva, sono stati bruciati. E per quanto riguarda il cavallo...»

Fece un altro cenno di diniego. «Purtroppo non lo abbiamo trovato.»

Christian si passò una mano tra i capelli. Era stato un pazzo ad avventurarsi su quella strada di notte. Lo stallone era costato parecchio oro, ma il suo valore come costante e fedele compagno era di gran lunga superiore. Il suo sgomento crebbe quando si rese conto che con l'animale aveva anche smarrito tutto ciò che si trovava nelle bisacce da sella, inclusa la spilla con l'emblema del drago, simbolo della fratellanza che lo legava ai suoi amici Simon e Jarrod, pegno della loro comune determinazione a combattere contro l'uomo che aveva ucciso il *Drago*. L'odio per colui che aveva perpetrato quel crimine lo investì con la violenza di un pugno allo stomaco e trascorse qualche istante prima che riuscisse a dominare quel sentimento.

In ogni caso, se anche aveva perso la spilla, non sarebbe stato per niente. Avrebbe scoperto se Rosalind era ancora viva. E se lo era, Kelsey avrebbe finalmente pagato per i suoi crimini.

Tuttavia non poteva certo portare a termine il suo compito restando sdraiato in quel letto. Si avvolse le coperte intorno alla vita e lanciò un'occhiata penetrante alla giovane donna. «Vivete sola?»

Lei arrossì. «Sì, ma non sono stata io a... Vi ha spogliato Hagar.»

«Non intendevo dire questo. Non mi preoccupa chi possa avermi tolto gli indumenti. Ciò che mi interessa ora è procurarmene degli altri. Chi è questa Hagar?»

«Un'amica che vive al villaggio. Un'anziana vedova.»

Christian sospirò.

Rowena continuò a osservare il giovane cavaliere, completamente soggiogata dal suo fascino al punto da gettare al vento ogni imbarazzo e cautela.

Quel fisico muscoloso e quegli occhi gentili appartenevano a un cavaliere! Un nobile come era stato suo padre.

Non era riuscita mai a sentirsi tranquilla in sua presenza finché era ammalato, e adesso che era cosciente lo trovava ancor più inquietante.

Cercò di impedire al suo sguardo di vagare sull'ampio torace nudo e sulle spalle possenti di quell'uomo, chiedendosi se rammentasse quello che era successo mentre lo curava. Il fatto che sembrasse curarsi più degli indumenti perduti che di lei avrebbe dovuto farla sentire tranquilla. Invece non era così e scoprì di desiderare che si coprisse quella pelle liscia e abbronzata.

Hagar era l'unica persona che avrebbe potuto aiutarla, si disse. Di sicuro l'anziana donna sarebbe stata in grado di trovare degli abiti per il suo ospite.

«Se avrete la pazienza di aspettare, andrò a procurarmi degli abiti» gli disse. «Non sapevamo quando vi sareste svegliato e non ci siamo preoccupate di cosa avreste indossato una volta guarito.»

Senza attendere risposta, Rowena afferrò il suo mantello di lana appeso a un gancio dietro la porta e infilò le scarpe di cuoio.

«Rowena, io...» cominciò Christian.

Ma lei non si fermò. «Riposate, cavaliere. Io tornerò presto» affermò salutandolo con un cenno.

Percorse quasi di corsa il sentiero che dalla foresta portava a casa di Hagar e una volta arrivata spalancò la porta senza bussare. La donna, che stava accendendo il fuoco, sollevò la testa sorpresa sentendola entrare. «Si è svegliato» esordì Rowena.

«Che il Signore sia lodato.»

«Mi ha detto di essere un nobile. Un cavaliere, per la precisione. Ha chiesto i suoi vestiti. Io però non ho niente da dargli.»

Hagar si alzò immediatamente. «Un cavaliere, dici? Certo che non abbiamo niente da fargli indossare. Avremmo dovuto pensarci e...» Si morse un labbro, riflettendo. «Sean non ha le sue dimensioni.»

Poi la donna si girò e si diresse verso una cassapanca posta sotto la finestra chiusa. La aprì e ne tirò fuori degli indumenti appoggiandoli via via sul pavimento di terra battuta fino a quando non trovò una tunica blu scuro. «L'avevo conservata per Sean in modo che potesse indossarla una volta diventato adulto.» Sfiorò il tessuto con gentilezza. «Era l'abito con cui suo padre si è sposato. Credo che mio figlio non avrà mai spalle tanto larghe, ma avevo in mente di sistemarla per lui quando...» Si interruppe lanciando un'occhiata fugace a Rowena. «Invece ne faremo buon uso oggi. Ho anche delle brache di Duncan e un paio di scarpe che hanno visto giorni migliori, ma serviranno allo scopo.»

Poco dopo le due donne stavano percorrendo la strada che conduceva alla foresta. Quando entrarono in casa, Christian Greatham era in piedi al centro della stanza, avvolto nella coperta. Aveva un'espressione seria sul viso ed era innegabilmente attraente.

Subito consapevole della sua potente virilità, Rowena fu felice che Hagar l'avesse accompagnata.

Fu l'anziana donna a parlare per prima. «E così eccovi qui, ragazzo. È bello vedervi in piedi.»

«Siete Hagar?» replicò lui. «Posso chiamarvi così?»

«Sì, questo è il mio nome e voi potete usarlo a vostro piacimento.» Sollevò gli indumenti puliti che teneva in mano. «Vi ho portato questi. Di sicuro non si addicono a un cavaliere del vostro lignaggio, ma credo che siano della vostra taglia.»

Christian Greatham prese gli abiti rivolgendole un inchino formale. «Avete i miei più sentiti ringraziamenti, gentile signora. Ho appreso da Rowena di essere debitore anche vostro per avermi curato durante la mia malattia.»

Rowena fu inspiegabilmente compiaciuta della sua deferenza nei confronti dell'anziana donna. Non sapeva come si dovesse comportare un cavaliere, ma non avrebbe mai immaginato che potesse essere così cortese con persone di rango tanto inferiore al suo. Comunque non disse niente e continuò ad ascoltare la conversazione che si stata svolgendo tra i due.

«C'è un posto dove possa vestirmi?» domandò lui.

Hagar gli indicò il letto. «Potete tirare la tenda. Io e Rowena vi aspetteremo fuori.»

Lui si inchinò e si allontanò per indossare gli abiti che gli avevano portato. Nonostante le cortine di lana fossero pesanti e opache, Rowena voltò la schiena alla tenda e si affaccendò nel disfare il giaciglio accanto al fuoco su cui aveva dormito.

Malgrado i suoi sforzi per distrarre la mente da ciò che stava accadendo alle sue spalle, i rumori che provenivano dal fondo della stanza le riportarono alla mente vivide e intriganti visioni di quel corpo snello e muscoloso.

Dopo aver messo via il letto improvvisato si avvicinò al fuoco e cominciò a preparare un infuso d'erbe che avrebbe aiutato il suo ospite a riguadagnare le forze, anche se a giudicare dal suo aspetto fisico non sembrava che avesse bisogno di ulteriori cure.

Ma lei non voleva pensarci.

Continuò a tenersi occupata fino a quando non sentì l'esclamazione soddisfatta di Hagar. «Bene, a quanto pare i vestiti vi calzano alla perfezione.»

Rowena si voltò a guardarlo e immediatamente si rese conto che quegli abiti modesti non sminuivano affatto la potente energia virile che emanava da Sir Christian Greatham.

«Non gli stanno bene, Rowena?» disse l'anziana donna.

Rowena non riuscì a sostenere lo sguardo del cavaliere, che si era voltato verso di lei, tuttavia notò il tessuto blu che si modellava sulle ampie spalle come se fosse stato tagliato per loro e che faceva sembrare l'azzurro dei suoi occhi ancora più intenso. Si ritrovò a fissare la tazza che teneva tra le mani con insolita timidezza. «Sì.» Poi si costrinse a guardarlo e a dire qualcosa. «Erano gli indumenti che il marito di Hagar indossava il giorno delle loro nozze.»

Christian si rivolse all'anziana donna. «Non potete trovarmi qualcosa che vi sia meno caro, gentile signora? Non vorrei mai...»

Hagar si affrettò a impedirgli di continuare. «Non preoccupatevi. Il mio Duncan sarebbe contento di vedere che i suoi abiti sono stati utili a qualcuno, così come lo sono io.» Rowena fu felice che lui avesse compreso la reale portata di quel dono.

Lui si inchinò di nuovo. «Sono onorato di un tale riguardo.»

Ancora una volta lei si sentì incomprensibilmente compiaciuta per il suo comportamento, anche se non aveva alcuna ragione di esserlo, visto che quell'uomo era un estraneo. Dopo tutto, anche se aveva contribuito a salvargli la vita, non lo conosceva. Il suo stupore doveva essere dettato solo dalla differenza tra quel comportamento e ciò che le aveva raccontato sua madre sul contegno sprezzante dei nobili nei confronti della gente comune.

«Questo ragazzo ha bisogno di qualcosa con cui riempirsi lo stomaco» le disse Hagar.

Rowena sollevò un recipiente dal fuoco. «Ho preparato un infuso che vi aiuterà a riprendere le forze. Dopo che l'avrete bevuto, vi porterò una porzione dello stufato di coniglio che ho cucinato ieri sera.»

Il cavaliere si avvicinò per prendere la tazza. «Vi ringrazio» rispose.

«Che cosa stavate facendo da queste parti, ragazzo?» gli domandò Hagar. «E come mai siete approdato sulle nostre inospitali coste?»

Rowena ascoltò con attenzione la sua risposta mentre si occupava dello stufato. «Quanto alla seconda domanda, posso dirvi soltanto che non ne ho la minima idea. Stavo cavalcando lungo il sentiero sulla scogliera quando credo di essere stato travolto da un'ondata gigantesca insieme al mio cavallo. Ma non ne sono certo. Riguardo al vostro primo quesito, invece... be', sto cercando una persona.»

L'anziana donna scrollò le spalle. «Rowena me lo ha riferito. Ma non troverete nessuno qui, cavaliere. Nessuno straniero è mai venuto ad Ashcroft. Le ultime persone a capitarvi sono state Rowena e sua madre circa quattordici anni fa.»

Gli occhi azzurri del giovane la trafissero inchiodandola sul posto. «Voi siete arrivata in questo luogo quattordici anni fa con... con vostra madre? Dov'è ora?» aggiunse non appena la ragazza ebbe fatto un cenno d'assenso.

Rowena si sentì a disagio sotto quell'esame. «È morta da tre anni.»

Christian si passò una mano tra i capelli. «Morta. Sapete dove vivevate prima di trasferirvi qui?»

«In Inghilterra, ma io...» Si fece seria e si rifiutò di incontrare il suo sguardo, rendendosi conto all'improvviso di non voler rivelare a quell'uomo che non sapeva niente del proprio passato. «Io... non desidero parlarne.» Nella sua voce si era insinuato un filo di vergogna.

Lui le si avvicinò. «Ma io vorrei sapere...»

«Perdonatemi» lo interruppe Rowena guardando Hagar con aria implorante. «Adesso devo lasciarvi alle cure della mia amica. Ci sono alcune erbe di cui ho assoluto bisogno e che devo andare a raccogliere nella foresta.»

L'espressione dell'anziana donna era piena di comprensione. Hagar capiva il suo disagio perché lei e suo figlio erano gli unici a cui avesse mai parlato dell'ignobile famiglia da cui proveniva. Afferrò il mantello e uscì di corsa senza voltarsi.

3

Il pomeriggio del giorno dopo Christian attese con impazienza che Rowena tornasse da un'altra delle sue passeggiate nella foresta. Provava una nuova ondata di frustrazione ogni volta che ripensava a ciò che era accaduto quando aveva cercato di ottenere delle informazioni sulla vita che lei aveva condotto prima di arrivare ad Ashcroft. Sdraiato sul letto della minuscola abitazione soffocò un gemito e si passò una mano sulla fronte, detergendosi il sudore.

Non avrebbe potuto coronare il desiderio di tornare a casa finché non avesse portato a termine il compito che si era prefissato, e quindi avrebbe dovuto avere pazienza, una dote che aveva sempre fatto parte della sua natura, ma che di recente sembrava averlo abbandonato.

Ripensò all'espressione triste che era comparsa sul viso di Hagar quando Rowena se n'era andata, il giorno prima. In quel momento si era sentito pieno di entusiasmo e aveva sperato che lei potesse essere Rosalind, anche se sembrava che quel nome non avesse evocato nulla nella sua mente. Tuttavia era una possibilità che aveva continuato ad assillarlo mentre interrogava l'anziana donna. «Perché Rowena se n'è andata così all'improvviso?» aveva chiesto.

Hagar lo aveva scrutato con attenzione. «Perché me lo chiedete? Che importanza può avere per voi?»

Christian si era reso conto che doveva procedere con cautela con quella gente, poco avvezza alla presenza di e-stranei, e a maggior ragione se Rowena era davvero la persona che stava cercando. Secondo ciò che gli aveva riferito Jack, le era stato insegnato a comportarsi con estrema cautela fin dalla più tenera infanzia. Così aveva scrollato le spalle con finta noncuranza. «Mi piacerebbe semplicemente sapere qualcosa di più sul conto della persona che mi ha salvato la vita, per poter ricambiare la sua gentilezza in modo più appropriato.»

Hagar lo aveva scrutato a lungo e lui aveva sostenuto quello sguardo senza vacillare, deciso a farle comprendere che non aveva intenzioni malvagie. «Rowena non si aspetta alcuna ricompensa e con tutta probabilità non accetterà niente da voi» aveva risposto la donna alla fine. «Anche se meriterebbe molto più di quanto riceverà mai. Sua madre, Mary, la portò qui quando aveva quattro anni, proprio come vi ha detto lei. All'inizio la gente non si fidava di Mary perché era inglese, ma anche se non le piaceva che le si facessero domande personali era una donna gentile e aiutava gli altri, e così il villaggio finì per accettarla. Quanto a Rowena...» Lo sguardo tenero di Hagar andò alla porta da cui la ragazza era appena uscita. «Be', era un amore. La nostra casa si trova a poca distanza da qui e mio figlio, che è poco più grande di lei, divenne il suo migliore amico. Erano inseparabili. Crescendo, l'affetto di Rowena per me, per Sean e per tutti gli abitanti del villaggio divenne evidente, e nessuno di noi rimase sorpreso quando decise di diventare guaritrice. Ha visto solo diciotto inverni, ma la sua abilità va molto oltre i suoi anni perché scaturisce dall'autentico desiderio di aiutare il prossimo.»

Christian aveva cercato di nascondere la sua eccitazione quando si era reso conto che il fatto che Rowena avesse una madre inglese, oltre a essere dell'età giusta, era più di una semplice coincidenza. «Che cosa potete dirmi della madre?»

Hagar aveva scrollato le spalle con un gesto pieno di rammarico. «È morta. La sua è stata una malattia lunga e dolorosa, e pur tentando disperatamente non abbiamo potuto fare niente per alleviare le sue sofferenze.»

«Non sapete nulla della vita che avevano condotto prima di giungere ad Ashcroft?»

Hagar aveva stretto le labbra e distolto lo sguardo. «Vi ho detto tutto ciò che dovete sapere. Qualunque altra informazione dovrete chiederla a lei.»

Christian era tutt'altro che soddisfatto dell'esito di quella conversazione. Avrebbe voluto spiegare all'anziana donna che aveva a cuore solo il bene di Rowena, che in cuor suo sentiva che avrebbe potuto essere la ragazza che cercava, la legittima erede di un conte, ma aveva giurato di non parlare a nessuno della questione. E gli seccava trovarsi in quella situazione di stallo perché, stando alle informazioni che aveva raccolto, riteneva probabile, per quanto inverosimile potesse sembrare, che Rowena fosse proprio la donna che stava cercando.

Doveva parlare direttamente con lei. Se davvero si trattava di Rosalind, tuttavia, presumibilmente la sua nutrice le aveva insegnato a comportarsi con cautela e a non rivelare alcun particolare sulle sue origini, perché se Kelsey fosse venuto a sapere che la bimba era sopravvissuta avrebbe fatto qualsiasi cosa per liberarsi di lei. Sembrava che nemmeno Hagar, che pure era molto vicina a Rowena, fosse a conoscenza dei particolari sulla sua vita precedente all'arrivo ad Ashcroft, e anche se era evidente che gli stava nascondendo qualcosa, era altrettanto chiaro che non aveva intenzione di rivelare altro.

Christian non aveva ancora avuto l'opportunità di parlare a quattr'occhi con Rowena a causa della quasi costante presenza dell'anziana donna, e nelle rare occasioni in cui quest'ultima tornava a casa sua, l'incantevole guaritrice era sempre impegnata in qualche importante compito, oppure andava in giro per la foresta a raccogliere erbe come aveva fatto non più di un'ora prima, quando Hagar era andata a preparare da mangiare per il figlio.

Christian non vedeva l'ora di poterle fare delle domande, ma la cautela gli suggeriva di non creare motivi di tensione tra sé e la ragazza. Non poteva rischiare di contrariarla e perdere così l'opportunità di ottenere giustizia per la figlia ed erede del *Drago*. Ma Rowena non avrebbe potuto sfuggirgli all'infinito, si disse chiudendo gli occhi con un gemito di frustrazione, e comunque lui si sarebbe dovuto guadagnare la sua fiducia prima di sperare di ottenere le sue confidenze. Anche se questo avrebbe significato un ulteriore ritardo nell'adempiere ai doveri a lungo trascurati nei confronti di suo padre e di Bransbury.

Quelle preoccupazioni lo tormentavano al punto da far passare in secondo piano la consapevolezza che a poco a poco gli stavano tornando le forze benché fosse stato gravemente malato. Il fatto che la sua guarigione fosse stata opera di Rowena non faceva che accrescere in lui la speranza che fosse la persona che cercava: la figlia di un uomo eccezionale come il *Drago* doveva per forza possedere delle doti fuori del comune.

Era assorto in quelle riflessioni quando qualcosa all'esterno attirò la sua attenzione. Corrugando la fronte, guardò fuori della porta aperta chiedendosi di cosa si fosse trattato... Gli bastò una semplice occhiata per rendersi conto che la donna appoggiata allo stipite versava in condizioni critiche.

Le mani strette attorno al ventre prominente avevano le nocche bianche per lo sforzo, e il suo viso era stravolto da una smorfia. Il dolore le aveva distorto i lineamenti al punto che era difficile indovinare la sua età, ma l'espressione confusa e impotente dei suoi grandi occhi azzurri gli disse che doveva essere molto giovane.

Christian si alzò in piedi e senza pensarci due volte si affrettò a raggiungerla. Lei si accasciò tra le sue braccia. «È in casa la guaritrice?» domandò con un grido strozzato.

Era sorprendentemente leggera, considerò Christian cercando di rimetterla in piedi. «Se vi riferite a Rowena, è andata a raccogliere erbe nella foresta.»

A quella notizia la donna parve perdere del tutto il già precario autocontrollo che la sosteneva e scoppiò a piangere, disperata. «Non è possibile. Lei è la mia unica speranza. Il bambino sta per nascere e io non ho nessuno che possa aiutarmi.»

Christian aveva immaginato che si trattasse del bambino. «Posso andare a chiamare qualcun altro, caso mai Rowena non dovesse tornare subito» cercò di rassicurarla parlando in tono calmo. Non aveva la più pallida idea di quanto tempo sarebbe passato prima che rientrasse a casa. Avrebbero potuto essere minuti oppure ore, per quel che ne sapeva lui. Ma Hagar gli aveva detto che viveva a poca distanza da lì, lungo il sentiero che portava al villaggio.

La donna gli afferrò una mano stringendola con una forza che lo sorprese, fissandolo dritto negli occhi. «Non potete lasciarmi sola. È troppo tardi. Il bambino sta per nascere.»

Christian si sentì afferrare da un'ondata di panico mista a incredulità. «È il vostro primo figlio?» chiese, e lei annuì. «Ho sentito dire che al primo parto non si può dire con certezza quanto il bambino impiegherà a nascere, ma di solito è una cosa che va per le lunghe. Sono certo che c'è più tempo di quanto immaginiate» cercò di rassicurarla.

Quegli occhi azzurri sostennero il suo sguardo senza vacillare. «Non mi rimane più molto tempo, ne sono certa.

Le doglie sono iniziate parecchie ore fa, ma nessuno ha voluto aiutarmi, nel mio villaggio, perché il padre del piccolo è sposato con un'altra. Ho camminato per molte ore e ho attraversato un torrente in piena prima che un uomo lungo la strada mi informasse che qui c'era una donna che avrebbe potuto...»

Vacillò appoggiandosi a lui con tutto il suo peso mentre il suo corpo si irrigidiva e un grido di dolore le usciva dalle labbra.

Non sapendo che altro fare Christian la sollevò tra le braccia e la portò sul letto. Quando l'ebbe fatta sdraiare si rese conto che la giovane era aggrappata alla sua tunica e gli impediva di allontanarsi. Così fu costretto a restare chino in quella posizione fino a quando lo spasmo che l'aveva afferrata non fu passato e lei non lasciò la presa

Ma a quel punto non sapeva che cosa fare.

Da ragazzo amava molto gli animali e si prendeva cura di tutti quelli che trovava nelle terre del padre. Sua madre condivideva la stessa passione e lo aveva incoraggiato ad aiutarla mentre assisteva cavalli, pecore e mucche durante le malattie e le nascite. La sua bellissima e amata mamma...

Dopo che lei era morta e suo padre era diventato sempre più cupo e scontroso, l'amore per gli animali lo aveva aiutato ad andare avanti. Più tardi, a Dragonwick, la sua vita da scudiero era stata scandita da ritmi precisi e la sua crescente amicizia con Simon e Jarrod lo aveva assorbito a tal punto che aveva avuto sempre meno tempo per cose del genere. Quando poi, diventato cavaliere, era partito per le Crociate, aveva trascurato del tutto la sua passione giovanile. Tuttavia non l'aveva dimenticata.

Con gli animali il più delle volte tutto ciò che era necessario era una presenza forte e stabile, ma l'istinto gli suggeriva che in quella precisa circostanza ci sarebbe voluto qualcosa di più. Doveva assolutamente cercare aiuto.

Sperò con tutte le sue forze che la ragazza si sbagliasse nel credere che il bambino stava per venire al mondo. Per saperlo però c'era solo un modo.

Gentilmente le posò una mano su una gamba mentre guardava quel viso esausto. «Devo dare un'occhiata...»

Lei annuì tirandosi su le gonne. «Sì. Dovete aiutarmi a far nascere mio figlio.»

Sapendo che aveva frainteso le sue intenzioni, Christian scelse di non soffermarsi a discutere della questione. Diede un'occhiata cauta e subito dopo trattenne il respiro, in preda al panico: la peluria sporca di sangue che aveva scorto non poteva essere altro che la testolina del neonato.

Si affrettò a distogliere lo sguardo mentre mille pensieri e sentimenti contrastanti gli turbinavano nella mente. La donna non si era sbagliata. Il bambino stava uscendo, e non c'era nessuno che potesse aiutarla tranne lui.

Sentì che lei lo guardava aspettando che facesse qualcosa. Allora trasse un profondo respiro e la guardò negli occhi. «Come vi chiamate?»

«Nina.»

«Bene, Nina, io sono Christian» si presentò cercando di sembrare molto più fiducioso di quanto in realtà non fosse. «Riusciremo a cavarcela.»

Il sospiro di sollievo della ragazza fu di breve durata, perché un'altra contrazione la fece irrigidire inducendola a chiudere gli occhi. «Ora, vi prego!» gridò.

Christian si arrotolò in fretta le maniche della tunica. Dopodiché perse la nozione del tempo e non avrebbe saputo dire se fossero trascorsi minuti oppure ore prima che dal corpo della madre uscisse un maschietto urlante. Dopo tutto non aveva dovuto fare altro che afferrare il piccolo mentre la donna lo spingeva nel mondo.

In vita sua non aveva mai provato tanto sollievo ed esultanza come quando sentì il neonato piangere. Sollevò il bimbo che un giorno sarebbe diventato un uomo, e guardando il suo visetto rosso e raggrinzito ringraziò il Signore per quella nuova vita con devozione infinitamente maggiore di quanta ne avesse avuta ogni volta che aveva aiutato un puledro o un agnello a venire al mondo.

Rowena si fermò interdetta sulla soglia di casa fissando la scena che aveva davanti.

Non riusciva a credere ai suoi occhi. Sir Christian Greatham era in piedi accanto al letto con in braccio un neonato che strillava con quanta forza aveva nei polmoni. Sul giaciglio era stesa una giovane donna pallida ed esausta. L'espressione sul viso del cavaliere, quando incontrò il suo sguardo, era al tempo stesso trionfante e sollevata. Le stesse emozioni si indovinavano nella sua voce. «Mio Dio, Rowena» esclamò, «guardatelo!»

Lei scrollò il capo, confusa, mentre si avvicinava a osservare il faccino roseo e rugoso. «Che cosa è successo?» Lanciò un'occhiata alla madre che giaceva immobile.

«Il bambino stava per nascere e non c'era tempo di venire a cercare voi o qualcun altro» spiegò Christian riuscendo a malapena a contenere l'eccitazione. «Così ho dovuto...» Si interruppe, come sopraffatto dallo stupore.

«Lo avete fatto nascere voi?» Rowena non riuscì a nascondere la propria incredulità anche mentre faceva correre lo sguardo esperto sul piccolo e ascoltava le sue urla vigorose. «Sembra che stia bene.»

Il cavaliere fissò il minuscolo esserino che teneva in braccio con un'espressione piena di orgoglio e di meraviglia. «Sì, credo proprio che sia così.»

Rowena guardò ancora una volta la giovane puerpera pallida e immobile mentre un terribile presentimento si faceva strada dentro di lei.

«Cercate nel cassettone vicino alla porta» ordinò a Christian sforzandosi di parlare con voce tranquilla. «Troverete dei panni puliti per avvolgere il neonato.»

Lui sembrò indovinare il suo disagio e la seguì con lo sguardo mentre si dirigeva verso il letto. «Che cosa succede?»

Rowena si sentì mancare vedendo il sangue che inzuppava la coperta. «Ha sanguinato molto durante il parto?»

«C'erano alcune gocce, ma non una quantità esagerata» replicò Christian con evidente sorpresa.

Lei fece del suo meglio per usare un tono fermo e deciso. «Badate al bambino, vi prego. Io devo occuparmi della madre.»

Anche Christian si era reso conto che c'era qualcosa che non andava. «Santo cielo!» mormorò inorridito. «È forse...?»

Rowena si era chinata ad ascoltare il battito del cuore della giovane. «È viva.» Non riuscì a nascondere il proprio sollievo, ma la situazione era tale che se non avesse agito rapidamente non lo sarebbe rimasta a lungo.

Con la fretta nata dalla disperazione visitò la puerpera, prima di voltarsi di nuovo verso il cavaliere. «Avete tolto qualcosa?»

Il viso di Christian, immobile e con il neonato tra le mani, era cupo per l'ansia e la preoccupazione. «No, niente. Siete arrivata un attimo dopo che il bambino...»

Lei annuì, poi trasse un profondo respiro recuperando all'istante il proprio sangue freddo. Avvertì la familiare sensazione di calma e determinazione che spesso la permeava quando si trovava ad affrontare una situazione disperata. Non sapeva da dove provenisse quel dono, ma le dava la lucidità necessaria per fare ciò che doveva.

Non riuscire a raggiungere quello stato mentale mentre curava Christian Greatham l'aveva preoccupata parecchio, e provare di nuovo quella sensazione la rinfrancò, permettendole di affrontare con sicurezza il difficile compito che la attendeva.

La giovane madre era così debole che Rowena riuscì a scuoterla solo usando un tono autoritario e dicendole che doveva trovare la forza di riprendersi a meno che non volesse lasciare orfano il suo bambino.

Con un'ultima spinta, la puerpera riuscì finalmente a espellere la placenta e come per incanto l'emorragia si arrestò. Sollevata, Rowena si affrettò a preparare una pozione che avrebbe aiutato la sua paziente a riposare e a recuperare le forze.

Aveva perso così tanto sangue...

Mentre si dava da fare con le sue erbe, Rowena non poté fare a meno di chiedersi come se la cavasse Christian con il neonato. Era sicura che prendersi cura di un bambino appena nato non fosse un compito a cui era abituato, ma lui lasciò che si occupasse della giovane madre senza disturbarla, e di questo gli fu grata.

Tirò un sospiro di sollievo solo dopo aver cambiato le lenzuola, somministrato all'ammalata una pozione che avrebbe favorito il rigenerarsi del sangue che aveva perso e averla vista cadere in un sonno sfinito. Solo allora si rese conto che le tremavano le gambe e lentamente si avvicinò alla panca situata accanto al tavolo lasciandovisi cadere.

Sobbalzò quando una mano grande e calda si posò sulla sua spalla. Sollevò il capo e fissò gli occhi preoccupati di Christian Greatham. «Ho sistemato il piccolo in un cesto accanto al fuoco» le disse. «Questa è la più grande impresa a cui io abbia mai assistito. Le avete salvato la vita.» La gentilezza nel suo tono superò di gran lunga lo stupore di Rowena per il fatto che le parlasse in quel modo. Le faceva desiderare... non sapeva nemmeno lei che cosa.

«Non ho fatto niente di speciale» replicò con l'usuale

modestia. «Ho solo messo in pratica ciò che ho imparato.»

Lui si accigliò. «Ciò nondimeno, Nina è viva per merito vostro. Non avevo idea che... Sembrava fosse andato tutto bene.»

Lei scrollò le spalle, ma evitò di incontrare il suo sguardo ripensando al terrore che aveva provato nel momento in cui si era resa conto che c'era qualcosa che non andava. Il pensiero della giovane madre che giaceva in mezzo a tutto quel sangue e la consapevolezza di cosa sarebbe potuto succedere se la levatrice non le avesse insegnato cosa fare nel caso in cui la placenta non fosse stata espulsa, non riusciva ad abbandonarla.

«Come è arrivata qui?» chiese nonostante il tremito che la scuoteva.

Christian scosse il capo. «Ho sollevato gli occhi e l'ho vista sulla soglia. Ha detto di aver incontrato un uomo lungo la strada, che l'ha indirizzata qui. La gente nel suo villaggio si era rifiutata di aiutarla perché il padre del bambino è sposato con un'altra.»

«Quindi ha partorito un bastardo.»

Quelle parole furono un mero sussurro sulle sue labbra, ma Christian le udì. «Vorreste imputare al bambino la colpa di non essere un figlio legittimo?» chiese, incredulo.

«Mai!» rispose Rowena in tono accorato, mentre nuovi tremiti la scuotevano tutta. Per un momento Christian parve stupito della veemenza con cui si era espressa, ma subito dopo la sua voce risuonò piena di preoccupazione. «Voi state tremando!»

Lei fece cenno di no con il capo. «Io sono...»

Prima che potesse finire si sentì sollevare in piedi e attirare nella calda forza delle sue braccia, il viso appoggiato contro il morbido tessuto di lana, proprio sopra il cuore. Lo sentì battere forte e regolare sotto la guancia.

Rowena restò immobile. Non sapeva cosa fare, come

comportarsi, perché mai, nemmeno nei suoi sogni più audaci, aveva pensato che potesse succederle qualcosa del genere. Malgrado lo stupore, avvertì un desiderio così intenso che le sue gambe parvero diventare ancora più deboli, costringendola ad appoggiarsi contro quell'uomo affascinante ed enigmatico. Lui reagì tenendola con maggiore forza e accarezzandole gentilmente i capelli.

Rowena chiuse gli occhi, abbandonandosi per un breve istante a quella sensazione. Rammentava di essere stata tenuta in quel modo solo una volta, probabilmente da suo padre, anche se non ne era sicura. Eppure i sentimenti che quel ricordo suscitava in lei non avevano niente a che fare con le strane e irresistibili emozioni che sentiva crescere nel proprio intimo in quel momento e che le facevano accelerare i battiti del cuore rendendo il suo corpo sensibile come non le era mai successo.

Quando lui parlò, la sua voce profonda accanto all'orecchio la fece trasalire. «Voi siete molto giovane. Dev'esserci qualcun altro al villaggio in grado di praticare un'arte tanto difficile.»

Quelle parole riportarono Rowena alla consapevolezza che non poteva permettere a quell'uomo di tenerla fra le braccia. «Io faccio ciò che desidero fare» replicò facendo un passo indietro e guardandolo fisso negli occhi. «Questa gente mi ha accettata e amata, e io voglio ricambiare la loro generosità curandoli e facendo loro del bene. Nient'altro conta di più per me.»

«Non intendevo criticare» si scusò Christian, sorpreso da tanta veemenza. «Pensavo solo...»

«Voi non sapete di cosa state parlando. Venite da un mondo diverso. Qui ad Ashcroft è importante preoccuparsi per la gente a cui si vuole bene e che si rispetta. Queste persone sono la mia famiglia.»

Lo guardò vedendo che corrugava la fronte, costernato.

«Che cosa mi dite di voi, Christian Greatham? Non mi avete ancora raccontato perché siete venuto fino a qui per trovare la vostra Rosalind.»

Lui si irrigidì e la scrutò per un lungo momento prima di parlare. «Bene. Ho visto che tenete davvero agli altri. Se mi promettete di non parlarne ad anima viva, vi racconterò quello che so di lei.»

Rowena annuì, ancor più perplessa di prima. «Avete la mia parola.»

Christian trasse un profondo respiro. «Per prima cosa lasciatemi puntualizzare che lei non è la *mia* Rosalind.»

«Volete dire che non siete innamorato di lei?» non poté impedirsi di chiedergli Rowena.

Lui scrollò la testa. «No, non ne sono innamorato. Non la conosco neanche.»

A quelle parole Rowena provò un'inspiegabile sensazione di sollievo. «Allora perché la state cercando?» gli domandò.

«Riuscire a trovarla potrebbe essere la missione più importante di tutta la mia vita» rispose Christian parlando lentamente ma con fermezza.

Rowena scrollò la testa. «Voi parlate senza dire niente, cavaliere.»

Christian distolse lo sguardo. «In un certo senso avete ragione» ammise con una smorfia ironica, prima di tornare a fissarla con aria rassegnata. «Dovete comprendere che rischio di mettere in pericolo la sua vita e le sue speranze per il futuro, rivelando la sua esistenza alla persona sbagliata. È rimasta nascosta molto tempo per ragioni di sicurezza, e potrebbe persino non essere consapevole della sua vera identità.»

Lei sollevò le mani, esasperata. «Ancora non capisco niente di quello che dite.»

Christian si strinse nelle spalle. «Forse dovrei cominciare dal principio.» Si interruppe, e Rowena rimase in silenzio rendendosi conto che per lui si trattava di una faccenda della massima importanza. «Circa sedici anni fa fui mandato nella dimora di un grande nobile, il Conte Wallace Kelsey, perché mi addestrasse a diventare cavaliere. Il valore dimostrato in battaglia gli era valso l'appellativo di *Drago*, e tutti, amici e nemici, lo consideravano una persona eccezionale. Fu lui a fare di me un uomo, visto che mio padre era troppo perso nel suo dolore dopo la morte di mia madre per occuparsi di me.»

«Il *Drago*» mormorò lei senza rendersi conto di aver pronunciato quel nome ad alta voce fino a quando lui non si fermò a scrutarla. Si scostò i capelli dalla fronte con mano stanca. «Avete farfugliato di draghi e di bambine morte mentre eravate incosciente e io pensavo che foste...»

«Già» la interruppe Christian. «Capisco che certe farneticazioni possano farmi sembrare pazzo, ma vi assicuro che non lo sono. Vedete, il *Drago* fu ingannato e ucciso dal suo fratellastro, che lo fece passare per un traditore nei confronti di Re Riccardo Cuor di Leone. Io e i miei amici e compagni di addestramento, Simon Warleigh e Jarrod Maxwell, fummo costretti a testimoniare che aveva incontrato alcuni dei nemici del re, anche se eravamo convinti che l'incontro non avesse avuto secondi fini, proprio come il *Drago* aveva dichiarato.»

«Come potete essere certo che il vostro tutore dicesse la verità?» gli chiese Rowena.

Lui raddrizzò la schiena come se il solo ricordo di quell'uomo bastasse a nobilitarlo. «Se lo aveste conosciuto non mi avreste mai posto questa domanda. Wallace Kelsey considerava la verità e l'onore i valori più importanti, e insegnò a me, a Simon e a Jarrod a pensarla allo stesso modo. Ci consigliò di non mentire, qualunque cosa fosse potuta accadere. E noi lo facemmo anche se la nostra testimonianza indirettamente favorì la sua fine.»

Rowena era convinta che fidarsi ciecamente di qualcuno potesse rivelarsi pericoloso, ma non fece commenti. Ciò a cui Christian sceglieva di credere riguardava solo lui. «Che cosa ha a che fare tutto questo con la Rosalind che state cercando?»

Christian si sfiorò la fronte corrugata. «Rosalind era... è la figlia del *Drago*. Era opinione generale che fosse morta durante la battaglia in cui perì anche suo padre. Io stesso vidi la salma, anche se era coperta. Gli uomini di Kelsey ci riferirono che era caduta dalle scale che portavano al primo piano mentre cercava di raggiungere il *Drago*, che stava combattendo nell'atrio.»

«Allora perché la cercate?»

«Perché ho saputo da una fonte attendibile che potrebbe non essere morta quel giorno. Secondo questa testimonianza, la sua nutrice riuscì a portarla via e la nascose per proteggerla.» Il suo sguardo incontrò quello di Rowena con una strana intensità.

Lei si accigliò. «Credete che sia stata condotta qui ad Ashcroft?»

Lui non interruppe il contatto tra i loro sguardi. «Così mi è stato riferito da un uomo morente solo qualche settimana fa.»

«Ma chi era costui, e come poteva sapere?»

«Mi raccontò di essere stato lui ad aiutare l'ancella e la piccola a fuggire dal castello. Quella che Gerard Kelsey spinse giù dalle scale quel pomeriggio era la figlia della nutrice, anch'essa rossa di capelli. Pur piangendo la morte della sua bambina, la balia di Rosalind si dimostrò decisa a salvare la piccola che aveva nutrito al seno, e implorò il suo uomo, Jack, di aiutarla. Lui stimava il *Drago*, gli era fedele come me e miei amici, e aborriva il fatto che il fratellastro gli avesse teso una trappola in modo tanto vigliacco. Decise che separarsi dalla sua amante non sarebbe stato un prezzo troppo alto da pagare per la salvezza della bimba. Jack non vide mai più la sua donna, e solo in punto di morte si risolse a rivelare ciò che era accaduto: qualcuno doveva sapere dell'esistenza di Rosalind, perché potesse esserci ancora una speranza di riportarla a Dragonwick. Gli giurai che l'avrei cercata, e che se l'avessi trovata avrei fatto tutto ciò che era in mio potere per aiutarla a riprendere il posto che le spetta.»

Per qualche strana ragione Rowena provò un'agitazione che non riusciva a spiegarsi. Perciò si alzò e cominciò a sgombrare il tavolo. «Dunque avete preso in parola questo Jack e siete partito senza assicurarvi che le sue affermazioni avessero un qualche fondamento. Avete detto che era convinto al pari di voi che al *Drago* fosse stato fatto un enorme torto da parte del fratellastro. Forse la sua è stata solo l'illusione di un uomo morente che desiderava vendicare il suo padrone.»

Christian si irrigidì. «Potrebbe anche essere così» ammise riluttante. «Io, in ogni caso, non ho fatto parola con nessuno della mia intenzione di cercare la figlia del *Drago*. E non solo perché ho promesso che non ne avrei parlato finché non fossi stato certo di non mettere in pericolo la vita di Rosalind, ma anche perché non volevo dare false speranze a Simon e a Jarrod. Attendiamo da lungo tempo il momento in cui Gerard Kelsey pagherà per tutte le malvagità che ha commesso.»

Rowena inarcò un sopracciglio. «Dunque l'unico motivo che vi ha spinto a intraprendere questa ricerca è la sete di vendetta. In realtà di Rosalind non vi interessa un fico secco.»

Christian fece una smorfia ironica. «Non è così, Rowena. Io desidero il meglio per Rosalind. Merita di riavere ciò che le è stato sottratto e che è suo di diritto.»

«Anche se lei non volesse essere coinvolta nelle vostre trame? Forse è felice dove si trova, soprattutto se, come sospettate, è inconsapevole della sua vera identità.»

Christian scosse il capo. «Bisogna farle capire che lo deve a...»

Rowena lo interruppe. «Non deve niente a nessuno. Perché qualcuno dovrebbe scegliere di vivere una vita costellata di tradimenti e delitti e di trovarsi in perenne pericolo per qualcosa di cui non ha alcuna colpa? In ogni caso, tutto questo non ha importanza, visto che non l'avete trovata. Quale che sia il motivo per cui il vostro amico era convinto che Rosalind si trovasse ad Ashcroft, è evidente che si sbagliava. Il che per lei è una sfortuna, perché si sarebbe trovata bene tra questa gente e non avrebbe mai scelto di cambiare la sua vita con terre e titoli.»

Christian corrugò la fronte, ma la sua risposta non fu quella che Rowena si sarebbe aspettata. Anzi, cambiò argomento così bruscamente che lei si sentì disorientata. «Vedo che amate gli abitanti di questo villaggio come se fossero vostri parenti. Ma che ne è stato della vostra vera famiglia, Rowena? Di sicuro avrete qualcuno lontano da qui, anche se entrambi i vostri genitori sono morti. Che ne è stato di loro?»

Quella domanda inaspettata portò con sé la solita, opprimente sensazione di vergogna e solitudine. All'improvviso Rowena si rese conto di non voler più tenere nascosto il proprio segreto. «Che ne è stato di loro, Sir Christian? Non lo so. Vedete, mio padre era un cavaliere, e mia madre una domestica nella sua casa. Lui non l'ha mai sposata e la sua famiglia non ha voluto saperne di me dopo la sua morte.»

Christian si irrigidì. «I vostri genitori non erano sposati? Chi vi ha detto questo?»

«Mia madre. Chi avrebbe potuto saperlo meglio di lei?»

Lui si passò le dita tra i folti capelli scuri. «Ma non è possibile...»

Rowena si irrigidì. «Vi assicuro che è così.» Gli voltò le spalle. «Non sopporto di discutere di cose che non potete capire, e adesso devo andare a chiamare Hagar prima che Nina si svegli. Avrò bisogno del suo aiuto.»

Prima che potesse raggiungere la porta Christian la bloccò afferrandole il polso, deciso a farsi ascoltare. «Vi prego, Rowena. Devo parlare con voi.»

La ragazza trasalì e si liberò dalla sua presa.

Lui sollevò le mani in una muta supplica. «Perdonatemi. Non avevo intenzione di farvi del male. Io volevo solo...»

Rowena non si fermò ad ascoltarlo. Non poteva rivelargli il dolore che provava nel vederlo così stupito per la sua rivelazione. Mentre correva lungo il sentiero, si chiese perché avrebbe dovuto importarle dell'opinione di un cavaliere di cui sapeva pochissimo.

Lei non rappresentava altro che una parentesi nella vita di Christian Greatham, anche se tra le sue braccia si era sentita al sicuro per la prima volta da che aveva memoria. Non appena si fosse ripreso del tutto se ne sarebbe andato e avrebbe continuato a cercare la giovane donna che sperava di usare per vendicare il suo amato *Drago*. In ogni caso, qualunque cosa lui scegliesse di fare, tutto ciò non la riguardava.

4

Per riguardo verso la neomamma e il suo bambino, Christian trascorse quella notte nella piccola stalla accanto all'abitazione di Rowena. Quando le fece la proposta gli parve di vedere un'espressione decisamente sollevata sul suo viso.

Si ritirò prima che Hagar, che lei aveva richiamato in tutta fretta, rientrasse a casa sua per andare a dormire. Anche se l'anziana donna non aveva ignorato la sua presenza come sembrava fare Rowena, era stata troppo occupata ad aiutarla a curare madre e figlio e non aveva potuto chiacchierare con lui che per un breve istante. Tuttavia, durante quella scarna conversazione gli aveva palesato il suo stupore e la sua gratitudine per avere aiutato Nina.

Inspiegabilmente Christian si ritrovò a desiderare che fosse stata Rowena a guardarlo con tanta approvazione. Si disse che il suo compito sarebbe stato più semplice se lei non avesse mostrato una tale inspiegabile ostilità di fronte ai suoi sforzi per scoprire qualcosa di più sul suo passato!

Nonostante quei pensieri turbinosi, il letto di fieno sotto la pesante pelliccia era confortevole e lui dormì fino a tardi.

Non appena sveglio, però, la sua mente si trasformò di nuovo in un turbine di idee confuse. Non riusciva a credere che niente di ciò che aveva raccontato a Rowena avesse toccato una qualche nota familiare in lei. E se la sua convinzione che si trattasse di Rosalind fosse stata davvero priva di fondamento?

Christian non lo credeva. La sua comparsa in quel luogo proprio nel periodo in cui, secondo quanto gli aveva detto Jack, Rosalind e la nutrice si erano dirette ad Ashcroft era molto più di una coincidenza. Ne era certo soprattutto perché Rowena non sapeva nulla del suo passato oltre al fatto di essere figlia illegittima di un cavaliere inglese. Quella versione non lo sorprendeva, perché immaginava che dovessero averle dato una spiegazione qualsiasi a proposito della sua nascita, in modo che non facesse troppe domande.

Ripensò a come lei avesse ascoltato tutto quello che le aveva raccontato senza batter ciglio. A dire il vero era piuttosto strano che non avesse nemmeno preso in considerazione l'idea di poter essere la persona che lui stava cercando.

Ma forse non lo aveva fatto perché non desiderava essere Rosalind.

Christian gettò via le coperte di pelliccia con un gesto pieno di frustrazione. Uscì dalla stalla ed entrò in casa augurando buongiorno a Nina e a Rowena.

Quest'ultima lanciò a malapena un'occhiata nella sua direzione e lui notò che sembrava agitata come la sera precedente.

Fu Nina a distrarlo dalla contemplazione di quella esile schiena rigida. «Buongiorno, signore» rispose al suo saluto. La giovane madre era sdraiata sul letto con la schiena appoggiata ai cuscini e osservava con tenerezza il piccolo che dormiva appoggiato al suo seno. Rivolse a Christian un sorriso pieno di gratitudine, che illuminò il suo viso dalle guance ancora pallide. «Non ho parole per ringraziarvi per tutto ciò che avete...»

Lui sollevò una mano per interromperla. «Accetto i vostri ringraziamenti, sebbene in tutta onestà debba ammettere che sono state la natura e Rowena a portare a termine i compiti più importanti.» Allungò le braccia. «Posso?»

Nina gli porse il neonato addormentato.

Christian guardò quel visino che sembrava essere diventato più liscio ed espressivo nel corso della notte e il suo cuore si gonfiò di gratitudine perché tutto era andato bene per quel minuscolo essere.

«Sciocchezze. Siete stato voi a prendere l'iniziativa. Molti sarebbero andati a cercare aiuto senza nemmeno provare a fare qualcosa.» Benché le parole fossero state pronunciate in tono rigido e compassato, l'approvazione per il suo comportamento era incontestabile.

Lui accennò un sorriso non potendo negare di provare orgoglio e piacere a quel complimento. «Se mi fossi reso conto che c'era una minima possibilità di scelta lo avrei fatto, e senza alcun indugio.»

Rowena guardò il bambino e poi Christian, e i suoi insondabili occhi verdi si fissarono in quelli di lui per un lungo momento prima che tornasse a voltargli le spalle. Mentre la osservava andare su e giù per la stanza, il peso del neonato che teneva tra le braccia risvegliò in Christian uno strano desiderio che non riuscì a spiegarsi.

Un rumore dall'esterno annunciò l'arrivo di Sean. Attraverso la porta aperta Christian vide che era seduto a cassetta di un piccolo carro trainato da un somaro.

«Grazie per essere arrivato così presto, amico mio» lo salutò Rowena. Doveva averlo mandato a chiamare mentre lui dormiva ancora, intuì Christian.

Il giovane entrò in casa scrutandolo con espressione accigliata, come se fosse un appestato.

«Ho quasi finito di preparare Nina e il piccolo per il viaggio» lo informò lei.

«Che significa tutto ciò?» chiese Christian.

Rowena gli lanciò un'occhiata fugace. «Nina insiste per andare a casa, dove può stare vicino al padre di suo figlio. Sean ha acconsentito a portarla con il suo carro, ma devono partire prima che la marea blocchi la strada che conduce al suo villaggio.» Tese le braccia per prendere il piccolo come se quell'azione potesse impedire ulteriori domande.

Ma non fu così. Lui le lasciò il neonato con riluttanza e con l'aria di disapprovare quella decisione. «Ma lei è troppo debole...»

Fu Nina a interromperlo. «Sono stata io a chiedere di poter tornare a casa. Voglio vedere il padre di mio figlio. Ho bisogno di lui. Sono sicura che non appena lo conoscerà deciderà di restare con me.» Il suo sguardo era distante e determinato.

Christian si rese conto che non si sarebbe lasciata convincere ad aspettare un altro giorno. Notò anche l'espressione preoccupata di Rowena. Di sicuro avrebbe insistito perché la giovane madre rimanesse più a lungo, se avesse pensato di avere una qualche speranza di convincerla.

Rowena si rivolse a Sean. «La condurrete in salvo fino a casa? Vi accerterete che il padre del bambino si prenderà cura di loro, prima di lasciarli?»

Il giovane si inchinò e i suoi occhi si illuminarono quando lei gli sorrise con gratitudine. «Farò tutto ciò che chiedete, Rowena.»

Quella risposta parve a Christian fin troppo ansiosa di compiacerla. Lei si era sempre riferita a Sean come a un amico, ma questo non voleva dire che lui provasse gli stessi sentimenti nei suoi confronti. Cercò di convincersi che la morsa che gli aveva attanagliato lo stomaco fosse dovuta unicamente alla consapevolezza che un amore che stava germogliando avrebbe potuto complicare la sua missione. Osservò con attenzione il giovane che stava aiutando Rowena a preparare Nina e il piccolo per il viaggio. I due parlavano con disinvoltura, come avrebbero potuto fare solo persone che si conoscono da lunga data, ma il loro atteggiamento non rivelava altri tipi di coinvolgimento.

In un momento di quiete, approfittando del fatto che Rowena stava vestendo il neonato con minuscoli indumenti di lana, Sean si avvicinò a Christian, che li guardava seduto su una panca accanto al focolare dove si era sistemato quando la sua offerta di aiuto era stata declinata. «Quando pensate di lasciare Ashcroft?» gli chiese.

Lui scrollò le spalle e replicò a quella domanda inaspettata con noncuranza, anche se dentro di sé non riusciva a impedirsi di provare rammarico all'idea di andarsene. «Piuttosto presto.» Sapeva che non avrebbe potuto lasciar passare ancora molto tempo, soprattutto se non fosse riuscito ad approdare a un qualche risultato.

Sean si fece serio. «Mia madre dice che state cercando qualcuno. Una donna di nome Rosalind.»

«Proprio così» ammise lui.

«Ma vi hanno detto che qui intorno non c'è nessuno che si chiami così.»

Christian fece attenzione a non guardare Rowena. «Sì, me lo hanno riferito. In ogni caso non posso restare ancora per molto. Sono già stato lontano da casa più di quanto avessi detto a mia sorella Aislynn. Lei e mio padre sono...» Si interruppe, non volendo parlare dei suoi rapporti familiari e del senso di colpa che provava ogni volta che pensava a loro.

Nel silenzio che seguì Christian sollevò lo sguardo e si rese conto che Rowena si era fermata nell'atto di mettere il piccolo tra le braccia della madre. I loro occhi si incontrarono.

Lei lo scrutò con un'intensità che inspiegabilmente li sconvolse entrambi. «Partirete presto?» chiese.

«Sì.» Quella risposta restò sospesa nell'aria tra loro. E se per qualche misteriosa ragione nel profondo del suo cuore Rowena avesse cominciato a rendersi conto che la sua presenza lì era di grande importanza per lei?

Il tempo parve dilatarsi fino a quando finalmente lei non distolse lo sguardo e tornò alle sue faccende. «Sarebbe meglio se aspettaste ancora qualche giorno. Solo così sarete sicuro di essere guarito del tutto» gli consigliò senza lasciar trapelare il minimo accenno di emozione.

Christian non ebbe l'opportunità di considerare le sue parole, perché non appena Rowena si diresse verso il tavolo e cominciò a infilare dei piccoli sacchetti in una borsa più grande con studiata concentrazione, Sean si lasciò sfuggire un gemito soffocato. Christian si voltò e colse la sua espressione struggente fissa su di lei.

Come se avesse percepito il suo sguardo, Sean gli rivolse parole piene di risentimento. «Perché la state guardando in quella maniera?» Le sue guance erano accese per la collera.

Evidentemente era innamorato di Rowena.

Christian non seppe cosa rispondere, perché era palese che l'altro lo vedeva come un rivale, mentre la situazione non poteva essere più diversa.

Tuttavia non aveva alcuna intenzione di rivelare la natura del suo interesse per quella donna.

Sean continuò prima che Christian potesse anche solo pensare a una risposta da dargli. «Prego perché i vostri familiari non debbano attendere a lungo il vostro ritorno, cavaliere inglese. La loro tranquillità sarà anche la mia.»

Lui fu sfiorato da un momentaneo senso di colpa nel lasciar credere a Sean che avrebbe potuto portargli via ciò che lui considerava più caro. Provava simpatia per quel giovane, ma non poteva permettere che questo gli impedisse di portare Rowena con sé se avesse deciso di seguirlo. Se era davvero Rosalind, il suo posto era a Dragonwick.

«Sean?» Era la voce di Rowena.

L'uomo si affrettò a raggiungerla.

«Volete portare questa al carro?» Gli tese una borsa di lana. «Contiene abiti puliti per il bambino.»

Lui afferrò rigidamente il sacchetto e uscì senza più guardare il cavaliere.

Christian allora osservò Rowena che aiutava Nina ad alzarsi. Il piccolo era stato appoggiato in fondo al letto mentre la madre era seduta sul bordo con le gambe a penzoloni. La guaritrice le passò una mano sotto il braccio e la sostenne per mettersi in piedi, ma la puerpera era ancora molto debole e vacillò, rischiando di cadere.

Senza chiedere il permesso lui si alzò e l'aiutò a sorreggersi. «Non dovreste mettervi in viaggio.»

Rowena si dichiarò d'accordo con lui nonostante la sua tensione fosse palpabile. «Ha ragione. Non sei ancora abbastanza forte.»

Le labbra di Nina si strinsero con ostinazione. «Voglio andare a casa.»

Christian si lasciò sfuggire un grugnito esasperato, poi si chinò per sollevarla tra le braccia. Né lei né Rowena protestarono quando la trasportò di peso fino al carro.

Mentre la collocava sullo stretto sedile di legno accanto a uno scontroso Sean, Rowena li raggiunse con un cesto in cui aveva messo il bambino e lo sistemò con attenzione davanti a loro. «Dormirà per un po'.» Poi si rivolse a Nina. «Non dimenticare di prendere tutte le pozioni che ti ho preparato. Ti aiuteranno a riguadagnare più in fretta le forze.»

La ragazza ricacciò indietro le lacrime. «Non lo scorderò.» Il suo sguardo riconoscente si estese a Christian, che era indietreggiato per permettere loro di parlare. «Vi ringrazio entrambi. Io... Voi avete salvato le nostre vite e io non potrò mai...» Si interruppe asciugandosi una lacrima con la manica dell'abito pulito che le aveva dato Rowena.

Lui annuì, incapace di parlare per il groppo che aveva in gola. «Tu pensa al bambino» sussurrò Rowena. «E ricordati. Se mai avessi bisogno di qualcosa saprai sempre dove trovarmi.»

Nina annuì e guardò Sean. «Dobbiamo andare, o arriveremo quando sarà già salita la marea.»

Rowena indietreggiò fermandosi accanto a Christian e si asciugò una lacrima mentre Sean lanciava loro un'occhiata colma di disapprovazione.

«Passerò a trovarvi al mio ritorno» disse.

Rowena scrollò il capo. «Non è necessario che complichiate ulteriormente la vostra giornata. Dovete dedicarvi alle vostre occupazioni.»

Mentre il carro si allontanava, Christian si rese conto che nonostante fosse chiaro che Sean era innamorato di Rowena, era altrettanto evidente che lei non ricambiava il suo amore. L'unico sentimento che provava per il giovane era un sincero affetto fraterno.

Appena arrivato a quella conclusione si sentì sommergere da un'incredibile sensazione di sollievo, che cercò di spiegare dicendosi che le cose sarebbero state meno complicate una volta che Rowena avesse scoperto la sua vera identità. Sean non sarebbe mai stato un compagno adatto per la Signora di Dragonwick. Nel suo nuovo ruolo lei avrebbe avuto bisogno di un uomo forte accanto, in grado di aiutarla a mantenere e amministrare i suoi possedimenti.

Lui, Jarrod e Simon avrebbero potuto aiutarla in quella scelta. Forse sarebbe potuta persino cadere sullo stesso Jarrod, che non era sposato, non aveva legami con le terre di suo padre, e sarebbe stato in grado di restituirle Dragonwick sottraendolo a Kelsey e di riportarlo agli antichi splendori governandolo con giustizia e saggezza.

Sì, Rowena doveva sposarsi e il futuro signore di Dragonwick sarebbe stato scelto con estrema attenzione. In ogni caso non era necessario prendere quella decisione subito. Se anche fosse stato interessato alla figlia del *Drago*, Christian non avrebbe potuto comunque essere uno dei candidati, perché aveva altre responsabilità che dovevano avere la precedenza su tutto.

Al suo ritorno dalla Terra Santa aveva trovato una situazione piuttosto difficile a Bransbury. Suo padre, che ricordava come un uomo amareggiato e chiuso nel suo dolore, gli era sembrato invecchiato e stanco. Come se non bastasse, aveva parecchi problemi a mantenere sicuri i confini delle sue terre minacciati dai rissosi vicini gallesi. La sua gioia nel riavere il figlio accanto era stata immensa, e Christian si era reso conto di quanto Lord Greatham avesse sentito la sua mancanza. Proprio per questo era deciso a fare ciò che doveva essere fatto per onorare la memoria del *Drago*, per poi riprendere il posto che gli spettava in seno alla sua famiglia.

Per quanto Rowena potesse essere incantevole e affascinante, la sua unica intenzione era provare o smentire senza ombra di dubbio che fosse Rosalind di Dragonwick.

Era consapevole che sarebbe stato molto più difficile dimostrare chi era se lei stessa non lo sapeva, ma si impose di continuare a sperare. Avrebbe cercato di scoprire qualche altra prova che lo aiutasse ad arrivare alla verità, e se ci fosse riuscito avrebbe chiesto la sua collaborazione in modo da poterle restituire il titolo e i possedimenti che erano appartenuti a suo padre.

Certo, che Rowena fosse una giovane tanto suscettibile non lo aiutava in quel delicato compito.

Che fosse molto saggia e coraggiosa per i suoi anni era innegabile. Dopo averla vista salvare la vita di Nina aveva pensato che, se fosse stata la figlia del *Drago*, suo padre sarebbe stato orgoglioso di lei.

Le sensazioni inaspettate che aveva provato nel tenerla stretta tra le braccia la sera precedente erano di sicuro dovute al disperato desiderio che fosse davvero Rosalind. Vederla restituita alla sua legittima posizione avrebbe significato fare a suo padre il più grande dono che chiunque avrebbe potuto fargli dopo tutti quegli anni.

Rowena osservò Sean, Nina e il bambino partire con un senso di disagio. Si sentiva stranamente vulnerabile e non ne capiva il motivo.

Adesso il suo comportamento della notte precedente le sembrava sciocco. Era chiaro che doveva aver frainteso le sue intenzioni pensando che il cavaliere rifiutasse di accettare la sua nascita illegittima. Non era sicura di cosa stesse pensando, e al momento non voleva soffermarsi su quel problema. Ciò che sapeva era che Sir Christian Greatham era molto diverso dal modello di gentiluomo che le aveva descritto sua madre.

La gentilezza e la premura che aveva dimostrato nei confronti del prossimo non finivano di meravigliarla e di sorprenderla. Aveva avuto modo di notarlo prima con Hagar e poi con Nina e il bambino.

L'ansia comune per la giovane madre aveva creato una sorta di legame tra loro, che l'aveva fatta sentire inspiegabilmente a disagio. Il suo interesse per il neonato, figlio illegittimo di un uomo sposato, le aveva procurato una profonda commozione. Il fatto che fosse un bastardo non aveva suscitato in lui la minima preoccupazione. Perché dunque avrebbe dovuto importargli se lo era anche lei?

«Voi non siete come mi ero immaginata» si ritrovò a dirgli senza averne avuta l'intenzione.

Christian sobbalzò. «Mi avevate immaginato?»

Rowena si sentì arrossire e rispose precipitosamente. «Non voi in particolare, ma i nobili in genere. Pensavo che le persone del vostro rango si sentissero superiori a noi. E non mi riferisco solo a me, ma anche a gente come Nina e il suo bambino.»

«Capisco.» Non trapelava la minima emozione nella sua voce profonda.

«Davvero?» Rowena lo osservò con estrema attenzione. «Nel vostro mondo sono in molti quelli diversi da voi?»

Lui scrollò le spalle e corrugò la fronte come se la sua domanda lo avesse colto di sorpresa. «Direi di no. Alcuni sono peggiori, parecchi sono migliori.»

Lei mostrò di dubitare di quell'ultima affermazione. Qualcosa le diceva che solo un uomo straordinariamente onesto e gentile avrebbe potuto essere meglio di lui.

Fu quel pensiero a indurla a proseguire. «Mia madre mi ripeteva spesso che le uniche preoccupazioni di mio padre e dei suoi simili erano le terre e i titoli. Anche le persone care venivano in secondo piano. È per questo che...» Raddrizzò le spalle. «È per questo che si rifiutò di sposarla. Lei non poteva portargli in dote niente che avesse valore.»

Il cipiglio di Christian si fece ancor più accentuato. «E voi le avete creduto?» le chiese fissandola negli occhi.

«Perché non avrei dovuto? Mio padre l'ha rifiutata... e ha rifiutato anche me.» Le costò fare un'ammissione del genere davanti a quello sguardo penetrante.

Lui fece per avvicinarsi. «Questo non è il...» Vedendo che Rowena indietreggiava si impose di ritrovare la padronanza di sé prima di proseguire. «Siete sicura che le cose siano andate davvero così? Forse vostra madre vi ha portato via per altre ragioni.»

«Perché dovrei mettere in dubbio le sue parole?» obiettò lei sentendosi sopraffare da un crescente senso di infelicità. «Mia madre era una donna che la vita aveva reso piena di risentimento e di amarezza, ma mi voleva bene. Non avrebbe mai voluto ferirmi.»

Christian si passò una mano tra i capelli. «Ma...»

Lei lo interruppe prima che potesse continuare. «Non intendevo insultarvi. Ho parlato solo perché siete stato onesto e gentile verso chiunque in questi giorni.» Si voltò per asciugarsi furtivamente una lacrima. Non voleva che lui si accorgesse di quanto era turbata.

Christian la bloccò afferrandola per il polso. «Rowena, se voleste ascoltarmi...»

«No!» Lei scrollò il capo senza guardarlo e liberò la mano dalla sua stretta. «Non voglio farlo.» La possibilità che sua madre potesse averle mentito la turbava troppo anche solo per prenderla in considerazione. Perché se fosse stato vero sarebbe stata lei, e non suo padre, ad averle fatto un torto. «Voi mi chiedete di mettere in dubbio le parole di una donna che mi consolava quando cadevo o quando mi svegliavo di soprassalto dopo aver fatto un brutto sogno.» Da piccola aveva avuto degli incubi ricorrenti che la terrorizzavano. Si trattava di confuse visioni di sangue, di grida disperate che le risuonavano nelle orecchie mentre si sentiva minacciata da un enorme serpente. Da allora i rettili la spaventavano a morte. «Non posso farlo, visto che lei ha sempre pensato prima a me che a se stessa.»

Non voleva nemmeno prendere in considerazione un'ipotesi del genere. Come aveva già detto al cavaliere, sua madre aveva nutrito un profondo rancore nei confronti dell'uomo che l'aveva lasciata nei guai, ma aveva amato teneramente la figlia. Non le avrebbe mai mentito su una questione del genere. Non avrebbe avuto motivo di farlo.

«Potete difendere mio padre quanto volete, ma non sapete niente di noi» commentò gelida.

Si arrischiò a lanciargli un'occhiata fugace e vide che sembrava assorto nei propri pensieri, così restò sorpresa quando sentì la sua voce. «Perdonatemi per essermi intromesso in questioni che non mi riguardano.»

Rowena trasse un profondo respiro nel tentativo di calmarsi. «È tutto a posto.» Guardò verso il sentiero che conduceva alla foresta. «Oggi sono attesa altrove. Vi ho lasciato pane e formaggio per quando vi verrà fame.»

Gli fu grata perché seguì il suo consiglio e non affrontò più l'argomento. «Vi ringrazio per la vostra ospitalità» si limitò infatti a dire Christian.

Lei allora lo guardò e scoprì che quei penetranti occhi azzurri la stavano scrutando con attenzione, come del resto facevano spesso.

Non volendo cercare di decifrare quell'espressione, gli voltò le spalle. Entrò in casa, raccolse le cose di cui aveva bisogno sistemandole in una borsa di lana, e poi prese il mantello. Quando fece per uscire fu costretta a fermarsi perché lui, che l'aveva seguita ed era fermo sotto l'arco della porta, le stava bloccando la strada.

«Sarò di ritorno prima che scenda la sera» disse accennando ad avanzare.

Christian si strinse nelle spalle. Sembrava quasi dimentico della sua presenza. «Come desiderate.»

Rowena attese.

Allora lui la guardò, rendendosi conto di esserle d'intralcio. Con un cenno del capo a mo' di scusa si spostò di lato per permetterle di passare. Nonostante si sentisse stranamente riluttante a trovarsi tanto vicina al suo corpo muscoloso, lei non mosse obiezioni. Si sentiva troppo confusa e in balia delle emozioni che quell'enigmatico straniero suscitava in lei.

Mentre gli passava di fianco i loro occhi si incontrarono. Intimidita, Rowena si scostò i capelli dalle guance infuocate.

Senza preavviso Christian le catturò il polso, facendola

trasalire. Lo sollevò ed esaminò un piccolo livido di cui neanche lei aveva ancora notato l'esistenza.

«Sono stato io a farvelo, ieri sera, quando vi ho afferrato, vero?» mormorò in uno tono pieno di rammarico.

Lei annuì esitante. «Io... sì, dev'essere così.»

Lui fece una smorfia. «Mi dispiace davvero tanto, Rowena. Non è mai stata mia intenzione ferirvi, in nessun modo.»

La giovane non riuscì a distogliere lo sguardo da quei seri e irresistibili occhi azzurri, e non le venne neppure in mente di fuggire. La mano di Christian sembrava bruciare nel punto in cui toccava la delicata pelle del polso. Ma quando lui distolse lo sguardo da quello di lei per posare le sue labbra calde nel punto in cui si stava formando il livido, Rowena sobbalzò, stupita dall'istantanea reazione del proprio corpo.

«Io...» Senza sapere cosa dire liberò la mano. Era troppo confusa dalle sensazioni che quel semplice gesto aveva scatenato nel suo intimo.

Si voltò e scappò via, consapevole che lui la stava osservando, e continuò a correre fino a quando non scomparve tra gli alberi.

Solo allora tornò a respirare normalmente, come se allontanarsi da lui le avesse permesso di sottrarsi allo strano potere che quel cavaliere sembrava esercitare su di lei. Tuttavia, ora che quel momento era passato, si rifiutava di credere che Christian Greatham potesse avere una tale influenza sulle sue emozioni.

Si stava comportando da vera sciocca. Quell'uomo non aveva alcun potere su di lei.

Come del resto Rowena non ne aveva su di lui. Le aveva comunicato quella mattina stessa che sarebbe partito presto. Era stata solo la sorpresa per il suo gesto a farla reagire in quel modo.

Ma perché le aveva baciato il polso?

Mentre percorreva il familiare sentiero coperto di foglie secche non riuscì a ritrovare l'abituale senso di pace che di solito provava camminando nella foresta. Non provava gioia all'occasionale grido di un tordo o di un falco che svolazzava tra il folto intreccio di querce, abeti e pini.

Cercò di concentrarsi sulla sua visita alla vecchia Agnes. La vedova assumeva dosi regolari dei suoi medicamenti per trovare sollievo ai problemi di respirazione che la affliggevano ogni anno all'avvicinarsi dell'inverno, ma non era in grado di camminare fino alla casa di Rowena. Lei sapeva di non essere attesa, perché mancavano ancora due o tre giorni all'appuntamento che si erano date l'ultima volta, ma era certa che sarebbe stata bene accolta.

In ogni caso non avrebbe potuto trascorrere tutto il giorno in compagnia di Christian Greatham.

5

Il mattino successivo Christian restò a osservare Rowena dalla porta di casa. Non si erano più scambiati una parola da quando lei era scappata il giorno prima.

Non sapeva che cosa lo avesse indotto a baciarle il polso. In quel momento aveva pensato che si trattasse semplicemente di rammarico per lo scompiglio che aveva portato nella sua vita e per ciò che ne sarebbe seguito.

La sua istantanea e sensuale reazione a quel semplice gesto, tuttavia, gli aveva fatto sorgere dei dubbi, e benché avesse tentato di convincersi che nessun uomo sarebbe potuto rimanere impassibile davanti alla bellezza di Rowena, la sua inquietudine non si era acquietata.

Lei non era tornata fino a quando lui non si era ritirato a dormire nella stalla. Christian era rimasto sveglio per molto tempo a rimuginare sulla propria follia e sulle rivelazioni che Rowena gli aveva fatto durante la loro conversazione mattutina.

La bella guaritrice non aveva capito che esisteva la possibilità che lui parlasse di lei quando si riferiva a Rosalind. Benché indubbiamente lo avesse fatto a fin di bene, la donna che Rowena credeva fosse la sua vera madre le aveva instillato un forte pregiudizio contro la nobiltà, e tutto ciò avrebbe reso molto più difficile persuaderla che poteva essere davvero l'erede di Dragonwick.

Guardò il suo esile profilo mentre era indaffarata a preparare il pasto mattutino. Sapeva che avrebbe dovuto dire qualcosa per farle comprendere che non aveva avuto cattive intenzioni nel baciarla. «Rowena, io...» Si interruppe, incerto su come proseguire.

Lei lo osservò con quegli incantevoli occhi verdi. «Sì?» rispose con evidente riluttanza.

«Mi dispiace di avervi baciato.» Incredibilmente si sentì arrossire. «Non ricordo di essermi mai scusato con qualcuno tanto spesso in vita mia. Non ho mai avuto bisogno di farlo...»

Rowena lo interruppe sollevando una mano. «Vi prego, non dovete spiegarmi niente. Mi rendo conto che i nobili si comportano in modo diverso da quello a cui sono abituata. Sono io che dovrei scusarmi per avervi fatto credere di essere rimasta turbata dal vostro gesto.»

Christian rimase stupito da quella risposta precipitosa. Evidentemente Rowena era convinta che i nobili si comportassero in modo strano. Non era vero, naturalmente, ma gli forniva una comoda via d'uscita. Eppure provava una punta di rammarico che però s'impose di ignorare. Dal momento che non aveva una spiegazione ragionevole, non era un male che Rowena se ne fosse costruita una da sola. Così non avrebbe dovuto confessarle che per un breve istante...

Scrollò le spalle, allontanando quegli scomodi pensieri. «Vi ringrazio per la vostra benevolenza.»

«Non c'è di che.» Il tono di Rowena si fece teso. «Ma devo chiedervi di non insistere oltre su un argomento che è di estrema importanza per me.»

Lui la ascoltò in silenzio.

«Non è necessario che continuiate a difendere mio padre e i nobili in generale. Io vi accetterò per quello che siete, perché mi sono resa conto che avete un animo buono e gentile, ma niente altro. Sappiate che il ricordo di mia madre mi è estremamente caro.»

Christian si fece serio. Il suo scopo non era quello di perorare la causa della nobiltà. Desiderava solo farle comprendere che lei stessa avrebbe potuto esserne parte.

Annuì brusco, riflettendo sul fatto che doveva trovare il modo di spiegarle come stavano le cose senza però darle la sensazione di voler giustificare il comportamento del padre.

Consumarono la colazione in un'atmosfera meno tesa. Tuttavia lui non riuscì a rilassarsi davvero, perché non poteva fare a meno di continuare a chiedersi come sarebbe andato avanti da quel momento in poi. Sperava solo che lei lo avrebbe ascoltato quando le avrebbe raccontato quel che sapeva del suo passato.

Rowena finì di mangiare prima di lui. «Dovete scusarmi, ma ho del lavoro da sbrigare» lo informò.

Christian si limitò ad annuire, anche se era certo che lei stesse fingendo di avere da fare per evitare di parlargli. «Fate pure. Io sparecchierò e poi farò una passeggiata, se non avete niente in contrario.» La osservò sollevare il pesante coperchio della cassapanca ai piedi del letto e rovistarvi dentro.

Il suo interesse si destò nel vederla estrarre dal baule un rotolo di pergamene che appoggiò a terra mentre continuava a frugare. Senza fermarsi a pensare, Christian si avvicinò e vide che erano intonse. Le sue dita si piegarono per l'impazienza. «Non c'è scritto niente.»

Rowena sollevò lo sguardo, confusa, tornando a guardare il rotolo. «Sì. Le compro al monastero dove vado a prendere i miei vini. Mi servono per etichettare i miei preparati.»

Christian inarcò un sopracciglio, sorpreso. «Sapete leggere e scrivere?»

Lei si strinse nelle spalle. «Solo quel tanto che basta per scrivere gli ingredienti dei miei medicamenti» spiegò in tono asciutto. «Mi ha insegnato uno dei monaci.»

Lui studiò il suo profilo. Pochi nobili erano in grado di leggere, anche a livello elementare, e lei ne parlava come se fosse una cosa da niente. Ancora una volta dovette riconoscere che si trattava di una donna davvero insolita. Ma osservando il suo viso nella penombra, intuì che non le sarebbe piaciuto se avesse fatto quel commento ad alta voce.

Invece indicò le pergamene. «Vi dispiace se ne prendo una? Mi piacerebbe molto averla.»

Un'espressione perplessa le corrugò la fronte, ma si riprese subito. «Certo.» Prese un foglio dal mazzo e glielo porse.

Christian lo prese e nel farlo le loro dita si sfiorarono. Rowena indietreggiò mentre un brivido le correva lungo la schiena e subito dopo tornò a quello che stava facendo. «Io... se volete scusarmi, devo finire qui.»

Lui si allontanò di qualche passo, stupito che reagisse così a un contatto casuale. Prima non aveva mai mostrato una tale avversione nei suoi confronti. Forse ciò che era accaduto il giorno precedente l'aveva turbata più di quanto volesse ammettere.

Subito dopo si disse che in ogni caso ciò non aveva importanza. Doveva solo indurla a fidarsi di lui abbastanza da ascoltarlo quando le avrebbe rivelato chi credeva che fosse.

Lei scelse proprio quel momento per alzarsi tenendo in mano una piccola borsa di cuoio. «Io esco» annunciò e Christian si trattenne dal chiederle dove fosse diretta. Un attimo dopo era andata via, senza nemmeno guardarlo.

Proprio non riusciva a capire quella strana ragazza, constatò Christian, ma del resto non aveva alcuna necessità di farlo. Il suo scopo era portarla a casa e farle assumere la sua legittima posizione a Dragonwick. Niente di più, niente di meno.

Tuttavia, nonostante quel ragionamento sensato, qualche tempo più tardi, mentre era chino sulla pergamena con un pezzo di carbone in mano, Christian si rese conto che il viso di lei continuava a ossessionarlo e non solo a causa della sua ostinazione. Non riusciva a dimenticare la sua bellezza, il suo coraggio e la sua forza. Come guidata da quei pensieri, la sua creazione cominciò rapidamente a prendere forma. A mano a mano che aggiungeva dei particolari, il ricordo di come si era sentito il giorno precedente quando le sue labbra le avevano sfiorato la pelle del polso si fece sempre più vivido. Il desiderio che lo aveva pervaso e, cosa ancor più incredibile, la tenerezza che Rowena aveva suscitato in lui guidarono la sua mano, suggerendogli forme e particolari, tanto che alla fine, quando raddrizzò la schiena e osservò il disegno, rimase stupito del risultato ottenuto. Si alzò e si stiracchiò. Anche se le forze gli erano ormai tornate completamente, i suoi muscoli soffrivano ancora di una certa rigidità e il fatto che fosse restato seduto nella stessa posizione per parecchio tempo non migliorava la situazione.

Christian valutò il ritratto sulla pergamena. Sì, era riuscito a cogliere l'essenza di Rowena con maggior efficacia del previsto, ritraendo il naso dalla linea regale e orgogliosa, il mento volitivo e gli zigomi alti e ben modellati. Il suo profilo era incantevole e i suoi occhi dal taglio a mandorla sembravano assorti in qualche intimo pensiero.

In un angolo, come nello schizzo che aveva fatto di Jack, aveva disegnato quasi inconsapevolmente la spilla con l'emblema del drago. Non riusciva a perdonarsi di averla persa insieme alle sacche da sella. Ne esistevano solo tre, ed erano state fatte fare da Jarrod per sé e per i suoi amici Simon e Christian subito dopo la morte del *Drago*.

Loro tre l'avevano indossata con orgoglio, non solo come simbolo della loro fratellanza, ma anche come segno che il ricordo del loro tutore e dei torti da lui subiti sarebbe sempre vissuto nei loro cuori.

Una voce profonda lo riscosse dalle sue elucubrazioni. «Che cos'è?» Sollevò lo sguardo rendendosi conto che era stato così concentrato sul disegno da non aver notato che Sean era entrato dalla porta aperta e si era silenziosamente avvicinato al tavolo. Lo sguardo del giovane era fisso sul ritratto di Rowena.

Christian fece un gesto noncurante. «Se non lo capite da voi, allora i miei sforzi sono stati vani.»

Sean fece una smorfia sarcastica. «Certo che so chi è. Ma perché lo avete fatto?»

Lui gli lanciò un'occhiata ironica. «Rowena mi ha dato un pezzo di pergamena e a me è venuta l'ispirazione di disegnarci sopra.»

«È stata lei a darvi il permesso di ritrarla?»

«Non gliel'ho chiesto.»

«Dov'è adesso?»

Christian scrollò le spalle dirigendosi verso la porta. «Ha detto che aveva da fare.»

«Questa mattina mi avete detto che sareste partito presto e che la vostra famiglia di certo si starà chiedendo dove siete finito» proseguì Sean scrutandolo con attenzione. «Non desiderate tornare, in modo che smettano di preoccuparsi?»

Lui guardò il ritratto di Rowena. «Ho perso il mio destriero e la borsa. Avrò qualche problema a rientrare in Inghilterra senza di essi.»

L'altro raddrizzò le spalle. «Il cavallo potrebbe essere annegato in mare, o magari sta vagando per le campagne. Potrei chiedere in giro se qualcuno lo ha visto. Sono sicuro che si tratta di un animale di valore.»

Christian annuì. «È una bestia non comune.» Sostenne lo sguardo del giovane. «Vi sarei grato se trovaste il modo di recuperarlo.»

Sean si inchinò, per nulla intimidito. «E in caso lo trovassi, partireste?»

Lui si accigliò. «Forse.»

Il giovane gli lanciò un'occhiata di fuoco. «Io vi ho capito, signor cavaliere. E ho ben chiaro in mente qual è il vostro scopo. So che volete sedurre la mia Rowena. Ma io non lo permetterò.»

La *sua* Rowena. Se fosse stata la figlia del *Drago*, come Christian credeva, non sarebbe mai diventata la donna di Sean. Parlò con cautela, provando una certa simpatia per la passione dell'altro. «Vi siete ingannato sulle mie intenzioni.»

Mentre lo diceva, si rese conto che la sola idea di portarla a letto gli accendeva il sangue. Ma chiunque avrebbe avuto quella reazione. E lui non si trovava nella posizione di indulgere in quell'inclinazione.

Sean scosse il capo. «Vi è stato detto che la donna che cercate non si trova qui, e tuttavia non ve ne volete andare. Non dimenticate che ho notato come guardavate Rowena, e che ho capito che intenzioni avete.»

Lui sollevò il mento. «Voi non sapete niente e fareste bene a non farvi venire strane idee.»

Sean fece correre di nuovo gli occhi verdi sul disegno. «Allora datemi quello schizzo.»

Christian non aveva nessuna intenzione di farlo, nemmeno per calmare la sua collera. «No. Non mi separo mai dai miei lavori. Servono a rammentarmi dove sono stato e che cosa ho fatto.»

Le labbra di Sean si piegarono in una smorfia sprezzante. «Quindi fate il ritratto a ogni donna che vi capita di incontrare?»

«No, solo a quelle degne di nota.» Non aggiunse che di rado aveva ritratto le donne che aveva conosciuto, e mai per motivi sentimentali, come invece sembrava credere Sean.

Aveva iniziato a disegnare dopo la morte della madre, nel tentativo di tenere memoria dei suoi lineamenti. Era il periodo in cui suo padre non voleva neanche sentire pronunciare il nome della defunta moglie, tanto grande era il suo dolore, mentre Christian aveva un disperato bisogno di mantenere vivo il suo ricordo. Così aveva continuato a provare e riprovare, finché non aveva ottenuto una somiglianza accettabile. Da allora aveva continuato a fare schizzi di luoghi che aveva visitato e persone che aveva conosciuto. Il più recente era stato quello di Jack, il soldato che era morto con il nome del *Drago* sulle labbra.

Christian sorrise a Sean, non trovando nulla da dirgli che potesse tranquillizzarlo, perché non poteva certo rivelargli la vera natura del suo interesse per Rowena.

Sean si alzò. «Tenetevi il vostro disegno, allora. Non voglio niente da voi. Ma rammentate che io ho capito che cosa avete in mente, anche se vi ostinate a negarlo. Come vi ho detto, Rowena è mia, e non mancherò di metterla in guardia a proposito delle vostre intenzioni. Anche se si è mostrata gentile nei vostri confronti, così come lo è con molti altri, è a me che crederà, dal momento che la conosco bene e da parecchio tempo. Prima o poi comincerà a chiedersi perché vi trattenete ad Ashford senza alcuno scopo apparente, e allora vi butterà fuori. Non avrete vita facile con lei, cavaliere, perché non si farà ingannare dalle vostre lusinghe come invece fece sua madre.»

La sfida era stata lanciata.

Anche Christian si alzò in piedi. «Vedo che non è possibile convincervi.»

«No. Voi partirete prima di domani mattina.»

Lui si strinse nelle spalle, anche se era consapevole che Rowena avrebbe potuto lasciarsi influenzare dalla determinazione di Sean a fare leva sul fatto che anche sua madre era stata usata e poi messa da parte da un cavaliere come lui. «Fate come desiderate.»

Era più che mai deciso a portarla con sé quando fosse partito. Ma doveva rivelarle qual era il vero interesse che nutriva nei suoi confronti, se voleva confutare le errate convinzioni del suo amico d'infanzia.

Quando le avrebbe mostrato chi era e quanto ci fosse bisogno di lei a Dragonwick, più che ad Ashcroft, Rowena avrebbe accettato di seguirlo in Inghilterra e una volta lì avrebbe ripreso il suo legittimo posto. Non aveva ancora idea di come avrebbe fatto a convincerla, ma era fiducioso che un passo alla volta tutto si sarebbe sistemato.

Le affermazioni di Sean lo avevano costretto a rammentare che non poteva certo permettersi il lusso di attendere all'infinito. Doveva tornare a Bransbury il più presto possibile.

Anche se lei gli aveva chiesto di non affrontare più l'argomento, doveva trovare un modo per raccontarle tutto, e doveva farlo proprio quel giorno, prima che Sean potesse dar voce ai suoi sospetti infondati.

Sfortunatamente non aveva idea di quando sarebbe tornata a casa.

Con il passare delle ore cominciò a sentirsi insolitamente stanco, forse perché la notte prima non aveva dormito molto, oppure perché la malattia aveva lasciato qualche strascico di debolezza. Si sdraiò sul letto con l'intenzione di riposare gli occhi, e invece cadde quasi subito in un sonno profondo ma agitato.

Quando si svegliò la stanza era immersa nell'oscurità, segno che ormai il sole era tramontato. Christian sbadigliò e stirò i muscoli delle braccia, che anelavano a una maggiore attività rispetto a quanta non ne avesse fatta di recente.

Un rumore ovattato lo svegliò del tutto. Sollevandosi a sedere, fece appena in tempo a vedere Rowena che dal tavolo si dirigeva verso la porta.

Lui la fermò sollevando una mano. «Non ve ne andate, vi prego.»

Lei lo guardò con espressione contrita. «Non intendevo disturbarvi. Tornate a dormire. Io devo andare da Hagar.»

Christian si alzò sapendo di dover agire prima che lei vedesse Sean. «No, aspettate, per favore. C'è una cosa che devo dirvi e di cui avrei dovuto parlarvi fin dall'inizio. Si tratta di una cosa di estrema importanza.»

Era riuscito a ottenere la sua completa attenzione. «Di estrema importanza, dite?»

Lui annuì con decisione, trovando l'atteggiamento di Rowena più incoraggiante di quanto si aspettasse. «Sì, e ormai non ha alcun senso aspettare oltre.» Le indicò la panca appoggiata al muro. «Anche se ciò che dirò non vi piacerà, vi prego di ascoltarmi fino in fondo prima di arrabbiarvi.»

Rowena si sedette nell'angolo più distante da lui, con la fronte corrugata e l'aria perplessa. «Che cosa volete dirmi?»

Christian trasse un profondo respiro rendendosi conto di aver lasciato trapelare la sua frustrazione con quell'ultima affermazione, e si sforzò di parlare in tono neutro. «Sapete che non sono giunto ad Ashcroft per caso, ma che sono venuto fino a qui per uno scopo preciso.»

Lei lo scrutò. «Sì. State cercando la vostra Rosalind, ma vi è stato già detto che qui non c'è nessuno con quel nome.»

Lui annuì. «Proprio così. Ho appreso che nel villaggio non esiste nessuno che si chiami così, ma credo che vi sbagliate nell'affermare che lei non si trova qui.» Sostenne il suo sguardo confuso. «Io credo che Rosalind siate voi, Rowena.»

«Io?» Poté udire l'incredulità nella propria voce. Scosse la testa come per scacciarne una tale folle nozione, anche se l'espressione di Christian era seria. «Ciò che dite non ha senso, cavaliere! Come sarebbe possibile?»

Lui le si sedette accanto prendendole una mano tra le sue e Rowena percepì quanto fosse strana quella situazione. Al tempo stesso l'estrema gravità dell'espressione dei suoi occhi azzurri la tenne prigioniera.

Christian proseguì lentamente scegliendo ogni parola con infinita cura. «Sono convinto che voi possiate essere Lady Rosalind Kelsey, la figlia scomparsa del precedente Conte di Dragonwick.»

Rowena liberò la mano dalla sua stretta e gliela appoggiò sulla fronte. «Vi è tornata la febbre, cavaliere?» La sua pelle però era fresca e asciutta. «Oppure siete semplicemente impazzito?»

Lui le afferrò di nuovo la mano. «Non sto male e non sono pazzo. Mi dispiace davvero di avervi procurato un'emozione tanto violenta e vorrei che ci fosse un altro modo per mettervi al corrente della situazione, ma nei giorni scorsi ho cercato di farlo senza successo. Così non sono riuscito a pensare niente di meglio che dirvi la verità nel modo più diretto.»

All'improvviso lei si rese conto che non si trattava di un gioco e nemmeno di un errore da parte sua. Christian credeva davvero a ciò che stava dicendo.

Era convinto che lei fosse la figlia scomparsa del Conte Wallace Kelsey.

Quindi era a questo che miravano tutte quelle domande sulla sua famiglia. Era stata una sciocca a pensare che si comportasse così solo perché non voleva credere che fosse una figlia illegittima. Ma questa pazzia era ancor più assurda.

Si liberò dalla sua stretta e si strinse con forza le dita in grembo. «Non posso permettevi di continuare su questa strada.»

Christian scosse il capo. «Ho acconsentito a non difendere vostro padre e la nobiltà. Non è mia intenzione farlo. Voglio solo dirvi tutto ciò che so riguardo alla vostra identità.»

Rowena si portò una mano alla guancia. «Non capite che permettervi di continuare equivarrebbe ad ammettere che mia madre potrebbe avermi mentito? Lei non avrebbe mai fatto una cosa del genere.»

Christian fece un profondo sospiro. «A meno che così facendo non stesse cercando di proteggervi.»

Lei lo guardò, incredula. «E come avrebbe potuto proteggermi, una menzogna?»

«Vi ho parlato del padre di Rosalind e di come morì. Quanto alla bambina, a quel tempo tutti pensarono che fosse perita durante la battaglia cadendo dalle scale.»

Rowena si alzò. «Tutto questo è pura follia, vi dico. Mia madre non mi avrebbe mai nascosto una cosa del genere, non avrebbe permesso per nessuna ragione che continuassi a credere di essere figlia illegittima, visto che per me questo fatto è sempre stato fonte di grande dolore. La sua rabbia nei confronti di mio padre era così grande che non avrebbe mai potuto essere simulata.»

Christian si alzò guardandola con aria implorante. «Non credo che lo fosse, infatti. Vedete, secondo quanto mi rivelò Jack in punto di morte, fu la figlia della nutrice a essere uccisa; forse lei riteneva il *Drago* responsabile della tragedia ed era convinta che la piccola non avrebbe perso la vita se lui non avesse combattuto per difendere la fortezza.»

«Mi sembra troppo inverosimile per essere vero. Voi

volete disperatamente trovare quella donna, ed è per questo che vi siete convinto che sia io.»

Lui fece cenno di no con il capo. «Voi avete l'età giusta. Non sapete niente di vostro padre, a parte il fatto che vi hanno raccontato che non vi voleva. Siete arrivata qui dall'Inghilterra con la donna che chiamate madre solo qualche mese dopo l'attacco al castello di Dragonwick. Vi hanno insegnato a diffidare degli estranei»

Rowena si coprì le orecchie. «Non è possibile.»

Christian le tolse le mani con gentilezza mentre il cuore gli si stringeva vedendo il dolore riflettersi nei suoi occhi. Ma doveva convincerla ad accettare la possibilità di essere Rosalind. Doveva farlo per il suo bene. «Rowena...» riprese, «avete mai notato che il vostro accento è molto diverso da quello della gente di qui?»

Lei corrugò la fronte. «Mia madre ha sempre insistito perché parlassi come lei.»

Lui inarcò un sopracciglio scuro. «Ma voi usate lo stesso linguaggio che uso io. Se vostra madre odiava così tanto i nobili, perché mai avrebbe dovuto desiderare che assomigliaste a loro?»

«Io... No.» Rowena indietreggiò quasi atterrita.

Christian la lasciò andare traendo un profondo respiro. «Capisco di non essere riuscito a spiegarmi come avrei voluto. C'è un altro motivo per cui sono convinto che potreste essere la figlia del conte. Non siete obbligata a dichiararvi d'accordo con me. Vi prego solo di ascoltare il mio ragionamento.»

La richiesta fu fatta con estrema calma, ma Rowena ne aveva abbastanza. «Non troverete mai le parole giuste per convincermi di essere questa... questa...»

«Rosalind Kelsey, Signora di Dragonwick.»

«È impossibile» protestò lei.

«Se ne siete così certa, non posso obbligarvi a cambiare

idea» ammise Christian. «Ammettiamo allora che non si tratti di voi. Vi chiedo almeno di permettermi di parlarvi di Rosalind e di spiegarvi perché sono giunto a queste conclusioni, in modo che non continuiate a credere che sia completamente pazzo.»

Lei corrugò la fronte. «Che vi importa ciò che penso di voi?»

«Anche se vi conosco da breve tempo, Rowena, ho capito che siete una donna con un forte senso dell'onore e della giustizia. Ho affrontato un lungo viaggio per trovare Rosalind, e se non potessi parlarvi di lei riterrei di non aver fatto tutto il possibile.»

Contro la sua stessa volontà, Rowena si commosse nel sentire quelle parole. «Vi ascolterò» acconsentì con un sospiro. «Ma non prendete la mia disponibilità come un assenso da parte mia.»

Christian annuì. «Quando ho saputo che esisteva la possibilità che la figlia del *Drago* fosse viva, ho sentito rinascere in me una nuova speranza. L'attuale Conte di Dragonwick, l'uomo che ha ucciso il padre di Rosalind, è stato costretto a lasciare libero il mio amico Simon dopo averlo tenuto prigioniero nella sua fortezza grazie a una falsa accusa di tradimento nei confronti del nostro sovrano. In mancanza di prove concrete, Re Giovanni ha deciso di far sposare Simon con la figlia di Gerard Kelsey, lasciandolo così in balia del malvagio conte. Jack, l'uomo di cui vi ho parlato, si era reso conto che il mio amico era stato accusato ingiustamente e ha cercato di aiutarlo nella sua lotta per la libertà, ma proprio in quel frangente è rimasto ferito.» Un'esitazione nella sua voce disse a Rowena che era commosso. «Jack è morto, ma non prima di avermi confidato ciò che vi ho rivelato. Come potrei dubitare della sua parola sapendo che ha dato la vita per aiutare Simon?»

Christian trasse un profondo respiro. «Avendogli giurato che avrei mantenuto il segreto a proposito della possibilità che Rosalind fosse viva fino a quando non fossi stato certo che era al sicuro, non ne ho mai parlato con nessuno, nemmeno con mio padre. Lui ha aspettato tredici lunghi anni che tornassi dalla Crociata in Terra Santa, e tutto perché io ero convinto, a torto, che non gli importasse niente di me.» Sospirò guardandola negli occhi. «Non volevo causare altra sofferenza a mio padre ed ero deciso a diventare il figlio che avrei dovuto essere, ma non potevo lasciarmi sfuggire l'opportunità di verificare se Rosalind fosse ancora viva. Dalla morte del nostro tutore, i miei amici e io non abbiamo pensato ad altro che a vendicarlo.»

Rowena percepì il dolore che gli incrinava la voce mentre parlava del *Drago* e di suo padre. Tuttavia non poteva pensare ai problemi di quel cavaliere e nemmeno ai suoi viaggi in terre lontane, in cui doveva aver visto cose che lei non riusciva neanche a immaginare. Il fatto che avesse stabilito un collegamento tra lei e quei drammatici eventi rischiava di sconvolgere l'equilibrio interiore che aveva faticato tanto a trovare in tutti quegli anni.

«Ho tralasciato i miei doveri per venire qui a cercare Rosalind» proseguì lui in tono agitato. «Anche se voi non volete tenerne conto, io trovo che le somiglianze tra voi due siano straordinarie, tanto che non riesco a capire come facciate a rifiutarvi di prendere in considerazione questa possibilità.»

Che cosa poteva dirgli? Aveva sperimentato di persona fino a che punto fosse disposto a spingersi quell'uomo per trovare Rosalind di Dragonwick.

Non poteva impedirsi di provare della simpatia per il suo ardore e la sua caparbietà, ma non gli avrebbe dato ragione solo per farlo sentire in pace con se stesso. «Sono convinta che quella bambina è morta e che quell'uomo, Jack, si sia inventato tutto.»

«Allora come mai sapeva di Ashcroft? Perché voi, che avete la stessa età della donna che sto cercando, vi trovate qui e non sapete niente degli anni precedenti al vostro arrivo in questo villaggio?»

Rowena scrollò il capo con fermezza ancora maggiore. «Non ne ho idea, ma potrebbe trattarsi semplicemente di una bizzarra coincidenza.»

Christian la scrutò. «Non potete essere davvero convinta di quello che dite.»

Lei ricambiò il suo sguardo senza vacillare. «Non posso credere a niente di diverso. Mai, in tutti gli anni trascorsi insieme, mia madre ha pronunciato una sola parola su un posto chiamato Dragonwick o su qualsiasi altro luogo che voi avete menzionato. Voi sostenete che la nutrice e questo Jack erano amanti. Come avrebbe potuto lei uscire dalla sua vita e non pronunciare mai più il suo nome?»

«Perché aveva deciso di proteggervi. Doveva aver amato molto la propria figlia, e forse non sopportava l'idea di perdere anche voi. Forse era pronta a fare qualunque cosa per impedirlo.»

Rowena sollevò una mano per strofinarsi la fronte; lo sforzo di pensare con chiarezza iniziava a farle venire il mal di testa.

«Non potete negare che le coincidenze sono davvero molte» la incalzò lui.

Sembrava proprio così, ma sua madre non avrebbe mai...

Oppure sì? Era possibile che avesse custodito un segreto così grande per proteggerla? L'istinto suggeriva a Rowena che il suo amore era stato altrettanto grande, e che anche se quell'incredibile racconto fosse stato vero, lei sarebbe restata sempre sua madre. Niente poteva cambiare quella realtà nel profondo del suo cuore.

«Ma quello che mi ha raccontato di mio padre... Come

ha potuto farmi crescere nella convinzione di essere stata rifiutata da lui?»

L'espressione di Christian era comprensiva ma non meno determinata. «Come vi ho detto, forse lo riteneva responsabile della morte di sua figlia oltre che di averla costretta a scappare per nascondervi.»

«Ammesso che fossi disposta a credervi, che cosa significherebbe tutto questo per me? Che effetto avrebbe sulla mia vita?»

«Verreste con me in Inghilterra e noi, cioè Simon, Jarrod e io, faremmo tutto ciò che è in nostro potere per restituirvi alla vostra legittima posizione di Signora di Dragonwick.» Il suo tono era estremamente pratico e concreto.

Rowena si portò le mani alle guance. «Lasciare Ashcroft? Non potrei mai farlo. Qui c'è bisogno di me. E poi, non potrei mai contribuire al dolore che altri proverebbero nel vedermi assurgere a una tale posizione. Questo Lord Kelsey non rinuncerà mai al suo titolo spontaneamente.»

Christian non replicò, anche se la sua espressione si rabbuiò. «C'è bisogno di voi laggiù. La gente vive una vita di stenti sotto il crudele governo di Kelsey. Molti di loro farebbero volentieri tutto ciò che deve essere fatto per vedervi tornare al vostro legittimo posto.»

A quelle parole Rowena vacillò e sentì un peso sul petto che le impediva di respirare. Lui l'afferrò sostenendola con le sue forti braccia e immediatamente lei fu consapevole della sua virilità e del calore di quel corpo che si trovava a un soffio dal suo.

Non riusciva a guardare Christian negli occhi, e all'improvviso si rese conto del perché: adesso sapeva come mai lui l'aveva fissata spesso con tanta intensità, come se nutrisse un qualche interesse nei suoi confronti.

Non c'era niente di personale nel suo atteggiamento. Era solo deciso a trovare Rosalind. In ogni caso non bastava la cieca fiducia di Christian a convincerla di essere qualcuno che non era, anche se si sentiva inspiegabilmente attratta da lui.

L'imbarazzo e la confusione le soffusero le guance di un incantevole rossore. «Non posso» mormorò. «Non voglio nemmeno prendere in considerazione la possibilità che...»

Chiuse gli occhi mentre una lacrima le scivolava da sotto le ciglia nonostante si fosse sforzata di non piangere. «Una parte di me desidera credere a questa strana storia e convincersi di aver avuto un padre che mi amava. Tuttavia non oso farlo per il mio stesso bene. Io sono una figlia illegittima, signor cavaliere, respinta da mio padre e dalla sua famiglia.»

«Non permettete che il vostro dolore vi renda cieca di fronte alla verità.»

Lei sollevò lo sguardo su di lui, incapace di nascondere la propria sofferenza. «Mia madre non mi avrebbe mai fatto subire la vergogna di credermi una bastarda per tanto tempo senza alcun motivo.»

«Non era senza motivo. Come ho già detto, potrebbe averlo fatto per proteggervi.»

Rowena gli appoggiò la fronte contro il petto. «Non riesco a sopportarlo.»

Sentì Christian stringerle le spalle con le sue forti braccia e attirarla a sé. Lui sembrava così sicuro di ciò che affermava, e sua madre era morta ormai da tempo...

«Non so cosa pensare» mormorò sollevando lo sguardo. «Voi mi fate vedere le cose in modo diverso. Mi fate desiderare...»

Non sapeva cosa desiderasse. Sapeva solo che tra le sue braccia si sentiva al sicuro come non le era capitato da anni e che il suo corpo caldo emanava un'intensa virilità.

All'improvviso i loro occhi s'incontrarono e Rowena percepì un cambiamento in lui, qualcosa che la indusse a trattenere il respiro come era accaduto il giorno in cui Nina era partita.

L'attenzione di Christian si spostò sulla sua bocca e inspiegabilmente lei si accorse di averla socchiusa.

Non capiva cosa le stesse accadendo. Sapeva solo che il cuore le batteva all'impazzata, e che l'espressione negli occhi color pervinca di Christian era strana ed emozionante in un modo che non avrebbe saputo spiegare.

Poi, prima che potesse iniziare a comprendere, lui chinò il capo e le loro labbra si sfiorarono. Un delizioso calore le attraversò il corpo rendendole le gambe molli e inducendola ad appoggiarsi contro il suo petto muscoloso. Christian la strinse di più a sé impedendole di scappare.

Ma Rowena non aveva alcun desiderio di fuggire.

Sollevò le braccia e gliele allacciò attorno al collo offrendogli le labbra.

6

«Rowena!»

Un sussulto sgomento si fece strada nella sua mente confusa, costringendola a sollevare lo sguardo verso la porta da sopra la spalla di Christian.

Sean la stava osservando, inorridito e furioso al tempo stesso. «Come avete potuto farlo?» l'accusò.

Sconcertata dalla veemente reazione dell'amico e piena di vergogna per essersi arresa al bacio di Christian con tanto abbandono, Rowena allungò una mano tremante verso Sean. Ma lui non aveva alcuna intenzione di essere la roccia a cui lei avrebbe voluto aggrapparsi, perché si voltò e corse via.

«Rowena?» Quella era la voce di Christian e il suo tono era interrogativo, ma lei non capiva che cosa le stesse chiedendo, forse perché non riusciva ancora a comprendere che cosa fosse appena successo.

Fissò i suoi occhi azzurri con un'espressione di profonda sofferenza e lui, dopo avere fatto un respiro profondo, lasciò ricadere le mani lungo i fianchi. «Perdonatemi» disse. «Non volevo che accadesse. Non avrei dovuto nemmeno sfiorarvi. Non è per questo che sono qui, non è ciò che desidero da voi.»

Rowena trattenne il respiro. Lo sapeva, e tuttavia per qualche strana ragione le sue parole la ferirono, procurandole un senso di solitudine che le fece male al cuore.

«Rowena?» la chiamò di nuovo Christian.

Ora lei aveva la precisa sensazione che volesse obbligarla a scegliere tra quello che lui rappresentava e tutto ciò che le era familiare: la sua vita, Ashcroft, Sean, le persone che venivano da lei per farsi curare.

Lentamente scrollò il capo, e notò il profondo disappunto trasformare il viso attraente di Christian.

Decisa a ignorare il rammarico che provava per averlo deluso, raccolse le gonne con le mani e corse dietro a Sean. Non capiva perché fosse rimasto tanto ferito da ciò che aveva visto, sapeva soltanto di dover andare da lui.

Lo trovò in cima alla collina che cadeva a strapiombo sul mare. Stava fissando un punto in lontananza e il suo profilo scuro si stagliava contro il tramonto.

«Sean?»

Il giovane si voltò a guardarla e lei si rese conto che aveva gli occhi lucidi di lacrime.

«È evidente che vi ho fatto soffrire, e anche molto» mormorò, scossa da ciò che aveva appena visto. «Tuttavia non capisco perché siate rimasto tanto sconvolto da...»

La rabbia che le riversò addosso prima ancora che potesse finire la frase la colse impreparata. «Voi non capite? Com'è possibile, Rowena? Come avete potuto permettere che vi toccasse?»

Lei lo fissò perplessa. Era la stessa domanda che si era ripetuta mille volte mentre lo cercava, ma ancora non era riuscita a trovare una risposta. In quel momento, però, la violenza della collera di Sean non fece che accrescere la sua confusione. «Non lo so. Lui mi stava consolando e io... Non significava niente.» Si avvicinò di un passo studiando la sua espressione infuriata. «Quello che non capisco è perché siate tanto in collera con me. Io ho sbagliato a lasciarmi baciare, ma...»

I suoi occhi rispecchiavano risentimento e dolore. «Lo sapete, vero, che quell'uomo vuole solo sedurvi? Io me ne sono accorto, e avevo intenzione di mettervi in guardia prima che fosse troppo tardi anche se non mi avete dato retta quando vi ho detto che non sareste dovuta rimanere sola con lui. Così ora siete caduta nella sua trappola e...»

Umiliata nel sentirsi rammentare che lui l'aveva avvertita di non fidarsi del cavaliere, Rowena lo interruppe. «Io non sono caduta in nessuna trappola. Vi ho detto che quello che avete visto è stato un errore.»

«Quell'uomo non resterà e voi farete la stessa fine di vostra madre.»

Quel commento la ferì, ma si rese conto che Sean non aveva idea di quale fosse il reale interesse dello straniero per lei. Rifiutandosi di fargli vedere quanto le sue parole l'avessero ferita, scrollò la testa. «Lui non vuole affatto sedurmi, Sean, anche se voi sembrate convinto del contrario» replicò con deliberata calma. Lui la ascoltava, accigliato. «Sapete che Sir Christian è venuto qui a cercare una donna che si chiama Rosalind?»

Sean sollevò una mano impaziente. «E che cosa ha a che fare questo con voi?»

Rowena trasse un profondo respiro, rendendosi conto che era difficile trovare le parole. «Lui crede che quella persona sia io.»

Il giovane fece un passo indietro e sul suo viso comparve un'espressione inorridita. Tuttavia si riprese all'istante e, quando rispose, dalla sua voce trapelò uno sdegno ancora maggiore. «Vi ha detto una bugia per...»

Con un gesto spazientito lei gli impedì di continuare. «Non è così. Io credo che ne sia sinceramente convinto.»

Sean dovette restare colpito dalla sua espressione, perché si fece serio. «Come può pensare una cosa del genere?»

Rowena gli riferì tutto ciò che le aveva raccontato Christian, facendogli notare le strane somiglianze tra la vita di Rosalind e la propria.

«Quell'uomo è un pazzo» borbottò quando Rowena ebbe finito. Ma benché il suo tono fosse ancora sostenuto, nei suoi occhi si era insinuata un'ombra di dubbio.

Lei trasse un profondo respiro cercando di chiarirsi le idee perché, nonostante si ostinasse ad affermare il contrario, quello stesso dubbio tormentava anche la sua mente. «Be', se non altro, si sbaglia.»

L'espressione di Sean si fece di nuovo dura. «Voi potete anche lasciarvi convincere, ma io non mi fido di quell'uomo. Potrebbe essere un trucco per indurvi ad andare a letto con lui.»

Rowena arrossì. «Ora basta, Sean. Vi ho ripetuto più di una volta che Christian Greatham non ha alcuna intenzione di sedurmi. Me lo ha detto lui stesso.»

«Allora ha uno strano modo di dimostrarlo. Non dimenticate che vi ho visto tra le sue braccia» protestò Sean. «Gli avete permesso di baciarvi e di toccarvi, Rowena!»

Nemmeno lei capiva esattamente il motivo per cui aveva lasciato che accadesse, e tuttavia cercò di spiegarglielo, disperata. «Io ero... Lui ha insinuato nella mia mente il dubbio che avrei potuto scoprire qualcosa su mio padre e io... Voi sapete quanto mi sarebbe piaciuto conoscerlo.» I suoi occhi incontrarono quelli di Sean. «E sapete anche quanto sia stato duro per me vivere nella più completa ignoranza del mio passato.»

Si interruppe, risentita, vedendo che la collera nello sguardo dell'amico non diminuiva. Dopo tutto, la questione non lo riguardava e lui non aveva alcun diritto di immischiarsi. «Perché per voi ha tanta importanza il fatto che mi abbia baciato?» gli chiese sollevando il capo, spinta da un moto d'orgoglio. «In fondo io devo rispondere solo a me stessa delle mie azioni, e a nessun altro.»

La violenta reazione di Sean ancora una volta la sconcertò. «Perché ha tanta importanza per me?» gridò infatti il giovane allargando le braccia. «Come potete ignorare la risposta a questa domanda? Come potete essere tanto cieca davanti al mio amore e al fatto che vi desidero?»

Rowena si sentì vacillare e quando parlò le sembrò che la sua stessa voce arrivasse da molto lontano. «Amore? Desiderio? Ma voi per me siete come un fratello.»

Nonostante fosse stupita, non le sfuggì il lampo di dolore che gli attraversò lo sguardo. «Questo lo so, ma credevo che vi foste accorta dei miei sentimenti.»

Lei scrollò il capo, incapace di accettare anche quel cambiamento nella sua vita, oltre a tutti quelli che già avevano portato le rivelazioni di Christian. «Non può essere. Noi ci vogliamo bene, ma non in quel modo.»

«Io vi amo fin da quando ho l'età della ragione. Pensavo che ci saremmo sposati, che avremmo costruito una famiglia...» La sua voce si incrinò.

Ancora una volta Rowena fece un cenno di diniego. «Che mi dite di tutto quel parlare di Berta?»

Sean la guardò con aria di sfida e a lei ricordò l'espressione che aveva avuto a otto anni, quando l'aveva minacciata di prendere la barca del padre e di uscire in mare da solo se non fosse andata con lui. «Era solo per farvi capire che sono diventato un uomo, per fare in modo che mi guardaste con occhi diversi.»

Rowena chiuse le palpebre. «Come ho fatto a essere tanto cieca?»

«Io pensavo che fosse solo questione di tempo» affermò lui con voce aspra, «ma voi non vi siete mai accorta di me. Però guardate lo straniero in un certo modo e gli avete permesso di...»

Invece di proseguire l'attirò a sé e le catturò le labbra.

Con quel bacio maldestro voleva punirla, Rowena lo sapeva, eppure restò impassibile sotto il suo assalto a causa dell'affetto che nutriva per lui. Nemmeno quando la bocca del giovane si ammorbidì e cercò in modo inesperto di strapparle una risposta, lei provò qualcosa.

In quel momento ripensò alla reazione infinitamente diversa che aveva suscitato in lei il bacio di Christian, ma cercò di convincersi che non aveva alcun significato. Semplicemente il cavaliere sapeva come baciare una donna e come farla reagire.

Inaspettatamente come l'aveva presa tra le braccia Sean la lasciò libera, e dopo averle voltato le spalle, quasi disgustato, si passò una mano sulla bocca. Lei lo guardò, soffrendo nel vedere il dolore riflettersi su quell'amato viso. Voleva bene a Sean con tutto il cuore, ma non nel modo che lui voleva.

«Mi dispiace, Sean. Mi dispiace davvero tanto.»

Lui la fissò piegando le labbra in una smorfia ironica. «Potete tenervi la vostra pietà, Rowena.»

Ciò detto si voltò e si allontanò lungo la scogliera, e questa volta lei non fece alcun tentativo di seguirlo, rendendosi conto che avrebbe solo peggiorato le cose. Sapeva che non avrebbe mai potuto amarlo come lui esigeva. La sola idea la lasciava impassibile. Provava solo una profonda tristezza.

Se solo avesse potuto ricambiare i suoi sentimenti le cose sarebbero state molto più semplici.

Ma anche se non aveva esperienza in quel genere di cose, sapeva che non era possibile far nascere l'amore a comando. Era un sentimento che sbocciava spontaneamente, e nemmeno il suo dolore per le lacrime tormentate di Sean avrebbe potuto cambiare quella realtà.

All'improvviso si chiese se Christian avesse mai pianto per amore di una donna. Non riusciva a immaginarlo.

Sembrava molto sicuro di sé, come se fosse stato addestrato a esercitare un ferreo autocontrollo sulle emozioni e sui sentimenti. Dopo averla baciata, per esempio, l'aveva lasciata andare senza mostrare la minima emozione. Lei invece si era sentita così...

Soffocò un gemito di frustrazione, senza sapere perché quell'episodio la turbasse tanto.

Tutto quello che voleva era che le cose tornassero com'erano prima dell'arrivo del cavaliere. Sean non le avrebbe mai rivelato i suoi sentimenti se non fosse stato così in collera, ingelosito da ciò che pensava stesse accadendo tra lei e Christian. Forse si sarebbe liberato di quell'infantile infatuazione e un giorno lei avrebbe danzato alle sue nozze con Berta. Ma ora che si era dichiarato, la situazione tra loro non avrebbe più potuto essere la stessa.

Rowena camminò lungo la scogliera con le braccia strette attorno al corpo, fissando le nuvole grigie che si rincorrevano nel cielo e riflettendo. Mentre passeggiava senza meta, la certezza di non essere la fanciulla che il cavaliere stava cercando cominciò a indebolirsi sempre di più.

Perché un uomo in punto di morte avrebbe indicato Ashcroft, a meno che non avesse avuto una buona ragione? Perché esistevano così tante misteriose coincidenze tra lei e quella ragazza? Eppure, per quanto si sforzasse, non riusciva a credere di essere Rosalind.

Provava solo disprezzo per i nobili e per la loro passione per le terre e i titoli. E anche se l'impossibile si fosse in qualche modo avverato, lei non avrebbe mai potuto accettare un posto tra la nobiltà. Christian le stava chiedendo di permettere che altri mettessero a repentaglio le proprie vite perché lei, o piuttosto Rosalind, potesse veder ristabilita ristabilita la sua posizione come Signora di Dragonwick. Ma lei lo trovava profondamente sbagliato, anche se, a sentire lui, tutti sarebbero stati felici di farlo.

Rendendosi conto della piega che avevano preso i suoi pensieri, Rowena scosse il capo con violenza. No, il racconto di Sir Greatham non poteva essere vero. Lei non era la figlia del Conte Wallace Kelsey. Era stato il disperato desiderio di sapere qualcosa di suo padre e del suo passato a farle sorgere per un breve istante quei dubbi.

Aveva molto da perdere indulgendo in quelle assurde fantasie. Ad Ashcroft era amata e la gente aveva bisogno di lei. Non avrebbe gettato al vento un tesoro come quello nemmeno se ci fosse stata la più remota possibilità di essere l'erede dell'uomo che Christian aveva chiamato *Drago*.

Se però era certa di non essere Rosalind, allora chi era davvero? Desiderava saperlo da quando aveva acquistato l'uso della ragione.

Restando al villaggio non aveva alcuna possibilità di scoprire le sue origini. Non aveva neanche modo di immaginare come fosse stato suo padre, visto che non c'era nessun nobile nei dintorni.

Da bambina aveva immaginato che assomigliasse al fabbro, che quando la incontrava le parlava sempre in tono gentile. Ma non aveva impiegato molto a capire che un cavaliere non poteva essere paragonato a un semplice popolano. Il suo stile di vita doveva essere lontano da ciò che la circondava come la luna.

Lei e Sean ne avevano discusso molte volte, anche se nessuno dei due ne sapeva abbastanza da immaginare in che ambiente vivessero i nobili. Tuttavia la presenza dell'amico e il suo desiderio di aiutarla le erano stati di conforto nei suoi giorni solitari.

Rivide lo sguardo cupo di quello che aveva sempre considerato un fratello, ripensò alla sua espressione tormentata e si chiese come avrebbe fatto ad andare avanti senza il suo sostegno.

All'improvviso un'idea inaspettata la colpì.

Che cosa sarebbe accaduto se fosse andata via per qualche tempo? Di sicuro Sean avrebbe avuto l'opportunità di riflettere sui suoi sentimenti e di rendersi conto che non teneva a lei nel modo in cui adesso credeva. Forse, dopo, la loro amicizia sarebbe potuta riprendere da dove si era interrotta.

Inoltre lei avrebbe avuto l'occasione di vedere di persona un mondo su cui si era sempre fatta tante domande. Forse l'avrebbe aiutata ad accettare ciò che le aveva fatto suo padre, a perdonare e ad andare avanti con la sua vita.

La questione, ora, era se Christian avrebbe accettato quella soluzione. L'avrebbe ricondotta ad Ashcroft una volta che lei avesse appreso ciò che voleva sapere?

Non c'era modo di conoscere la risposta senza domandarglielo, ma lei avrebbe avuto il coraggio di farlo? Forse sì, visto che gli eventi delle ore passate l'avevano turbata profondamente, costringendola ad ammettere che c'erano molte cose che non sapeva e che tuttavia era in grado di fare qualcosa per cambiare la situazione.

D'un tratto si accorse che inconsapevolmente aveva imboccato la strada di casa. Ma subito dopo ebbe un'esitazione, ripensando al bacio di Christian.

Come avrebbe fatto a guardarlo in faccia?

Sollevò il capo, animata da una nuova risolutezza. Quel gesto non aveva significato niente, si ripeté. Lei aveva bisogno di conforto, lui aveva cercato di darglielo e tutto era andato storto.

Da parte sua, il cavaliere aveva messo bene in chiaro che non voleva che la situazione tra loro evolvesse in quel modo e che non aveva intenzione di baciarla ancora.

Rowena ripensò alle accuse di Sean in merito al fatto che lui stesse cercando di sedurla. A dire il vero, ammise con se stessa, non poteva escludere la possibilità che Christian, in qualche parte della sua mente, si fosse convinto che baciandola ed entrando in intimità con lei gli sarebbe stato più facile convincerla a seguirlo in Inghilterra.

Bene. Tutto questo non era più necessario. Se le avesse giurato che non avrebbe cercato di impedirle di tornare a casa, sarebbe partita con lui.

Proseguì sulla via del ritorno con andatura decisa, e poco dopo arrivò alla casa sul limitare della foresta.

Trovò il suo ospite dove lo aveva lasciato. Stava aggiungendo legna al fuoco e quando lei entrò si girò a guardarla.

La sua espressione era seria e cauta e Rowena trattenne il respiro. Ora che era arrivato il momento di comunicargli la sua decisione, scoprì che era più difficile di quanto avesse immaginato.

«Potete dirmi qualcos'altro su ciò che è accaduto a Rosalind e al *Drago*?» si ritrovò invece a chiedergli.

Lui annuì senza farsi pregare. «Vi racconterò tutto quello che ricordo.» Aspettò che lei si sedesse prima di cominciare. «Come vi ho già accennato, la storia iniziò molto tempo fa, quando fui mandato a Dragonwick per essere addestrato a diventare cavaliere. Rosalind era l'unica figlia del *Drago*, e lui la adorava. C'era solo un'altra bambina a cui voleva altrettanto bene, sua nipote Isabelle. La moglie era morta dando alla luce la piccola Rosalind. Il fratellastro del conte, Gerard Kelesey, era un uomo molto avido ed egoista, geloso non solo delle terre e dei titoli del *Drago*, ma anche del rispetto che lui si era guadagnato presso tutti coloro che lo conoscevano, amici e nemici. Rendendosi conto che Re Giovanni, che governava come reggente al posto del fratello Riccardo Cuor di Leone, era molto simile a lui, Kelsey lo convinse che il *Drago* aveva complottato contro la corona e ottenne l'autorizzazione reale ad assalire il castello e a conquistarlo per il sovrano. Durante la battaglia Gerard uccise il suo fratellastro e, credemmo allora, assassinò brutalmente la piccola Rosalind, che aveva appena quattro anni, spingendola giù dalle scale.»

Rowena sentì un brivido d'orrore correrle lungo la schiena. «Assassinata?» sussurrò. «Voi credete che la sua morte sia stata intenzionale?» mormorò.

Christian la osservò mentre si circondava il corpo con le braccia come per proteggersi. Avrebbe voluto confortarla, ma aveva già visto quale devastazione poteva derivare da un tale gesto.

«Sì» rispose alla fine, dopo aver ripreso il controllo dei propri impulsi. «L'uomo di cui stiamo parlando è malvagio. Non gli interessa altro che il proprio tornaconto, e per ottenerlo non esiterebbe a ricorrere a qualsiasi mezzo, fosse anche assassinare una bambina a sangue freddo. È stata proprio la profondità con cui il male è radicato in lui a convincermi che Jack e la nutrice avrebbero fatto qualunque cosa per proteggere Rosalind dalla sua vendetta.»

Sapeva che quelle rivelazioni l'avrebbero turbata, ma non riusciva a capire come Rowena potesse non avvertire la necessità di scoprire se poteva essere lei l'erede del *Drago*, cosa che del resto lui reputava certa. Solo in quel momento si rese conto che prima di partire non aveva preso in considerazione il modo in cui avrebbe reagito Rosalind quando l'avesse trovata. Il suo unico pensiero era stato rintracciarla e smascherare il malvagio Kelsey.

Forse la riluttanza di Rowena era persino un buon segno. Deponeva a suo favore il fatto che non si fosse gettata a capofitto sulla possibilità di diventare un'ereditiera. E la sua riluttanza era un'ulteriore prova del suo carattere onesto e sincero, qualità che ci si sarebbe aspettati di trovare nella figlia del *Drago*.

«Rowena» mormorò dolcemente.

Lei lo guardò con i suoi occhi verdi e inquieti che ogni

volta avevano il potere di procurargli una stretta al cuore. «Voglio dirvi che capisco il vostro turbamento» affermò senza riuscire a nascondere l'emozione.

Un sorriso amaro si formò sulla sua incantevole bocca. «No, non credo che possiate saperlo.»

Lui scrollò le spalle. «Forse avete ragione. Forse è impossibile per chiunque comprendere che cosa significhi apprendere...»

Rowena lo interruppe bruscamente. «Che quel poco che ti è stato detto su tuo padre e sulla tua vita è tutta una menzogna? Sempre ammesso che decida di credere a ciò che affermate, s'intende.»

Christian sospirò. «Come vi ho già detto, per la vostra stessa sicurezza non potevate più vivere nella casa in cui siete nata e tanto meno in un posto in cui Kelsey avrebbe potuto scovarvi. In quanto figlia del *Drago* avreste ereditato quanto meno le terre che vostra madre aveva portato in dote a Wallace, e vostro zio, che ha usurpato il titolo di conte, non avrebbe esitato a uccidervi per appropriarsene. Tutte quelle bugie sono state necessarie per nascondere a tutti la vostra identità e quella della nutrice. Da bambina non sareste stata in grado di mantenere il segreto, e a quattro anni eravate abbastanza piccola da dimenticare la vita vissuta fino ad allora.»

Rowena sostenne il suo sguardo fissandolo con occhi in cui dietro il dolore si intravedeva un lampo di collera. «Avete idea di cosa significhi credere di essere una figlia illegittima ed essere convinta che a causa di questo nessuno vi accetterà mai?»

Lui trasse un profondo respiro. «No, non lo so. Ma una delle persone che mi sono più care è nata fuori dal vincolo del matrimonio, e vi assicuro che per me la cosa non ha mai rivestito la minima importanza.»

Sapeva che le sue parole le avrebbero dato ben poco

conforto, perché non cambiavano di una virgola la sua vita, ma voleva che sapesse che non gli importava nulla delle sue origini. Anche se fosse stata davvero la figlia illegittima di un cavaliere e di una serva anziché l'erede del *Drago*, lui non l'avrebbe affatto considerata in modo diverso.

Rowena lo scrutò con attenzione. «Che genere di uomo era il vostro tutore, per essere riuscito a instillare in voi una lealtà tanto grande da indurvi a percorrere tutta questa strada per cercare una donna che potrebbe anche non esistere?»

Lui sorrise nonostante la sofferenza che ancora provava nel pensare al suo antico tutore. «L'uomo migliore che io abbia mai conosciuto. Non elargiva complimenti con facilità, ma era profondamente onesto e possedeva un'integrità morale e una forza di carattere davvero rare. Quando ricevevamo da lui una lode, sapevamo che veniva dal profondo del cuore ed era davvero sentita. Una volta lo vidi cadere sul campo di addestramento per mano di un giovane che era venuto a cercare lavoro come soldato. La maggior parte degli uomini nella posizione del *Drago* avrebbe cercato di salvare la faccia dopo essere stato sbattuto a terra da un ragazzino che si era addestrato usando una spada di legno. Il contadinello tremante stava lì completamente atterrito, ma il conte si alzò in piedi, lo abbracciò e gli offrì un posto nel corpo di guardia del castello. Gli disse che sarebbe stato contento di sapere che a proteggere la sua famiglia c'era un combattente più abile di lui.» Christian scrollò il capo. «Sapeva instillare onore, onestà e bontà negli altri perché viveva secondo quei nobili principi. Alla fin fine fu proprio la sua inclinazione a pensare bene di tutti a condurlo alla rovina, perché era consapevole del fatto che il suo fratellastro non era un uomo d'onore.» La bocca di Christian si piegò in una smorfia di sdegno. «Lo sapevano tutti, ma il *Drago* si rifiutò di credere che odio e disonore potessero essere tanto radicati nel cuore di suo fratello, visto che nel suo non avrebbero mai attecchito.»

«Capisco.» Rowena trasse un profondo sospiro. «Quest'uomo dunque sarebbe mio padre.» Raddrizzò le esili spalle. «Tuttavia non posso permettermi di credere a una cosa del genere solo perché desidero con tutta me stessa avere un nome.»

Lui aggrottò la fronte. «Io sono convinto che lui sia vostro padre.»

Lei lo scrutò attentamente. «Lo credete davvero?»

«Sì.»

Rowena distolse lo sguardo. «Poco fa, mentre passeggiavo lungo la scogliera, ho cominciato a pensare che avrei potuto...»

«Sì?» La parola fu pronunciata con estrema cautela, ma Christian non poté ignorare il filo di speranza che stava cominciando a crescere dentro di lui.

Lei scrollò le spalle. «Che senso avrebbe dirvelo? È una follia. Non acconsentireste mai alla mia proposta. Amate troppo l'uomo che chiamate *Drago* per accettare l'eventualità che io potrei non volerlo vendicare.»

Lui continuò scegliendo con cura la parole. «Ditemi di cosa state parlando, vi prego.»

Rowena si voltò di scatto. «Io e Sean abbiamo avuto un chiarimento...»

«Quel ragazzo è innamorato di voi.»

Lei lo fissò al colmo dello stupore. «Devo essere stata davvero cieca, per non aver visto ciò che anche un estraneo ha intuito.»

«Non volevate vedere» replicò Christian facendo spallucce. «Voi non provate gli stessi sentimenti per lui.»

«Ma non è di questo che intendevo parlarvi» riprese seria Rowena, «anche se indirettamente ha a che fare con la mia decisione di venire con voi in Inghilterra.»

«Davvero verrete con me?»

Lei sollevò una mano esile. «Prima ascoltate ciò che ho da proporvi. Immagino che non accetterete mai le mie condizioni e, in questo caso, io non partirò.»

«Parlate.»

Rowena non rispose direttamente. «Mi rendo conto che le coincidenze sono molte, anche se sembra tutto così incredibile, e una parte di me vorrebbe accompagnarvi in Inghilterra per scoprire la verità. Darei tutto quello che ho per avere qualche notizia del mondo a cui apparteneva mio padre. Tuttavia niente di quello che mi avete raccontato mi suona familiare.»

«Questo non mi sorprende, visto che ricordate così poco della vita precedente il vostro arrivo qui» replicò Christian, incapace di nascondere la speranza, ora che sembrava più concreta.

«Come vi ho detto, c'è una condizione.»

«Parlate dunque.»

Rowena lo fissò senza vacillare, con sguardo determinato. «Dovete acconsentire a riportarmi ad Ashcroft quando ve lo chiederò, anche se non sarete d'accordo con la mia decisione. E non dovrete cercare in nessun modo di costringermi a restare.»

«Ma...»

«Io non verrò, cavaliere, a meno che non mi diate la vostra parola» continuò lei interrompendolo. Il suo sguardo si trasformò in una muta supplica. «Dovete rendervi conto che questo è il solo modo che mi garantirebbe di poter ancora decidere della mia vita una volta che mi sarò allontanata di qui. Nel vostro mondo sarò inerme, senza amici e senza una casa.»

«Simon, Jarrod e io, insieme alle nostre famiglie, saremo tutto questo per voi.»

«Vi prego.»

Christian trasse un profondo respiro e lo lasciò andare lentamente. Come poteva negarglielo? Rowena non si sarebbe accontentata della promessa che non avrebbe mai cercato di obbligarla a fare qualcosa che non voleva. La sofferenza e l'incertezza che si indovinavano in quegli occhi verdi richiedevano un impegno più solenne.

Si inginocchiò dinanzi a lei come se stesse facendo un voto di fedeltà. «Ve lo giuro» disse solennemente. Poi si rialzò.

Per un momento Rowena restò a guardarlo stupita. «Significa che accettate le mie condizioni senza protestare?»

Lui si accigliò. «L'ho già fatto.»

Invece che attenuare le sue incertezze, quel gesto sembrava aver accresciuto la sua confusione. «Quindi io ho acconsentito ad accompagnarvi?» esclamò quasi incredula.

Christian annuì. «Proprio così.»

«Rowena.»

Lei sollevò lo sguardo, riconoscendo la voce di Sean, nonostante provasse una certa riluttanza a causa della collera che vibrava nella sua voce e che con tutta evidenza ancora non lo aveva abbandonato.

«Andrete con lui?»

«Sì.» I suoi occhi si posarono sullo scarno bagaglio ai piedi del letto. Non aveva impiegato molto tempo a raccogliere le poche cose che aveva deciso di portare con sé, badando che non pesassero molto perché intendeva trasportare il fagotto da sola.

Christian era andato da Hagar per scoprire se qualcuno avesse avuto notizia del suo cavallo o se fosse stato possibile comprarne un altro. Prima però le aveva detto che sarebbero partiti entro breve.

Rowena presumeva che fosse stata la sua anziana amica a mettere il figlio al corrente della sua prossima partenza.

Sean le si avvicinò rivolgendole uno sguardo implorante e lei comprese che era proprio così. «Non fatelo, vi prego» mormorò con voce roca.

«Devo.» Evitò di guardarlo negli occhi. «Voglio scoprire qualcosa su mio padre.»

«Si sta servendo di voi.»

Lei sapeva che si stava riferendo a Christian. «Vi sbagliate, amico mio, sono io che sto usando lui.»

«Rowena!» Il tormento nella sua voce e nella sua espressione le procurarono una dolorosa stretta al cuore.

Si ripeté che stava facendo la cosa giusta. Se fosse rimasta lontana per un po', Sean avrebbe avuto il tempo di rinsavire da quella follia e al suo ritorno i loro rapporti sarebbero tornati normali. Lui era molto giovane e aveva soltanto bisogno di riflettere sui veri sentimenti che nutriva per lei. «Trarremo beneficio entrambi da un reciproco distacco.»

Il tono del giovane era brusco. «Non menzionerò mai più i miei sentimenti per voi, se resterete. Possiamo andare avanti come abbiamo sempre fatto.»

Lei lo guardò con un'espressione triste. «Questo non è possibile. Troppo è stato detto, ormai. Quando tornerò sarà trascorso abbastanza tempo e forse riusciremo a essere di nuovo amici.»

«Allora lasciate che sia io ad andarmene.»

Rowena scrollò il capo. «Ho dato la mia parola e la manterrò. Come vi ho detto, cercherò di avere notizie di mio padre. Sapete quanto questo significhi per me.»

La sua espressione era incredula. «Non crederete davvero di essere Rosalind.»

«Come potrei? In ogni caso devo scoprirlo con certezza.»

La voce di Hagar risuonò alle loro spalle. «Sean.»

Entrambi si voltarono all'unisono. L'anziana donna stava

guardando Rowena. «Mio figlio non ti ha informato che è stato trovato un cavallo?»

Lei fece cenno di no con il capo.

L'espressione di Hagar era piena di rammarico ma nello stesso tempo risoluta. «Ho visto il cavaliere. Mi ha detto che partirete alle prime luci dell'alba.» Finalmente qualcuno che comprendeva il suo bisogno di andare. «Va' con Dio, figlia mia.»

«Grazie, Hagar. Vi voglio bene.»

«Anch'io, ragazza mia.»

«Non potete approvare tutto questo, madre!» gridò Sean.

«Non è compito mio né approvare né disapprovare. Io posso solo amarla e mantenere il segreto sul fatto che Sir Christian è stato qui e ha portato via con sé Rowena, come lui stesso mi ha chiesto di fare. E come faranno anche tutti gli abitanti del villaggio te compreso, ragazzo mio.»

«Madre...»

«Devi lasciarla andare, Sean. Se il cavaliere dice il vero sulla sua identità, noi non abbiamo alcun diritto di trattenerla. Il suo destino è altrove.»

Rowena si alzò e andò ad abbracciare l'anziana donna. «Non importa quale si rivelerà essere la verità. Io tornerò da voi e alla mia vita qui.»

Hagar le tenne stretta senza rispondere.

Sean si lasciò sfuggire un gemito e colpì una parete con un pugno. Fece per uscire, poi si fermò ad afferrare qualcosa sul tavolo prima di sparire attraverso la porta aperta.

7

Quando Rowena e Sir Christian Greatham lasciarono Ashcroft, il mattino successivo, il cielo si era schiarito abbastanza da permettere loro di scorgere il sentiero infido e pericoloso che avrebbero dovuto percorrere. Lentamente lui la guidò lungo la scogliera fino alla spiaggia sottostante, lanciandosi spesso un'occhiata alle spalle per controllare come se la stesse cavando, e di questo lei gli fu riconoscente.

Rowena evitava di proposito di incontrare il suo sguardo. Non aveva voglia di parlare, e si costrinse a guardare avanti per non cedere alla tristezza e al rimpianto dell'unica vita che avesse conosciuto.

Lì era stata felice e sperava di continuare a esserlo anche in futuro. Perché non nutriva alcun dubbio sul fatto che sarebbe tornata ad Ashcroft. Anche se per qualche improbabile capriccio del destino fosse risultato che era davvero Rosalind Kelsey, non aveva alcuna intenzione di dimenticare tutto ciò che conosceva e amava.

Scrutò incerta le ampie spalle di Christian che cavalcava poco davanti a lei. Da quando aveva acconsentito ad accompagnarlo, lui aveva limitato la conversazione ai dettagli del loro viaggio, e anche di questi non era stato prodigo. Rowena ne era quasi contenta, perché non si era mai avventurata oltre i villaggi nelle immediate vicinanze e non avrebbe saputo cosa rispondere se le avesse fatto delle domande.

Nella concitazione della partenza e dei saluti non aveva avuto molto tempo per riflettere sul drastico passo che stava per compiere. Forse era stata una fortuna, visto che non era riuscita a liberarsi del tutto delle sue paure.

C'era stato un momento di imbarazzo quando Christian le aveva chiesto che ne fosse stato del disegno che aveva lasciato sul tavolo. Rowena si era ricordata di avere visto Sean prendere qualcosa prima di correre via, ma aveva risposto di non saperne nulla. Dopo tutto era la verità, e il fatto che lo avesse preso Sean era solo un sospetto.

Pur lanciando un'occhiata interrogativa nella sua direzione, Christian non aveva approfondito la questione. Del resto, che cosa avrebbe potuto dire? Non poteva accusarla di aver nascosto lo schizzo e non sapeva che Sean era stato lì.

Non avevano più scambiato una parola fino a tarda sera, quando Christian si era avvicinato con un'espressione seria e preoccupata sul viso attraente. «Per caso avete del denaro, Rowena? Anche se riusciremmo comunque ad arrivare ad Avington senza, qualche soldo renderebbe il nostro viaggio di gran lunga più semplice.»

Lei si era affrettata ad annuire. «Avevo dimenticato che tutto il vostro bagaglio è andato perso.»

Si era diretta alla cassapanca accanto al letto e aveva cominciato a rovistarvi dentro. Nascosta sul fondo aveva trovato una borsa di velluto e, dopo essersi rialzata, gliela aveva tesa.

Christian aveva guardato il sacchetto con palese stupore. «Dove l'avete presa?»

Rowena aveva scrollato le spalle. «Mia madre me la mostrò quando avevo quattordici anni. Mi disse di averla ricevuta da mio padre quando l'aveva mandata via. Uso questo denaro solo se ne ho assoluto bisogno, come faceva lei.»

Lui aveva tirato fuori una manciata di monete luccicanti, alcune delle quali d'oro. «Ma è una fortuna!»

Lei lo aveva guardato. «Immagino che consideriate questa borsa come un'ulteriore prova del fatto che io sono Rosalind, ma non ritengo sia necessario essere un conte per donare una somma del genere alla donna che ti ha dato una figlia.»

Christian allora si era limitato a stringersi nelle spalle. «Farò in modo che vi venga restituito fino all'ultimo centesimo.»

Lei non nutriva dubbi sulla sua onestà. Era piuttosto la strana attrazione che provava per lui a indurla a stargli lontano.

Quando all'improvviso il suo piede scivolò sul sentiero roccioso Christian fu pronto ad afferrarla per il braccio e a sostenerla. «Sto bene» mormorò Rowena ritraendosi, anche se si sentiva un'emerita sciocca. Avrebbe fatto meglio a concentrarsi su dove stava andando.

Lui indicò il fagotto che lei teneva in mano. «Datelo a me.»

Rowena sollevò il mento con aria di sfida, ma Christian continuò a tendere il braccio. Così, rendendosi conto di avere poche possibilità di avere la meglio, glielo tese in silenzio.

Lui annuì con aria di approvazione. «Adesso fate attenzione. Questo tratto è estremamente scivoloso.»

Rowena gli lanciò un'occhiata sarcastica. «Non preoccupatevi. Conosco bene questo sentiero.»

Il cavaliere si accigliò, ma proseguì senza ulteriori commenti.

Quando alla fine giunsero a un tratto della costa più aperto e meno insidioso, lei notò un contadino fermo in lontananza. Sembrava attenderli e teneva in mano le redini di un enorme stallone nero a cui lanciava frequenti occhiate intimorite. Vicino era appoggiata quella che presumibilmente era una sella. Non appena li scorse sollevò un braccio per salutarli con espressione sollevata.

Christian allungò il passo e raggiunse l'uomo e il cavallo prima di lei. Prese le briglie, fece una carezza affettuosa sul collo dell'animale e Rowena si accorse che l'enorme bestia chinava il capo per annusare una spalla del cavaliere.

Rowena studiò con estrema cura il terreno mentre colmava la distanza che la separava da loro. Provava uno strano disagio di fronte alla tenerezza che l'uomo mostrava per il proprio cavallo. Per qualche ragione, vedere quanto fosse felice di aver ritrovato lo stallone le procurò un groppo alla gola.

Guardò il robusto contadino dai capelli rossicci e notò che sembrava più che felice di avere riconsegnato la bestia al suo proprietario. «Una volta riuscito a togliergli la sella non sono più stato in grado di rimettergliela, milord» disse con aria di scuse.

«La mia sella?» Christian sembrò notarla per la prima volta. Lasciò l'animale, che lo seguì con stupefacente docilità, si inginocchiò per terra per aprire una delle bisacce di pelle che pendevano da un lato, e con un sorriso pieno di gioia fanciullesca ne estrasse un pesante mantello di velluto blu scuro, poi frugò di nuovo all'interno e questa volta tirò fuori un oggetto molto più piccolo.

«Vedete, Rowena? Questa è la spilla che Jarrod fece fare apposta per me e Simon subito dopo che il *Drago* fu ucciso.»

Lei si avvicinò e osservò il pesante fermaglio che recava il simbolo di un drago. Si trattava di un oggetto davvero particolare e il piacere di Christian per averlo ritrovato non poteva essere più evidente. «Deve significare molto per voi.»

«Più di quanto crediate.» Si rivolse all'altro uomo. «Come vi chiamate?»

«Dougal di Langton, milord.»

Christian infilò una mano nella borsa di velluto di Rowena che aveva legato alla cintura. «Vi prego, accettate questo denaro come un pegno della mia gratitudine. Mi avete reso un grande servigio oggi, restituendomi non solo il mio destriero ma anche i miei bagagli.»

Dougal prese le monete d'oro sgranando gli occhi. «Vi ringrazio, milord. Ma si tratta di una ricompensa troppo generosa. Non avrei mai potuto tenere quello stallone sapendo che il suo proprietario lo stava cercando.»

«La vostra onestà è encomiabile. In ogni caso nessuna somma sarà mai abbastanza alta per ripagarvi della gentilezza che avete dimostrato restituendomi Gideon e la spilla. Vi assicuro che per me il loro valore è di gran lunga maggiore.»

L'uomo chinò il capo, compiaciuto per quella lode. «Io non avrei chiesto niente, ma vi ringrazio. Ora devo tornare al lavoro.»

Christian gli rivolse un inchino, che subito Dougal restituì a entrambi prima di prendere commiato.

Immediatamente il cavaliere indossò il mantello agganciando il fermaglio con l'emblema del drago al petto. Poi infilò il fagotto di Rowena in una delle bisacce e cominciò a sellare il cavallo, che rimase del tutto immobile sotto il suo tocco familiare.

Rowena rimase in silenzio, senza sapere cosa fare. Mentre osservava i preparativi, all'improvviso intuì che avrebbe dovuto cavalcare quel destriero insieme a Christian Greatham.

Come poteva stare a così stretto contatto con un uomo

tanto attraente e virile, che le era sconosciuto quasi quanto il suo stallone? Un uomo il cui bacio aveva risvegliato in lei sensazioni che avrebbe preferito dimenticare?

Ma non aveva altra scelta.

Avrebbe dovuto pensarci prima e prevedere che sarebbe accaduto. Non potevano certo coprire a piedi tutta la distanza che li separava dall'Inghilterra. A dire la verità lei avrebbe preferito quella soluzione piuttosto che condividere una tale intimità con lui, ma Christian aveva fretta di tornare dalla sua famiglia e non avrebbe mai acconsentito.

Perciò, quando il cavaliere ebbe finito di preparare Gideon per il viaggio, Rowena non lo mise a parte dei suoi dubbi.

«Monterò in sella e poi vi aiuterò a fare altrettanto» le disse lui non pensando ad altro che a mettersi in cammino.

Salì a cavallo con un unico agile movimento e poi allungò una mano indicandole la staffa. «Appoggiate il piede sopra il mio e vi tirerò su.» vedendo che esitava cercò di rassicurarla. «Non preoccupatevi. Non vi farà del male.»

Quell'affermazione, nonostante fosse dettata dalla gentilezza, non servì tuttavia a risolvere il suo reale problema. Ma Rowena avrebbe preferito farsi schiacciare dagli zoccoli del destriero piuttosto che ammettere la verità.

Così sollevò la testa e afferrò la mano di Christian infilando il piede nella staffa. Un attimo dopo si sentì sollevare in aria prima di atterrare sulla sella. Poi non ebbe il tempo di pensare a nient'altro perché nell'istante stesso in cui si fu seduta alle sue spalle, lui si mise in cammino. Spronò lo stallone al galoppo e le sue lunghe falcate cominciarono a divorare la sabbia sotto di loro con una frequenza impressionante.

Mai in tutta la sua vita Rowena aveva immaginato di poter viaggiare a una tale velocità, e senza rendersene conto si ritrovò aggrappata al mantello di Christian per paura di cadere. Non appena si fu abituata al movimento e all'altezza, tuttavia, divenne sempre più consapevole dell'uomo che le sedeva davanti.

Anche visto da dietro quel corpo agile e muscoloso conservava un aspetto virile, le ampie spalle si flettevano assecondando i movimenti di Gideon, suscitando in lei una risposta immediata e intensa.

Rowena si accorse di avere le guance in fiamme nonostante la giornata fosse piuttosto fresca. Facendo ricorso a tutto il proprio autocontrollo si impose di osservare la vegetazione che costeggiava il percorso. Tuttavia era consapevole che le ore che avevano davanti sarebbero state lunghissime.

Christian non si fermò fino a quando anche le ultime luci del tramonto non furono scomparse all'orizzonte. Avrebbe potuto continuare a cavalcare ancora a lungo, e gli sarebbe piaciuto molto farlo, ma non voleva stancare troppo Gideon, che già trasportava due persone. Benché Rowena pesasse come una piuma, la sua presenza in sella avrebbe potuto avere delle ripercussioni sul passo dell'animale, senza contare che nell'oscurità sarebbero potuti incappare in una buca.

Si fermarono sulle rive di un ruscello presso cui aveva sostato durante il suo viaggio verso Ashcroft. «Passeremo la notte qui» disse a Rowena, che aveva parlato pochissimo durante il tragitto. «Adesso scenderò e poi vi aiuterò a smontare.»

Il debole assenso di lei suonò più come un gemito che come una risposta e Christian si rese conto che doveva essere molto stanca. Era stato così occupato a percorrere quanta più strada possibile e a pensare al modo in cui avrebbero reagito Jarrod e Simon quando avesse presentato loro Rowena, che si era praticamente dimenticato della sua esistenza.

Non era proprio così, in effetti. In un certo senso era stato fin troppo consapevole della sua presenza e del gentile calore che avvertiva sulla schiena. Forse aveva scelto di concentrarsi su altre questioni proprio per quel motivo.

Ora però sapeva che avrebbe dovuto prestare maggiore attenzione al suo benessere. Balzò a terra e sollevò una mano cercando di indovinare la sua espressione nell'oscurità, poiché lei esitava.

Lentamente Rowena mise la mano nella sua e poi restò immobile in sella allo stallone.

«Non volete scendere?» le chiese, perplesso.

Non appena fece per spostarsi, un gemito soffocato le sfuggì dalle labbra. La sua voce era un sussurro appena udibile. «Mi... mi tremano le gambe.»

In quel preciso istante Christian si rese conto di averla fatta stancare troppo. Rowena non era mai stata a cavallo prima di quel giorno.

Le prese per la vita e la sollevò tra le braccia ben sapendo che non c'era modo di evitarle la sofferenza che avrebbe provato, e tuttavia trasalì quando lei si lamentò di nuovo con voce strozzata. Cercando di fare attenzione la tenne ferma contro di sé fino a quando la fitta di dolore non si attenuò e il suo corpo si rilassò contro di lui. Soltanto allora le abbassò gentilmente le gambe e le fece appoggiare i piedi sul terreno, continuando tuttavia a sostenere il suo peso.

«Perdonatemi» le disse quando Rowena sollevò sul suo viso gli occhi tormentati, illuminati dalla luce brillante della luna che faceva capolino da sopra gli alberi che circondavano la radura. «Avrei dovuto tener conto della vostra inesperienza e...»

Lei lo interruppe scuotendo il capo. «Non prendetevi

tutta la responsabilità, ve ne prego. Io stessa avrei dovuto avvertirvi che c'era qualcosa che non andava.»

Christian si sentì stringere il cuore nel sentire quelle generose parole. «Riuscite a stare in piedi appoggiandovi a me?» le chiese gentilmente.

Rowena annuì e con cautela gli allacciò le braccia attorno alla vita.

Il brivido che gli corse lungo la spina dorsale lo lasciò sgomento, ma era deciso a ignorarlo. Lei stava soffrendo moltissimo.

Senza aggiungere altro sollevò una mano per tirare fuori dalle sacche da sella una delle pellicce. Muovendosi con cautela per non farle fare movimenti bruschi, adagiò la coperta a terra e poi la sollevò Benché fosse deciso a controllare le proprie reazioni, una sensazione di calore gli si irradiò dal basso ventre a tutte le membra non appena le morbide curve di lei aderirono al suo corpo.

Mentre il suo labbro si imperlava di sudore la sistemò con estrema cautela sulla morbida pelliccia.

Poi si affrettò ad accendere un fuoco, rimproverandosi aspramente non solo per le emozioni che non era riuscito a controllare nonostante fosse stato sicuro del contrario, ma soprattutto per avere permesso che lei si riducesse in quelle condizioni.

All'alba del giorno seguente Rowena non si sentiva affatto meglio. La pelle delicata dell'interno delle cosce aveva escoriazioni così profonde che non sopportava di sfregarle l'una con l'altra. La sera precedente aveva tirato fuori tutto il suo coraggio e aveva cercato di rassicurare un Christian molto preoccupato dicendogli che dopo una buona notte di sonno sarebbe stata a meraviglia. Lui aveva annuito e aveva continuato a preparare il campo, e quando era tornato a controllare come stesse lei aveva finto di dormire, sentendosi troppo esausta per fare conversazione.

Con l'arrivo del giorno si rese conto che aveva riposato pochissimo ed era ridotta davvero male. Ma non desiderava rivelargli le sue reali condizioni. Non poteva farlo, considerato quanto Christian desiderasse proseguire il loro viaggio. D'altra parte, si chiese, come avrebbe fatto a risalire a cavallo?

Lui si alzò dal suo giaciglio dall'altra parte del fuoco, le cui braci erano ancora tiepide, e un istante dopo le era già inginocchiato accanto. I suoi occhi azzurri cercarono quelli di lei e li scrutarono per un lungo momento. «State male» affermò poi.

Anche se avrebbe voluto che non fosse così, Rowena non poté negare l'evidenza. «Sì, mi dispiace davvero moltissimo.»

Christian agitò una mano. «Non preoccupatevi di questo per ora. È una cosa che dobbiamo accettare.» La guardò negli occhi, serio. «Credo che dovreste permettermi di vedere quanto è grave la situazione.»

Rowena si irrigidì. «No, io...»

Lui la interruppe. «Devo sapere se avete bisogno di un dottore.»

«Non mi serve!» si affrettò a replicare lei.

«Perdonatemi se insisto nell'accertarmi di persona delle vostre condizioni. Non posso ignorare il problema dopo avervi convinto a venire con me ed essermi assunto la responsabilità della vostra sicurezza.»

Rowena fece un sospiro riluttante. «So di cosa avrei bisogno per stare meglio. Ma non credo di potermi procurare gli ingredienti necessari.»

Christian si alzò mentre il suo tono si venava di sollievo. «Ma certo! Per un momento avevo dimenticato la vostra capacità di curare le persone. È naturale che sappiate cosa fare. Ci penserò io a trovare ciò che vi serve.»

Lei lo scrutò dubbiosa. «Credete davvero di poterlo fare? Tenete conto che bisognerebbe andare a raccogliere alcune erbe nel bosco.»

La sua espressione era determinata. «Se mi spiegate che aspetto hanno, farò del mio meglio. E in caso dovessi portarvi le piante sbagliate tornerò indietro fino a quando non avrò individuato quelle giuste.»

Rowena sospirò appoggiandosi all'improvvisato cuscino di ramoscelli e decidendo che doveva confessargli come stavano davvero le cose. «Allora proviamoci perché, per essere del tutto onesta con voi, credo che non sarò in grado di cavalcare per diversi giorni se non mi curo.»

Christian trasse un profondo respiro e poi annuì, cupo. Lei non perse altro tempo. «La maggiorana selvatica la troverete nel bosco, i petali di rose non avrete difficoltà a raccoglierli se riuscirete a scovare una fattoria qui vicino, e così pure del grasso animale.»

Lui annuì. «Quanto ne servirà?»

Rowena si strinse nelle spalle. «Abbastanza da trasformarlo in una quantità di unguento tale da coprire le abrasioni dal ginocchio alla coscia.»

L'uomo storse la bocca. «È davvero tanto grave?»

Lei si limitò a fare un brusco cenno d'assenso.

L'espressione di Christian si fece ancor più determinata. «Tornerò presto.»

Rowena lo osservò mentre si allontanava a cavallo e poi si sdraiò di nuovo contro i rami fragranti con un gemito di sofferenza. Le era costato un enorme sforzo tenere nascosta la reale entità del suo dolore. Tuttavia era decisa a continuare a farlo, perché era evidente che lui era sopraffatto dal senso di colpa.

Le parve che fosse trascorso molto tempo prima che Christian tornasse con gli ingredienti che lei gli aveva chiesto. Ma visto che il sole non era ancora molto alto nel cielo, probabilmente non era passata più di un'ora.

Per fortuna, lui aveva trovato esattamente ciò di cui aveva bisogno e in quantità più che sufficienti.

«Che cosa devo fare adesso?» le domandò subito dopo con sollecitudine.

Impaziente di sperimentare il sollievo che sapeva il rimedio le avrebbe procurato, Rowena gli impartì precise istruzioni e sotto le sue direttive in breve l'unguento fu pronto.

Quando il preparato che era stato scaldato in un recipiente si fu raffreddato, lei tese le mani. In quel momento si accorse con profondo imbarazzo che tremavano a causa delle sofferenze che sopportava dal giorno prima.

Notando quanto fosse instabile il recipiente tra le sue dita, Christian si accigliò. «Non riuscirete ad applicarvelo da sola.»

Rowena se lo strinse al petto, ma il brusco movimento le procurò una fitta agli arti inferiori che la fece trasalire. «Me la caverò senza problemi.»

L'uomo scrollò il capo. «Dovete rendervi conto che il vostro atteggiamento non è ragionevole.»

Lei si rifiutò di guardarlo, temendo che avrebbe indovinato il terrore che provava all'idea che lui la toccasse in posti così intimi. «Non posso...»

Con risoluta perseveranza Christian le tolse dalle mani il recipiente. «Voglio solo aiutarvi, Rowena. Starò attento.»

Non che lei dubitasse delle sue intenzioni. Erano piuttosto le proprie emozioni a spaventarla. Nonostante il dolore, l'idea che lui le sfiorasse le cosce la faceva fremere.

Sciocchezze! si disse. Lui voleva semplicemente farla star meglio, così avrebbero potuto riprendere il viaggio. E date le circostanze non le sarebbe stato difficile tenere sotto controllo le reazioni del suo corpo al tocco di quell'uomo imperscrutabile. Si ritrovò a parlare a ruota libera per mascherare il nervosismo. «Sono sicura che avete visto le gambe di molte donne.»

«Non tante quante potreste pensare» replicò lui con una voce piuttosto mesta.

Rowena cercò di capire se la stesse prendendo in giro, ma in quelle labbra piegate in una smorfia ironica e nelle scure sopracciglia aggrondate scorse solo una profonda amarezza. «Com'è possibile?» esclamò d'impulso, sorpresa.

Christian sembrò studiare con grande concentrazione il contenuto della ciotola. «Forse le donne non mi trovano poi così affascinante.»

Rowena non ne era convinta. Christian poteva forse sembrare riservato e misterioso, ma non si poteva certo dire che mancasse di fascino.

Quella rivelazione in ogni caso le fece piacere, anche se non avrebbe saputo spiegarne il motivo.

Lui la sospinse con gentilezza e insieme con decisione sul giaciglio, e lei non protestò. Le tirò su la gonna con estrema cautela, mentre lei pensava che Sean era l'unico altro uomo ad averle mai visto le gambe... e l'ultima volta era stato a dodici anni, quando avevano fatto il bagno in mare insieme.

Non appena le sue cosce furono esposte allo sguardo di quei penetranti occhi azzurri, Rowena si sentì avvampare le guance per l'imbarazzo. Con le mani che le tremavano cercò di rincalzare il vestito sotto la schiena nello sforzo di conservare un barlume di riserbo e di permettere al suo cuore di rallentare i battiti.

Poi sollevò gli occhi sul viso del cavaliere e si sentì ancora più mortificata, perché nel suo sguardo che stava fissando le abrasioni arrossate che correvano dalle ginocchia alle cosce si leggeva solo un profondo orrore.

In quel momento Christian tornò a cercare i suoi occhi.

«Perdonatemi» mormorò con voce roca.

Lei scrollò il capo. «Non c'è niente da perdonare.»

Lentamente lui immerse le dita nel recipiente. «Cercherò di essere il più delicato possibile» sussurrò continuando a fissarla.

Rowena strinse le labbra. «Proseguite, vi prego» disse. «O forse non avete il coraggio di farlo?»

Un muscolo gli guizzò sotto la mascella tesa. «Ci riuscirò.» Poi con un profondo respiro cominciò a spalmare l'unguento sulle ferite.

Il contatto di quel rimedio lenitivo sulla carne dolente fu così indescrivibilmente piacevole che Rowena non riuscì a trattenere un sospiro di sollievo. La testa le ricadde all'indietro mentre i suoi muscoli si rilassavano. Sfortunatamente quella reazione cominciò a cambiare non appena le dita gentili ma decise di Christian risalirono nella zona più interna delle gambe. Nonostante la sensazione rinfrescante dell'unguento, i polpastrelli di Christian erano caldi e dove toccavano la sua pelle suscitavano uno strano e piacevole formicolio.

Osservò il suo viso e vide che sembrava intento ad applicare il rimedio e niente altro. Allora chiuse gli occhi, piena di vergogna per la propria sconsiderata reazione. Tuttavia le sensazioni non cessarono e il tremito nel suo corpo divenne ancora più pronunciato. Un dolce calore si raccolse nel suo ventre e i battiti del suo cuore accelerarono.

Presto si rese conto che il dolore che le era parso insopportabile si era trasformato in una semplice irritazione relegata ormai in un angolo distante della sua mente. Voltò la faccia verso i rami fragranti e respirò attraverso le labbra socchiuse mentre i suoi arti diventavano sempre più molli e la sensazione di piacere si diffondeva in tutto il suo corpo.

Fu comunque grata che lui non avesse idea di cosa stava pensando o sentendo. Ma quando le sue dita gentili le sfiorarono le zone più recondite delle cosce non riuscì a trattenere un movimento irrequieto.

Di colpo le mani di Christian si fermarono. «Vi ho fatto male?» le chiese in un tono di voce quasi irriconoscibile.

Lei aprì gli occhi pregando con tutta se stessa che lui non fosse in grado di indovinare la verità. Ma mentre rispondeva di no, non poté fare a meno di notare il modo in cui si detergeva alcune goccioline di sudore dal labbro superiore con il dorso della mano. La stessa mano con cui le aveva spalmato la crema sulle gambe.

«Il dolore si è molto attenuato» mormorò evitando di guardarlo. «Forse avete applicato abbastanza medicamento.»

Lui deglutì e fissò la ciotola con assorta concentrazione. «Va bene, allora. Ce n'è ancora abbastanza per un'altra applicazione, se doveste averne bisogno.»

Rowena si sforzò di sorridere anche se il cavaliere non la stava guardando. «Perfetto. Credo che sarebbe meglio se adesso riposassi un po'.»

Christian si affrettò ad alzarsi. «Va bene. Io andrò a occuparmi di Gideon.»

Si allontanò portando la ciotola con sé e Rowena lo osservò mentre scioglieva le redini dell'animale dal ramo di un albero e poi si fermava guardando il recipiente, come se si fosse reso conto solo in quel momento di averlo ancora in mano.

Lei non riusciva a comprendere quell'evidente agitazione. A meno che... Era possibile che anche lui si sentisse turbato?

Christian tornò indietro e le tese la ciotola tenendosi a debita distanza. «Vado ad abbeverare Gideon. Vi lascio questa.»

Rowena la prese facendo attenzione a non entrare in contatto con quelle dita che avevano il potere di distrarla.

«Usatene quanta ne volete» aggiunse Christian. «Andrò a raccogliere di nuovo gli ingredienti se ce ne sarà bisogno e se questo ci aiuterà a ripartire prima possibile.»

Nonostante sapesse che era ridicolo, lei provò un moto di disappunto e chinò il capo. «Non sarei dovuta venire. Tutto questo non serve a niente. Si tratta solo di una perdita di tempo per voi e per me.»

Il fisico possente del cavaliere si irrigidì. «Non vorrete di già tornare ad Ashcroft?»

Rowena sollevò il mento in un gesto quasi di sfida. «Non potete non rendervi conto che è tutto più complicato di quanto ci aspettassimo.»

Christian si limitò a fissare la foresta con aria determinata.

Lei si accigliò. «Quando ho acconsentito ad accompagnarvi non avevo idea dei problemi che avrei provocato. Dopo tutti gli sforzi fatti per condurmi ad Avington di sicuro rimarrete deluso quando vi chiederò di riportarmi a casa.»

«Se quel giorno arriverà, sarò io il solo responsabile del mio stesso disappunto.» Si allontanò senza dire altro e portò il cavallo al ruscello. Nonostante Rowena non dubitasse che lui fosse sinceramente preoccupato per le sue escoriazioni, era chiaro che il suo primo pensiero riguardava il portare a termine la sua missione.

Dunque non aveva alcuna ragione per sentirsi a disagio, si disse. L'agitazione del suo compagno di viaggio non aveva niente a che vedere con il fatto di avere condiviso con lei un'esperienza tanto intima.

Christian non spalmò più l'unguento sulle gambe di Rowena. Anche se restarono accampati vicino al torrente per ciò che restava di quel giorno e per il successivo, non si offrì di aiutarla ancora.

Tuttavia, ogni volta che ripensava alla reazione che aveva scosso il suo corpo mentre applicava il rimedio, compito che peraltro era iniziato in modo innocente, aveva difficoltà a comportarsi razionalmente. Ma era la folle supposizione che Rowena avesse risposto al suo tocco a sconvolgerlo.

Il modo in cui aveva mosso i fianchi, il rossore sulle sue guance delicate...

No, era impossibile. Aveva visto solo ciò che desiderava vedere, perché ciò che stava facendo gli aveva quasi fatto perdere il suo abituale autocontrollo. Il pensiero che quelle gambe lunghe e affusolate avrebbero potuto stringersi attorno alla vita di un uomo lo faceva impazzire.

Il che era di gran lunga peggio delle visioni che lo avevano tormentato dopo averla baciata. Quelle era in grado di tenerle a bada, tranne che di notte quando era solo nell'oscurità. Allora era costretto a ripetersi all'infinito che aveva cercato solo di confortarla.

Gemette frustrato mentre si bagnava il viso e il torace con l'acqua fredda del ruscello. Era il terzo mattino che trascorrevano in quel campo. Lui si era alzato alle prime luci dell'alba lanciando un'occhiata a Rowena, addormentata nel suo giaciglio sotto la pelliccia.

Non vedeva l'ora di rimettersi in cammino verso Avington. Lì avrebbe ritrovato la sua vita, e la presenza dei suoi amici lo avrebbe aiutato a rammentare qual era il suo scopo. Intendeva provare che Rowena era la figlia del *Drago*, non trovarsi sentimentalmente coinvolto in una relazione con lei.

Il suo innato senso dell'onore gli imponeva di tornare a Bransbury e di aiutare suo padre, che ormai stava invecchiando.

Sapendo che non sarebbe servito a nulla prolungare all'infinito le sue abluzioni mattutine, si alzò e tornò al campo. Quando arrivò fu sorpreso di trovare Rowena non solo sveglia, ma addirittura in piedi. Restò a osservarla mentre lei si chinava a piegare le coperte.

«Che cosa state facendo?» le chiese avvicinandosi.

Lei evitò di guardarlo e continuò a sistemare le sue cose. «Mi sto preparando a lasciare questo posto.»

«Ma voi non siete...»

Poi i loro occhi si incontrarono e in quelli verdi di Rowena lui lesse un'ostinata determinazione. «Sto abbastanza bene per viaggiare. Se così non fosse non mi azzarderei certo a farlo, visto che questo ci causerebbe solo ulteriori ritardi.»

Lui si accigliò. Come avrebbe potuto replicare a quella logica ferrea?

Lei terminò di arrotolare la coperta e si diresse verso Gideon. «Tuttavia d'ora in avanti cavalcherò all'amazzone.»

Christian annuì. «Vi sistemerò davanti a me» disse, anche se la prospettiva non era per niente rassicurante.

«No» replicò Rowena indietreggiando di un passo e lasciandosi sfuggire un gemito inorridito. «Starò bene dietro.»

«Ma così non sarete in grado di reggervi in sella, a meno che non vi mettiate a cavalcioni.»

Lei lo fissò dritto negli occhi. «Ce la farò.»

Non c'era altro da dire. Il suo tono era deciso e lui non era dell'umore adatto per discutere. Tuttavia, nonostante fosse sollevato perché non avrebbe dovuto viaggiare con la distrazione di Rowena in grembo, il fatto che lei si mostrasse tanto riluttante a stare fra le sue braccia lo fece sentire inspiegabilmente contrariato.

Chissà se aveva intuito quanto fosse stato vicino a perdere il controllo mentre le spalmava l'unguento sulle abrasioni. Nonostante avesse continuato a ripetersi che lei era ferita e provava dolore, alla vista di quelle gambe lunghe e affusolate si era eccitato come un ragazzo inesperto. La loro vellutata morbidezza aveva risvegliato in lui un desiderio che aveva fatto molta fatica a controllare.

Ci era riuscito soltanto rammentando a se stesso che solo la peggiore delle canaglie avrebbe dato libero sfogo alla lussuria con una donna ridotta in quello stato.

Senza altre parole si accinse a disfare il suo giaciglio. Non appena ebbero fatto colazione e riposto le provviste nelle sacche da sella, la guardò. «Siete pronta?» le chiese in tono piatto.

Rowena spazzò via dalla gonna le briciole del pane che Christian aveva portato da una fattoria vicina. «Sì» annuì alzandosi e avvicinandosi allo stallone.

La sua espressione sembrava priva di qualsiasi preoccupazione, notò lui ripromettendosi di rimanere altrettanto impassibile. Balzò in sella e le porse la mano. Lei la afferrò senza la minima esitazione e salì a sua volta. «Concedetemi solo un momento prima di partire, ve ne prego» gli chiese.

«Certo.» Christian tenne il destriero immobile e attese, mentre Rowena si sistemava passandogli un braccio attorno alla vita.

«Sono pronta» annunciò lei finalmente.

Con una gentile pressione sui fianchi Christian fece partire Gideon. Solo quando si rese conto che la sua compagna sembrava aver trovato una posizione stabile lo spinse a un passo più veloce.

Ma non troppo rapido.

In ogni caso avanzare lentamente non lo infastidiva. Se non altro si stavano muovendo. Qualunque cosa era meglio che passare un'altra giornata come le due precedenti, durante le quali non aveva avuto altro da fare che tenere a bada i pensieri che lo turbavano. Anche la dolce pressione del braccio di Rowena che lo stringeva alla vita e il lieve peso del suo corpo esile contro la schiena rappresentavano un tormento di gran lunga preferibile.

8

Rowena trascorse i giorni successivi come avvolta nella nebbia. Le abrasioni sulle gambe stavano guarendo, ma altre porzioni della sua anatomia erano doloranti, perché non era abituata a cavalcare. Si lasciava cadere sulla coperta di pelliccia ogni sera, quasi incapace di consumare qualunque cibo Christian le preparasse.

Se avesse avuto energie sufficienti per dimostrargli la sua gratitudine lo avrebbe fatto. Non voleva pensare a nulla, né ai dubbi che continuavano ad assillarla circa la sua decisione di accompagnare Christian in Inghilterra, né all'inspiegabile e indesiderata attrazione che sentiva nei suoi confronti. Sapeva che lui non provava gli stessi suoi sentimenti, e che l'unico motivo per cui era interessato a lei era la possibilità che fosse Rosalind di Dragonwick.

Tuttavia, al quarto giorno di viaggio, la sua determinazione nell'ignorare l'attrazione che l'aveva assalita con tanta intensità iniziò a indebolirsi. Col passare delle ore pensava con sempre maggior frequenza a cose che non avevano niente a che vedere con il suo posteriore dolorante, con le braccia intorpidite e con la schiena rigida e indolenzita.

Era sempre più consapevole dei muscoli del ventre piatto di Christian sotto le sue mani ogni volta che doveva tenersi stretta a lui, della solida e virile forza delle sue spalle. A volte si ritrovava a respirare profondamente assaporando il suo profumo e scoprendosi a sospirare perché quell'aroma unico la faceva sentire languida e agitata al tempo stesso.

Avrebbe voluto appoggiarsi a lui, sperimentare la sensazione di quel corpo solido contro il suo come aveva fatto quando l'aveva baciata.

Sebbene Christian si fosse comportato sempre con estrema gentilezza nei suoi confronti nei giorni precedenti e si fosse informato sulle sue condizioni di salute ogni volta che si fermavano, Rowena sapeva che nemmeno lui si stava godendo la cavalcata. Era evidente dalla linea rigida delle spalle e dal tendersi dei muscoli vigorosi ogni volta che le sue braccia stanche gli cingevano la vita con maggior forza.

Forse si era pentito di averla portata con sé. Oppure qualche dubbio sul fatto che fosse davvero la figlia del *Drago* era penetrato nella sua mente.

La tensione in lui era evidente anche in quel momento, mentre si guardava attorno. «Stiamo arrivando a un villaggio» la informò. «Tiratevi su il cappuccio, vi prego.»

Rowena fu sorpresa, oltre che dalla sua richiesta, dal fatto che intendesse attraversare un centro abitato. Una delle poche informazioni che le aveva dato era che stava deliberatamente evitando villaggi e cittadine visto che non avevano alcuna scorta.

Lei fece ciò che le aveva chiesto e si tirò il tessuto davanti al viso. «Perché ci andiamo se sospettate che potremmo avere dei problemi?» gli chiese.

Christian scrollò le spalle. «Abbiamo bisogno di provviste, e quando ci accamperemo per la notte saremo troppo distanti perché possa tornare indietro. Ma non abbiate timore. Non credo che avremo guai. Solo preferisco essere cauto quando viaggio con una donna con un viso come il vostro.»

La sorpresa la fece arrossire. «Che volete dire?»

Lui le lanciò un'occhiata da sopra le spalle e il suo sguardo si posò brevemente sui suoi lineamenti prima di tornare a fissare la strada. «Voi siete senza alcun dubbio la ragazza più bella che io abbia mai conosciuto, Rowena» le spiegò in tono piatto. «Ci sono uomini che non esiterebbero ad attaccare un cavaliere solo per possedervi.»

Lei fu così stupita da quell'affermazione che rimase letteralmente senza parole. Dunque Christian pensava che fosse bella?

«Per favore, fate come vi ho detto e non mostrate il viso se non ce n'è bisogno» la sollecitò.

«Va bene» acconsentì Rowena accoccolandosi contro la sua schiena e desiderando di riuscire a provare anche una minima traccia di irritazione per i suoi modi dispotici. Ma la consapevolezza che lui la trovava attraente le impedì di sentirsi offesa nonostante sapesse che le sue parole non significavano nulla. Le aveva detto chiaramente che non era interessato a lei, proprio subito dopo averla baciata.

Però quando si fermarono qualche tempo più tardi si ritrovò a osservarlo di nascosto.

Christian si apprestò a preparare il campo per la notte con la solita tranquilla efficienza, proprio come doveva aver fatto le sere precedenti, quando lei era troppo esausta per rendersene conto.

Il senso di colpa la indusse ad arrossire. Vedendo che cominciava ad allargare sul terreno le coperte per il suo giaciglio si fece avanti. «Vi prego. Posso fare da sola.»

Lui si raddrizzò e la guardò distrattamente, come se fosse stato assorto in segreti pensieri. «Non importa.»

Lei lo fissò seria. «Importa eccome, invece» protestò. «Non sono abituata a farmi fare le cose dagli altri. Non voglio che vi preoccupiate più per me.»

Christian aggrottò le sopracciglia. Poi si inchinò e le

porse le pellicce prima di andare a prendere l'occorrente per la cena nel suo fagotto. Rowena provò la spiacevole sensazione di aver fatto qualcosa che lo aveva offeso.

Tuttavia non riusciva a comprenderne il motivo. Stava solo cercando di sollevarlo da una delle numerose incombenze che lo aspettavano ogni volta che si accampavano per la notte. Si preparò il letto chiedendosi se il desiderio di badare a se stessa non fosse dettato dal fatto che lo aveva sempre fatto. O forse aveva insistito per fare da sola perché sapere che lui si preoccupava per lei la faceva sentire a disagio, visto che era bastata la casuale ammissione che la trovava bella a turbarla tanto.

Quando cominciò a raccogliere legna per accendere il fuoco, Christian non fece commenti. Si limitò a usarla per ottenere un'allegra fiamma che rischiarò l'oscurità.

Una volta terminato il pane e il formaggio che lui aveva tirato fuori dalla sacca, Rowena si fece scorrere le dita tra i capelli ormai sporchi.

Mordendosi le labbra gli gettò un'occhiata attraverso il fuoco. «Io...» Sollevò la testa sentendosi una sciocca per la sua esitazione. «Vorrei lavarmi.»

Per un momento Christian sembrò contrariato. Subito dopo però annuì. «Certo. Avrei dovuto pensarci da solo.»

La sua risposta la indusse a scrollare le spalle. «Voi non siete responsabile per me.»

La luce delle fiamme guizzò su quei lineamenti magri e forti mentre lui la guardava senza rispondere. «Dove avete abbeverato il cavallo?» gli chiese Rowena, provando un certo imbarazzo.

Christian si alzò. «Venite.»

Lei fece altrettanto. «Un momento.» Andò alla sua borsa e ne tirò fuori un pezzo di sapone insieme all'unico altro vestito che aveva portato con sé, una tunica di pregiata lana bianca, identica a quella che indossava.

Poi lo seguì tenendosi a qualche passo di distanza fino a uno specchio d'acqua. La luce che stava svanendo non le consentì di capire da cosa fosse alimentato, ma l'acqua non sembrava stagnante.

Guardò in direzione del campo. Anche se non era lontano, gli alberi e la posizione lievemente più bassa del laghetto le avrebbero consentito una certa riservatezza.

Si rivolse a Christian e il suo sguardo fu attirato dalla linea decisa del mento. «Vi ringrazio. Tornerò tra poco.»

«Starete attenta?»

Rowena annuì. «So nuotare. Se dovesse accadermi qualcosa voi sarete a portata d'orecchio.»

Lui fece un respiro e annuì prima di allontanarsi.

Dopo aver dato al cavaliere tempo più che sufficiente per tornare accanto al fuoco, Rowena iniziò a svestirsi. Ma solo quando si fu immersa nell'acqua fino alle spalle cominciò a sentirsi un po' più tranquilla.

Quella sensazione si unì all'immenso piacere che provò nel liberarsi dalla sporcizia accumulata durante il viaggio. Lasciò i capelli per ultimi, lavorando con diligenza per pulirli. Dovette usare parecchio sapone per avere ragione della massa aggrovigliata, ma alla fine ci riuscì e chiuse gli occhi immergendosi per sciacquarli.

Era ferma in piedi in mezzo all'acqua con la testa piegata all'indietro quando qualcosa di viscido e vivo strusciò contro la sua gamba. Un urlo terrorizzato le scaturì dalla gola prima che potesse riflettere.

Non c'era alcun dubbio che doveva trattarsi di un serpente, e i serpenti erano i soli animali che la terrorizzavano. Era così da sempre. Avevano anche popolato i suoi incubi di bambina.

Continuando a gridare e ansimando come se avesse corso mille miglia, Rowena si avvicinò alla riva. L'acqua, densa di vegetazione, intralciava i suoi sforzi convulsi per scappare da quello che adesso vedeva come una tana di viscidi rettili. Le sembrava che le si avvinghiassero addosso trascinandola verso il basso.

Non era ancora uscita dall'acqua quando Christian arrivò di corsa, immergendosi nello stagno. «Che cosa è successo, in nome del cielo?»

Lei rabbrividì, passandogli le braccia intorno al collo e aggrappandosi a lui in cerca di protezione. «Un... un serpente.»

Il sollievo che si dipinse sul suo viso era misto a divertimento. «Un serpente? Tutto qui?»

Rowena restò troppo ferita da quella reazione e per un momento non trovò la forza di parlare. Poi sentì nascere dentro di sé una collera sorda e lo schiaffeggiò su una guancia con quanta forza aveva in corpo.

Il conseguente dolore alla mano la fece tornare in sé. Inorridita, si accorse che gli occhi di Christian erano spalancati per lo stupore. Allora si coprì la bocca con una mano. «Io... Perdonatemi!» gridò. «Non avrei dovuto...»

«No, non avreste dovuto» replicò con freddezza Christian massaggiandosi la guancia.

Rowena era combattuta tra l'imbarazzo e la mortificazione. «Voi però non avreste dovuto ridere di me. Io ho il terrore dei serpenti.» Il solo pensiero di quella creatura che la sfiorava la fece rabbrividire ancora una volta da capo a piedi. Così incrociò le mani sul petto nel tentativo di far cessare...

Il seno!

Santo cielo! Aveva dimenticato di essere completamente nuda.

Christian parve rendersene conto nel medesimo istante, perché arrossì e fece vagare lo sguardo lungo il corpo di lei prima di tornare a concentrarsi sul suo viso.

I loro sguardi rimasero avvinti.

Poi lui scrollò il capo. «Mi dispiace.»

Non sapeva bene perché si stesse scusando, se per averla presa in giro o per averla vista senza veli.

Il che, a dire il vero, non gli spiaceva affatto.

Il suo sguardo tornò a scivolare su di lei esaminando la pelle bianca e liscia del collo e delle spalle e i seni che facevano capolino tra le braccia incrociate. Era incantevole come una ninfa dei boschi, con il corpo flessuoso e luccicante alla luce morente del giorno.

Christian sentì i muscoli del suo ventre tendersi dolorosamente. Le dita gli prudevano per il desiderio di sfiorare quelle curve e di scivolare più in basso, dove la sua vista era oscurata dalla vicinanza dei loro corpi.

Rowena parlò usando un tono così pacato che lui per un istante credette di aver immaginato le sue parole. «Davvero pensate che sono bella?» Ma quando tornò a guardarla in viso si accorse che aspettava una risposta.

Poteva solo dirle la verità. «Più di quanto credessi possibile.»

All'improvviso e in modo del tutto inaspettato lei non ebbe più paura. Non riusciva nemmeno a ricordare di averla mai avuta. La sua espressione si addolcì e il suo cuore cominciò a battere all'impazzata. Gli fissò le labbra e poi tornò a incrociare il suo sguardo.

Gli occhi azzurri di Christian si incupirono. La sua mano le scivolò lungo la schiena e si fermò con fare possessivo sui fianchi.

Un calore liquido incendiò le vene di Rowena, facendola fremere.

Quando avvertì che lo sguardo di Christian si posava sulle sue labbra, Rowena si rese conto che si stavano socchiudendo mentre il suo respiro si faceva più affrettato. Le inumidì con la punta della lingua e lui gemette piano, con un suono roco e sensuale che le fece venire la pelle d'oca nonostante la temperatura esterna non fosse affatto fredda.

Rabbrividì di nuovo e si chiese se fosse possibile che il solo guardarlo la facesse reagire in quel modo. Mai nella sua vita si era sentita così viva e consapevole della propria femminilità come in quel momento.

Studiò la sua bocca, così dolce e invitante e tuttavia nello stesso tempo incredibilmente virile, e senza riflettere sollevò una mano per tracciare il contorno di quelle labbra con un dito.

Il primo bacio che Christian le aveva dato era nato dalla confusione, dalla collera e, sì, anche dal desiderio. Questa volta lo fece perché non c'era nient'altro che potesse fare.

La sua bocca trovò quelle labbra morbide e invitanti con estrema sicurezza.

Il fatto che Rowena rovesciasse la testa all'indietro offrendogli la bocca senza riserve lo incoraggiò a mettere da parte qualsiasi riserbo e a circondarle le spalle attirandola a sé.

Lei teneva ancora le braccia incrociate sul petto e queste le impedivano di essergli vicina come desiderava. Così si divincolò per liberarle, e mentre lui la guardava confuso gli infilò le dita tra i folti capelli della nuca attirandolo di nuovo a sé.

Christian poteva sentire la pressione dei suoi seni contro il torace e maledisse il tessuto della sua tunica che faceva da barriera tra la loro pelle. Con una mano afferrò l'orlo dell'indumento e solo in quel momento si rese conto che erano circondati dall'acqua.

Gemette di frustrazione. Si trovavano ancora vicino alla riva del laghetto.

Scostandosi leggermente appoggiò la fronte contro quella di lei e trasse un profondo respiro. Rowena continuò a baciargli le guance, la mascella e il mento, facendolo quasi impazzire.

Chiamando a raccolta tutto il suo autocontrollo la allontanò da se. «Non qui, Rowena» mormorò con voce roca. «Non nello stagno.»

I loro sguardi si incontrarono e lui poté leggere in quegli occhi verdi un bisogno impellente che lei non cercava di nascondere.

Rowena non sapeva che il desiderio potesse essere tanto violento e urgente, e capì che non avrebbe mai potuto tenerlo a bada, così come non sarebbe riuscita a controllare una qualunque forza della natura. «Dove allora?»

Christian trattenne il respiro udendo l'impazienza contenuta in quella richiesta, mentre il suo bisogno si faceva ancora più pressante.

Tenendo lo sguardo incatenato a quello di lei la sollevò tra le braccia e si voltò per ricondurla al campo, dove l'avrebbe adagiata sulle coperte di pelliccia del suo giaciglio.

Rowena nascose il viso nell'incavo del suo collo e gli tormentò la pelle morbida con le labbra gentili. Lui la guardò e i suoi occhi trovarono una piccola voglia a forma di falce di luna proprio in cima alla spalla. Si chinò e la sfiorò prima con la bocca e poi con la lingua. Per tutta risposta lei fu scossa da un brivido di piacere e gli si aggrappò al collo.

Christian si rese conto che le sue gambe all'improvviso sembravano troppo deboli per comportarsi in modo appropriato. La fece stendere sul suo giaciglio vicino al calore delle fiamme. Il chiarore rossastro conferiva un alone dorato alla sua pelle perfetta mentre i riflessi ramati dei suoi capelli umidi assomigliavano a lingue di fuoco.

Lei lo invitò nella cerchia delle sue esili braccia e Christian, trovando il suo gesto incredibilmente seducente, si lasciò andare alla passione con un sentimento quasi di reverenza.

Chinò la testa e la baciò sulla bocca prima di abbassarsi

a prendere la punta di un capezzolo tra le labbra.

Rowena sussultò e i suoi fianchi si inarcarono.

Christian le fece correre una mano lungo il corpo appoggiando il palmo sul ventre piatto e sentendolo fremere sotto il suo tocco. Ma quando le spinse le dita tra le cosce sfiorando i suoi recessi più segreti, lei accennò a ritrarsi, stupita. «Che cosa state facendo?»

«Fidatevi di me» le mormorò lui piano contro una tempia. Per qualche strana ragione darle piacere era in quel momento più importante che soddisfare il proprio desiderio.

Tremando, Rowena tornò ad adagiarsi tra le sue braccia e Christian dovette chiudere gli occhi per riuscire a controllare l'intensità del suo bisogno.

Mentre l'accarezzava con sempre maggiore urgenza sentì che il respiro di lei si faceva più affrettato e le sue braccia gli si aggrappavano alle spalle in modo più deciso, fino a quando dalle sue labbra non scaturì un grido di stupita esultanza.

Lui la tenne stretta finché non smise di tremare tra le sue braccia. Nonostante riuscisse a trattenere a stento l'impeto della propria passione, era più preoccupato per il suo benessere, così continuò a stringerla sfiorando con un altro bacio gentile la voglia a forma di falce di luna. Rowena rabbrividì.

«Quando arriveremo ad Avington avremo un vero letto, come si addice alla figlia del *Drago*» le sussurrò rendendosi conto che doveva avere freddo. Nel suo tono si intuiva il desiderio struggente che fosse davvero così.

«Potrei non essere lei, Christian» rispose Rowena con un filo di voce.

Lui la tenne ancora abbracciata. La passione che provava in quel momento conferì alla sua voce un'incredibile sicurezza. «Io so che lo siete. Vi ho desiderato dal primo momento in cui vi ho vista, e fin da allora ho saputo che eravate Rosalind.» Alternò le parole ad ardenti baci sul collo e sulle spalle. «Questo è solo l'inizio, tesoro. Il nostro piacere crescerà con il tempo. Quando vi sarà stata restituita la vostra legittima posizione io verrò a trovarvi a Dragonwick ogni volta che potrò. Noi...»

Si interruppe perché si accorse che il suo corpo si era irrigidito.

Quella reazione a così breve distanza dalle vette di passione che aveva sperimentato solo un istante prima lo colse di sorpresa. Impiegò qualche momento per rendersi conto che lei lo stava allontanando.

«Toglietemi le mani di dosso.»

«Che cosa avete detto?» esclamò Christian con un sussulto sbalordito.

«Ho detto di togliermi le mani di dosso. Non sarò mai un giocattolo nelle vostre mani.»

Lui scosse il capo come se non avesse compreso le sue parole. Poi si accorse della collera che lampeggiava nei suoi occhi e si irrigidì. «Di cosa state parlando?»

«Sean aveva ragione, fin dall'inizio. Non esitereste a usare la seduzione pur di ottenere ciò che desiderate.»

Christian fece per avvicinarsi e lei si ritrasse di scatto. Allora lui abbassò le mani. «Non è vero, Rowena. Credete davvero che questo sia successo perché ero convinto che vi avrebbe indotto a restare in Inghilterra?»

«Volete sapere che cosa penso? È chiaro che non avreste mai permesso che fare l'amore con me interferisse con ciò che considerate di estrema importanza per voi.»

Lui trasse un profondo respiro. «Io non intendevo...»

Rowena sollevò il mento e lo sfidò con lo sguardo. «State dicendo che ho capito male? Mi state forse proponendo il matrimonio?»

Christian impallidì. «Io... No, non posso farlo.»

Lei si tirò addosso i lembi della coperta di pelliccia con sorprendente dignità considerate le circostanze e lui non poté impedirsi di provare una riluttante ammirazione che gliela fece desiderare ancora di più.

Ma il matrimonio?

Non poteva offrirle un impegno del genere. Il suo destino era a Bransbury. Non avrebbe mai avuto il tempo e soprattutto la forza d'animo per assolvere ai suoi doveri nei confronti del padre se avesse dovuto pensare a mettere ordine nella confusione che regnava a Dragonwick.

Tuttavia non avrebbe permesso che Rowena credesse che si stava servendo di lei. «Voi non capite» affermò tendendo una mano.

Lei gli lanciò un'occhiata piena d'ira. «Io capisco meglio di quanto crediate.»

Christian si rese conto che tentare di spiegare sarebbe stato un errore. Lui doveva tornare a casa dalla sua famiglia, e non sarebbe servito a niente discuterne. Meglio che restasse in collera. Forse quel risentimento avrebbe agito come un muro nei confronti del suo irragionevole desiderio. Perché nonostante si rendesse conto che era pura follia, lui la voleva ancora, e anche più disperatamente ora che sapeva di quali risposte quella donna era capace.

Rowena guardò le alte mura del castello con una certa trepidazione. Avevano visto diversi altri posti simili durante il viaggio, ma mentre si avvicinavano l'imponenza di quella fortezza la sconvolse.

Nella sua mente balenò un antico ricordo in cui lei stava osservando dal basso delle inaccessibili pareti di pietra. Era evidente che non era la prima volta che si trovava in un luogo del genere.

Non disse nulla di questo a Christian, che cavalcava in assoluto silenzio davanti a lei. Rowena non gli aveva rivolto la parola dalla sera precedente e lui era sembrato contento di quell'atteggiamento tranne quando l'aveva vista salire in sella a cavalcioni quella mattina. Sapendo che era l'ultimo giorno di viaggio, tuttavia, aveva deciso che poteva permettersi di rischiare che le ferite si riaprissero. Avrebbe fatto qualsiasi cosa per evitare qualunque contatto al di fuori di quelli strettamente necessari.

Provava una profonda umiliazione ogni volta che ripensava a quanto si fosse spinto lontano Christian Greatham con lei pur di riuscire a raggiungere il suo scopo. Tuttavia, se si fosse saputa la verità, e lei pregava che una cosa del genere non dovesse ma accadere, si sarebbe sentita molto più oltraggiata e umiliata dal fatto di essere stata una preda tanto facile e arrendevole. Che una parte di lei desiderasse quell'uomo nonostante tutto era ancora più doloroso. Ma lui era riuscito a risvegliare nel profondo del suo essere una passione intensa e violenta a cui non era preparata.

Anche toccare il suo mantello e tenerlo in mano per sorreggersi mentre viaggiavano le faceva bruciare la pelle. Ma questo non era niente in confronto alla terribile sofferenza che le aveva attanagliato il cuore nel momento in cui si era resa conto delle intenzioni di Christian.

Lui doveva aver pensato che facendo l'amore con lei l'avrebbe avuta completamente in suo potere e così non sarebbe più voluta ritornare ad Ashcroft.

Ebbene, si sbagliava. Non aveva preso alcun impegno di restare in Inghilterra e non intendeva farlo. Non voleva essere usata da quell'uomo per vendicare un conte morto da molto tempo, non importava quanto potesse essere giustificato un tale comportamento ai suoi occhi.

Le tornò in mente tutto ciò che sua madre le aveva detto sui nobili e sul fatto che desideravano proteggere le loro terre più di qualsiasi altra cosa.

Perché aveva acconsentito ad accompagnare Christian?

Che cosa poteva mai scaturire da quel viaggio? Sapeva molto poco di lui e delle persone di cui le aveva parlato.

Guardò ancora una volta le alte mura di pietra.

In quel momento lui rallentò l'andatura fino a fermarsi. «Rowena?»

Non volendo che intuisse quanto era agitata, lei sollevò il mento e rispose con tutta la disinvoltura che riuscì a simulare. «Perché esitate?» Si compiacque della pacatezza con cui era riuscita a parlare.

Lui scrollò la schiena e lei desiderò di poterlo vedere in faccia. «Io... Simon e Isabelle sono delle ottime persone. Vi prego, non permettete che la vostra collera nei miei confronti vi disponga male verso di loro.»

«Voi vi attribuite troppa importanza, signore» replicò Rowena, altezzosa. Sentì che Christian si irrigidiva, ma lo ignorò. «Io non conosco i vostri amici e non so se mi accoglieranno cordialmente, ma vi assicuro che li tratterò con civiltà.»

«Vi accetteranno» la rassicurò Christian serio.

Lei continuò a tenere la testa alta. «Non potete sapere quali saranno le loro reazioni nei miei confronti. Siete stato voi stesso a dirmi che non avete rivelato a nessuno il motivo per cui siete andato in Scozia. Potrebbero non condividere la vostra certezza che io sia Rosalind di Dragonwich.»

«Questo è vero» replicò ragionevolmente lui. «Tuttavia mi ascolteranno e non si rifiuteranno di ospitarvi.»

Rowena fu colpita dalla sua incrollabile certezza e si chiese di quale natura fosse una tale amicizia. «Come potete esserne tanto sicuro?» gli domandò dimenticando per un istante il risentimento.

Christian annuì e spronò lo stallone a proseguire. «Lo sono.»

Adesso che lui aveva sollevato la questione, lei non riuscì a pensare ad altro che alla sua rassicurazione e continuò a chiedersi come avrebbero reagito gli amici del cavaliere al suo arrivo.

L'edificio di pietra parve incombere su di loro e Rowena fu sopraffatta da una strana sensazione di irrealtà che crebbe mentre passavano attraverso i cancelli ed entravano in un cortile pieno di gente e con molti edifici annessi. Non aveva mai visto tante persone radunate in un posto solo.

Christian fermò il cavallo ai piedi di un'ampia scalinata in pietra, e dopo essere balzato a terra la aiutò a smontare. Rowena si sentiva così frastornata che gli permise di farlo senza ritrarsi al suo tocco. Non notò nemmeno che lui si era allontanato all'istante prima di precederla sulle scale e attraverso un imponente portone di quercia.

Lei lo seguì fino al centro di un'enorme sala con il soffitto a cassettoni. I domestici del castello stavano preparando i tavoli. Evidentemente era ormai ora di cena.

Christian si rivolse a un'anziana donna che indossava un lindo abito di lana e un grembiule immacolato. «Dov'è Lord Simon, Beatrice?»

Gli occhi castani della domestica brillarono mentre si inchinava. «Bentornato ad Avington, Sir Christian. Il signore e sua moglie sono nelle loro stanze.»

Lui gettò una fugace occhiata a Rowena prima di dirigersi verso una stretta scala che si apriva sulla parete opposta. «Venite.»

Lei esitò.

Christian tornò a voltarsi e questa volta, quando parlò, il suo tono si era addolcito. «Venite, vi prego.»

Rowena annuì e gli passò di fianco. Dopo un istante lui la seguì su per le scale.

Quando raggiunsero un'altra grande porta alla fine di un corridoio Christian bussò con energia.

«Avanti!» rispose una profonda voce maschile.

Christian aprì e lei restò sulla soglia osservandolo entrare. Nonostante la collera che provava nei suoi confronti, almeno lo conosceva.

Osservandola dalla soglia, si rese conto che la stanza era ampia, anche se non grandissima, ed ebbe una fugace visione di pareti coperte da arazzi, alte finestre e mobili di legno massiccio. Un allegro fuoco scoppiettava nel camino e un uomo e una donna erano seduti ai lati opposti di una scacchiera.

Rowena fece appena in tempo a cogliere l'impressione di abiti dai tessuti pregiati e di un portamento regale prima che l'uomo si alzasse. «Christian! Santo cielo, dove eri finito?»

Lui calpestò il folto tappeto con un sorriso di felicità. «In Scozia.»

L'altro si avvicinò per abbracciarlo. «In Scozia?» esclamò tirandosi indietro. «Abbiamo atteso con ansia tue notizie. Hai una pallida idea di quale pandemonio tu abbia suscitato sparendo in quel modo senza dire niente a nessuno? Tua sorella mi ha scritto preoccupatissima che...»

«Aislynn ti ha scritto?»

«Già. Diceva che le avevi promesso che non saresti rimasto lontano più di due settimane. Chiedeva se eri qui ad Avington, o se io o Jarrod sapessimo dove ti trovavi.»

«Jarrod? È qui anche lui?»

«No. È andato a Bransbury a cercare te.»

Christian si passò una mano stanca sul viso. «Santo cielo! Ho combinato un bel pasticcio.»

«Proprio così mio caro» affermò l'uomo dai capelli scuri, che non poteva essere altri che Simon. «E spero per te che tu abbia una spiegazione plausibile.»

Lui si voltò verso Rowena, che era ancora ferma sulla porta. «Ce l'ho, te l'assicuro.»

Lei notò che Simon la stava guardando con un'espressione perplessa sul viso decisamente attraente.

Rowena rivolse poi l'attenzione alla donna che sembrava studiarla con estremo interesse da sotto le ciglia scure, che frangiavano un insolito paio di occhi viola, stupefacenti al pari dei suoi bellissimi lineamenti. Un copricapo di velluto scarlatto le ricopriva i capelli e formava un contrasto perfetto con la sua pelle d'avorio.

Tutti attesero in silenzio mentre Christian le faceva cenno di raggiungerlo. «Venite avanti Rowena, vi prego. Permettetemi di presentarvi il mio caro amico e sua moglie, Lord Simon e Lady Isabelle di Avington.»

Rowena poteva sentire l'incantevole sguardo della dama fisso su di lei. Cercando di ignorare quell'esame si sforzò di muovere i piedi, che le parvero pesantissimi, e avanzò.

«Perdonate la mia scortesia, Isabelle. Mi dispiace molto di avervi causato tanta preoccupazione. Posso solo dirvi che tra un momento capirete perché mi sono comportato in modo tanto sconsiderato.»

Rowena notò che la dama non stava guardando Christian ma lei. «Accetto le vostre scuse, cavaliere» rispose Lady Isabelle. «È in ogni caso un enorme sollievo vedervi sano e salvo, ma avete stuzzicato la mia curiosità. Non sapevamo che foste accompagnato da una leggiadra giovane donna.»

Rowena si sentì arrossire.

Christian le lanciò una fugace e insondabile occhiata e poi rivolse un inchino alla moglie dell'amico. «Permettermi di presentarvi Rowena.»

Mentre Lady Isabelle annuiva la ragazza non poté fare a meno di notare che il suo compagno di viaggio sembrava diverso con quella donna, più formale e cerimonioso. Non si era mai comportato così con lei.

Non che lo desiderasse, si disse subito dopo. Non voleva essere trattata al pari di una nobildonna. Come le aveva sempre detto sua madre, le dame non erano altro che pedine nel gioco di acquisizioni e cessioni di terre tra illustri e potenti casate. Non erano rispettate per ciò che erano e i loro desideri non venivano quasi mai presi in considerazione.

«E che cos'è Rowena per te, Christian?» lo incalzò Lord Simon, come se la sua pazienza fosse già stata messa a dura prova.

Christian scoppiò a ridere e Rowena vide che i suoi luminosi occhi azzurri lasciavano trapelare un'inconfondibile traccia di eccitazione a malapena contenuta. «Ti rammenti di Jack, Simon?»

L'altro annuì mentre un'espressione perplessa e triste insieme gli compariva sul viso. «Come potrei dimenticarlo?» Fece passare un braccio protettivo attorno alle esili spalle della moglie. «Io e Isabelle abbiamo un enorme debito nei suoi confronti, per averci aiutato a ottenere la libertà da Kelsey, un debito che non potrà mai essere ripagato.»

Rowena notò che gli occhi viola di Lady Isabelle si velavano di lacrime mentre Christian proseguiva. «Quell'uomo mi ha rivelato una cosa la notte in cui è morto. Si trattava di un segreto che avrebbe potuto avere gravi conseguenze. E io non potevo ignorarlo, anche se non avevo alcuna certezza che le sue informazioni fossero veritiere.»

«Di cosa mai può trattarsi?» esclamò l'altro uomo.

«Mi ha detto che la figlia del *Drago* era ancora viva.»

«Ma, in nome del cielo, come...?» Lord Simon si lasciò cadere sulla sedia. «Non può essere.» Guardò Christian. «Perché non ci hai informato?»

«Avevo giurato che non ne avrei parlato fino a quando non fossi stato certo che era in salvo.»

«Che cosa è cambiato a tale riguardo?»

Lui lo fissò. «Non potrebbe esserci per lei posto più sicuro al mondo che con me, te o Jarrod.»

L'amico annuì. «Questo è vero. Ciascuno di noi sarebbe disposto a dare la propria vita per la figlia del *Drago*.»

Christian strinse la mano tremante di Rowena nella sua. Incerta su quale avrebbe potuto essere la reazione degli altri riguardo a ciò che lui stava per rivelare loro, lei non la sottrasse. «L'ho trovata» annunciò Christian con un tono da cui trapelava un filo di eccitazione.

Simon non fu l'unico a lasciarsi sfuggire un'esclamazione di stupore.

Nonostante la sua trepidazione Rowena tenne la testa alta, perché l'orgoglio era tutto ciò che le restava.

«Santo cielo!» sussurrò Lady Isabelle. «Volete dire...» Il suo sguardo si posò su Rowena.

Christian annuì. «Io credo che Rowena sia in realtà Rosalind di Dragonwick.»

Gli incredibili occhi viola di Lady Isabelle incontrarono quelli di Rowena. L'espressione che lei vi scorse era inequivocabilmente di felicità. Si scoprì a trattenere il respiro mentre la dama le si avvicinava.

«Mia sorella!» esclamò Isabelle con voce piena di speranza.

Rowena udì quelle parole e provò una sensazione di irrealtà che andava oltre qualsiasi emozione sperimentata fino a quel momento. La sola idea di poter essere la sorella di quella donna elegante e perfetta era troppo da sopportare.

Il mondo sembrò inclinarsi per poi cominciare a girare vorticosamente e lei vacillò, impotente, cercando un'ancora a cui aggrapparsi. «Sorella... Io...» La sua vista si offuscò e poi tutto diventò nero.

9

L'affermazione di Isabelle colpì Christian con la forza di un pugno. Tuttavia la vista di Rowena che vacillava davanti ai suoi occhi lo obbligò a reagire e ad allungare le braccia per sostenerla.

«È svenuta. Presto, portatela in camera» gli ordinò Isabelle prendendo in mano la situazione.

Christian seguì la moglie dell'amico fino all'enorme letto che era già stato preparato per la notte in attesa che i signori del castello si ritirassero, e posò delicatamente la forma esanime di Rowena sulle lenzuola immacolate.

Isabelle sospirò coprendosi le guance pallide. «Non avrei dovuto dirglielo in quel modo. L'ho sconvolta. Ma ero così...»

Simon le si avvicinò e le passò un braccio attorno alle spalle, protettivo. «Non devi rimproverarti, tesoro. Sono certo che la tua esclamazione abbia stupito la nostra ospite, ma è probabile che sia stata la stanchezza del viaggio a farla crollare.»

Isabelle sfiorò gentilmente il viso di Rowena e lei si mosse con un sospiro, anche se non tornò del tutto in sé. «Simon ha ragione» affermò. «È esausta. Lasciamola riposare.»

Sollevato, anche Christian si lasciò sfuggire un sospiro. Non era solo tenerezza quella che provava per Rowena, ma un affetto ancora più profondo, che non riusciva a comprendere appieno.

«Sono sicuro che Simon ha ragione» disse non appena tornarono nell'altra stanza Poi si girò a guardare Isabelle. «Anche se devo ammettere che anch'io sono rimasto sbalordito dalla vostra affermazione. Com'è possibile che voi e la figlia del *Drago* siate sorelle?»

Simon inarcò un sopracciglio, come se intendesse chiedere alla moglie che cosa doveva fare.

Lei scrollò le spalle. «Non ho intenzione di tenerlo nascosto. Non m'importa poi molto. Anzi, sono felice di averlo appreso, per quanto sia stato doloroso. Perché così tutti sapranno che essere stata allevata da Kelsey può aver lasciato il segno su di me, però...» La sua voce si incrinò per un momento, ma si riprese subito. «... il suo sangue non mi ha contaminato.»

Christian non poté impedirsi di pensare che nonostante tutto una parte di Isabelle ancora amava Kelsey. Dopo tutto era cresciuta credendo che fosse suo padre, per quanto crudele e distaccato fosse.

«L'ultima volta che ho visto mio padre a corte, subito dopo che aveva chiesto a Re Giovanni di mettere a morte mio marito per il suo supposto tradimento, lui era così in collera perché avevo dato sostegno a Simon, che mi ha rivelato che non ero davvero sua figlia. Mi disse che mia madre era già incinta quando lo aveva sposato, e che in punto di morte gli confessò che mio padre era il *Drago*. Così appresi che l'uomo che amavo e veneravo tanto profondamente in realtà non era lo zio che credevo, ma molto di più.»

Benché sgomento e commosso da quel racconto, Christian non poté non notare la differenza che c'era tra lei e Rowena. Quest'ultima, che non aveva conosciuto i privilegi del suo rango, provava vergogna al pensiero di essere una figlia illegittima. Isabelle, che era vissuta sempre tra la nobiltà e nella ricchezza, era segretamente e genuinamente compiaciuta di sapere che era stata concepita fuori del matrimonio, se questo significava avere il *Drago* come genitore.

Se anche Rowena fosse riuscita a pensarla così!

Non ebbe modo di riflettere sulla questione ancora per molto, perché Simon richiamò la sua attenzione. «Raccontaci di quella giovane donna e di come sei riuscito a trovarla.»

Lui lo fece senza esitare iniziando dalla notte in cui Jack era morto e terminando con il loro arrivo ad Avington. Le uniche cose che tralasciò furono i momenti di intimità che lui e Rowena avevano condiviso.

«Mi sembra tutto così incredibile, Christian» commentò Simon con un sospiro quando il suo racconto giunse al termine. «Nessuno più di me o di Isabelle, come vedi, vorrebbe che tutto ciò fosse vero.»

Lei annuì mentre i suoi occhi viola si velavano di uno struggente desiderio. «Significherebbe che ho una famiglia.»

«Ma c'è un problema» continuò l'amico. «Rowena non ricorda nulla. Potrebbe anche non essere Rosalind di Dragonwick.»

Christian aggrottò le sopracciglia incontrando gli occhi dell'amico. «Lo è. Ne sono certo. Non sono mai stato così sicuro di qualcosa in tutta la mia vita.»

Simon sostenne il suo sguardo. «Hai detto tu stesso che lei nutre dei dubbi in merito.»

«È così, infatti» li interruppe la voce di Rowena dalla porta.

L'espressione di Christian si fece ancor più seria vedendola appoggiarsi allo stipite per sostenersi. Lei si affrettò a raddrizzare la schiena e ad avanzare a testa alta. «Perdonatemi per essere svenuta in quel modo. Non mi era mai accaduto prima.»

Lord Warleigh le indicò la sedia su cui era seduto quando erano arrivati. «Accomodatevi, vi prego. Ancora non vi siete ripresa del tutto.»

Anche se Christian avrebbe giurato che lei non voleva mostrare il minimo segno di debolezza, Rowena accettò l'offerta e subito dopo guardò Simon dritto negli occhi. «Concordo con voi, milord. Non c'è alcuna prova certa che io sia la donna che Sir Greatham stava cercando. Anche se è riuscito a convincermi che nelle nostre vite ci sono molte somiglianze, io non condivido affatto la sua sicurezza.»

«Perché dovete sempre contraddirmi?» sbottò Christian senza riuscire a nascondere l'irritazione. Poi, vedendo che Rowena si irrigidiva, si pentì all'istante di quello sfogo.

Seguì un imbarazzato silenzio. «Secondo me» disse Isabelle dopo un po', «il fatto che Rowena sia così desiderosa di dar voce alla propria incertezza è un buon segno.» I suoi occhi viola la guardarono con un'evidente approvazione. «Molte giovani donne nella sua posizione non si lascerebbero sfuggire un'opportunità del genere. E non si può negare che abbia i capelli dai riflessi ramati come quelli di mio padre.»

Rowena sospirò. «Mi rendo conto che stabilire una volta per tutte che io sono Rosalind di Dragonwick significherebbe molto per tutti voi.» Guardò Isabelle. «Christian mi ha raccontato che uomo straordinario fosse vostro padre e a me sarebbe piaciuto... Ma adesso che sono qui mi sembra tutto così improbabile. Molte persone hanno i capelli rossi, soprattutto da dove vengo io. Tuttavia né voi né io possiamo permettere ai nostri desideri di farci credere in qualcosa che non è vero.»

«Non è da te essere tanto impulsivo, amico mio» osservò Simon sforzandosi di ragionare con calma mentre scrutava attentamente Christian. «Io sono d'accordo con Rowena. Per quanto desideri veder cadere in rovina quel bastardo togliendogli ciò che appartiene di diritto a Rosalind, credo che dobbiamo agire con cautela. Nessuno più di me e Isabelle sa quale potere Kelsey abbia ancora su Re Giovanni.»

Christian si irritò nel sentire quelle parole, anche se doveva ammettere che da quando aveva trovato Rowena era stato piuttosto incline a trarre conclusioni precipitose. Del resto, le circostanze lo giustificavano.

La voce di Rowena lo riscosse da quelle cupe riflessioni. «Christian non mi ha detto molto delle vostre difficoltà con la corona inglese» disse rivolta a Simon.

Quest'ultimo le spiegò in modo chiaro e conciso come lui e Isabelle fossero stati costretti a sposarsi per ordine del re dopo che Kelsey aveva informato Giovanni di un inesistente complotto di Simon ai danni della corona. «In ognuna di queste circostanze Christian è stato quello che ha trovato le soluzioni migliori, dopo attenta riflessione. Se non fosse stato per lui, che ha portato due uomini molto potenti a corte per parlare in mio favore quando Kelsey mi ha denunciato la seconda volta, Isabelle ora sarebbe vedova e il nostro figlio in arrivo un orfano condannato a sottostare ai crudeli insegnamenti di quel vile usurpatore.» Posò una mano sulla esile spalla della moglie.

Isabelle la coprì con la sua. «Non lo avrei mai permesso, amore mio. Avrei trovato il modo di fuggire.»

Rowena comprese che un amore profondo univa Simon e Isabelle, e quella percezione suscitò in lei un intenso desiderio di... Neanche lei avrebbe saputo dire di cosa, ma si ritrovò a fissare Christian.

Subito dopo si sforzò di scuotersi. «Io non vorrei che qualcuno mettesse la sua vita in pericolo a causa mia» dichiarò.

L'espressione di Christian si fece ancora più cupa.

Fu Simon a risponderle. «Non andremo a cercare problemi se non ce ne sarà bisogno. Ma se voi siete la figlia del *Drago*, io per primo farò tutto ciò che è in mio potere per sistemare questa faccenda. Insisto solo sul fatto che dobbiamo esserne certi prima di agire, anche se credo che ciò che ci ha raccontato Christian sia interessante malgrado il fatto che voi non ricordiate nulla del vostro passato. Rosalind non aveva ancora quattro anni al tempo in cui credevamo che fosse stata uccisa. Se voi siete l'erede di Dragonwick, faremo il necessario per restituirvi la vostra legittima posizione. E se poi Kelsey in un modo o nell'altro dovesse riuscire a screditarvi, avrete sempre un posto qui ad Avington con Isabelle e me.»

Rowena rivolse a Christian uno sguardo accusatorio. «Non glielo avete detto.»

Lui le lanciò un'occhiata esasperata. «Non ce n'è stato ancora il tempo.» Poi si rivolse a Simon e a Isabelle. «La madre di Rowena, quella che io credo fosse la sua nutrice, le ha insegnato che i nobili non sono interessati ad altro che alle terre e ai titoli e che sono disposti a morire per questo senza alcun riguardo per le loro famiglie. Lei non ha alcun desiderio di vivere tra noi, ed è venuta solo per apprendere qualcosa su suo padre.»

«Ma tutto questo non è affatto vero» protestò Simon accalorandosi.

Fu Isabelle ad annuire e a parlare con estrema calma e saggezza. «Io so bene quanto sia difficile accettare l'idea che non sempre gli insegnamenti di un genitore sono giusti. Credo che dovremmo semplicemente dare a Rowena il tempo di conoscerci.»

Lei scrollò le spalle e li affrontò a viso aperto. «Perdonatemi, milord. Ma se ho capito bene, le difficoltà che voi e Lady Isabelle avete dovuto affrontare si sarebbero potute evitare se non foste stato spinto ad agire per vendetta contro Lord Kelsey.»

Simon si incupì. «Questo è...»

Isabelle lo interruppe gentilmente per rivolgersi a Rowena. «Simon non aveva niente da guadagnare attaccando Lord Kelsey. Cercava solo di riparare a un torto. Io per prima non posso dire di rammaricarmi delle sue azioni. Se si fosse limitato a dimenticare i propri doveri nei confronti del *Drago* non ci saremmo mai incontrati.» I suoi occhi viola si fecero pensosi. «Non credete anche voi, Rowena, che a volte non sia il solo senso dell'onore a determinare le nostre azioni, ma anche il fato, a dispetto di ciò che noi mortali vorremmo fare delle nostre vite?»

Lei negò con forza. «No. Io non credo nel destino. Perché se esistesse mi avrebbe condannata a vivere con il rammarico di non aver mai conosciuto l'amore di mio padre, e avrebbe costretto mia madre alla sofferenza della solitudine. Io non resterò legata al passato. Voglio solo sapere tutto quello che posso sulle mie origini prima di andare avanti con la vita che ho scelto.»

Evitò con estrema cura di incontrare lo sguardo di Christian.

«Allora faremo del nostro meglio per accettare i vostri desideri» replicò Isabelle con cautela avvicinandosi a Rowena. «Nel frattempo vi offrirò un letto e molto riposo, perché credo che sia ciò di cui avete più bisogno.»

Commossa da tanta gentilezza, Rowena la seguì verso la porta che dava sul corridoio. Mentre usciva percepì su di sé lo sguardo di un paio di penetranti occhi azzurri, ma non si voltò.

Del resto, che cosa c'era ancora da dire?

Forse se Christian le avesse dato una risposta diversa quando gli aveva chiesto quali fossero le sue intenzioni nei suoi confronti... Ma non lo aveva fatto, e lei non voleva niente da lui. Come aveva detto a quella gente, ciò che più desiderava era tornare a casa. La sua vita, tutto ciò che conosceva, si trovava ad Ashcroft. Essere lì e conoscere Isabelle e Simon non aveva fatto che rafforzare la sua convinzione che non apparteneva a quel mondo.

Lei era una donna semplice, abituata a una vita frugale. Non si sarebbe mai sentita a proprio agio in un posto come quel castello, circondata dal lusso e con tutti quei domestici pronti a servirla.

Solo la possibilità di scoprire chi era suo padre la trattenne dal chiedere di essere riaccompagnata a casa quella notte stessa.

Rowena osservò perplessa la pila di indumenti accatastata sul letto. Mentre scuoteva la testa incontrò lo sguardo di Isabelle. «Non posso...»

L'altra la interruppe. «Potete e dovete farlo. Io ho troppi vestiti. Voi possedete solo quello che avete indosso.»

«Ma io non intendo accettare la vostra carità.»

«Non era questa la mia intenzione. Mio... Kelsey ha sempre desiderato che fossi vestita in modo appropriato al mio rango quando vivevo a Dragonwick. E io non sarò mai in grado di giustificare il fatto che desidero un altro abito a meno che non trovi un qualche utilizzo per quelli che già possiedo.»

Lo sguardo ammirato di Rowena scivolò sulla pila di stoffe pregiate soffermandosi su un velluto di un verde così intenso che non credeva potesse esistere una simile tonalità al di fuori delle profondità della foresta.

Isabelle la stava osservando con evidente indulgenza. «Non vedete che vi servono indumenti puliti?» aggiunse come se si fosse accorta che la sua risoluzione stava vacillando. Le indicò i vestiti sul letto. «Questo è ciò che ho da offrirvi, a meno che non preferiate che chiami le fantesche perché ve ne cuciano uno nuovo secondo le vostre preferenze.»

Rowena fece scorrere le dita sulla ruvida lana della propria tunica. Non era più fresca e pulita da diversi giorni. Ma fino a quel momento non si era mai resa conto di quanto fosse povera la qualità del tessuto, non avendo mai visto stoffe come quelle che aveva davanti. Forse era scortese continuare a rifiutare la generosa offerta di Isabelle. «Siete molto generosa» mormorò con un sospiro. «Grazie, milady.»

«Isabelle» replicò l'altra donna.

«Isabelle.»

L'incantevole dama dai capelli neri sorrise e annuì. «Allora vi lascerò perché possiate vestirvi. Sono certa che gli abiti non avranno bisogno di alcun aggiustamento.» Valutò con un'occhiata esperta la figura di Rowena. «Abbiamo le stesse misure» terminò in tono confidenziale.

A lei non sfuggì che aveva interpretato quell'analogia come un indizio a favore del fatto che avrebbero potuto essere sorelle. Si rese conto che entrambe erano piuttosto alte, come donne, ma si rifiutò di attribuire un indebito significato a quella circostanza. «Credo di sì» si limitò ad affermare.

Isabelle le rivolse un sorriso luminoso. «Martha verrà ad aiutarvi.»

«No, vi prego. Non vorrei scomodare qualcuno solo perché devo cambiarmi.»

«Non si tratta di scomodare nessuno, Rowena. I servitori qui sono felici di fare il loro lavoro. E poi non riuscireste a chiudere tutti i lacci da sola.»

Rowena non poté fare altro che annuire mentre l'altra donna si dirigeva verso la porta con un evidente sospiro di sollievo. «Vi aspetto nel salone.»

Rowena annuì di nuovo.

Isabelle si fermò sulla porta. «Sono così felice che siate venuta.»

Lei rimase a guardarla mentre usciva senza poter fare a meno di pensare che il benvenuto che aveva ricevuto ad Avington, gli abiti, la gentilezza di Isabelle e Simon, non erano altro che menzogne. Come si sarebbero comportati nei suoi confronti, incluso Christian, se si fosse scoperto che non era Rosalind?

Era sicura che il loro atteggiamento in quel caso sarebbe cambiato. Non sarebbe potuto rimanere lo stesso, e dunque a maggior ragione lei non poteva permettersi di abbassare la guardia e concedersi il lusso di credere di essere la figlia adorata del *Drago*. Non avrebbe sopportato l'inevitabile mutamento che ci sarebbe stato nei suoi confronti se fosse emerso che lei non era Rosalind.

Per non parlare di quanto avrebbe sofferto lei stessa, se si fosse illusa di essere l'erede di Dragonwick per poi dover tornare a essere l'indesiderata figlia illegittima che era stata rifiutata dal suo stesso padre.

Martha arrivò poco dopo per aiutarla a indossare un abito giallo pallido, il più semplice tra quelli che Isabelle le aveva portato, ma di un finissimo tessuto di lana. Dopo averle acconciato i capelli in una complicata treccia ornata con dei nastri gialli, la cameriera la informò che Isabelle la attendeva nel salone.

Sentendosi leggermente imbarazzata e a disagio, Rowena scese a raggiungere la castellana, che l'accolse con un caloroso sorriso. «Siete davvero incantevole» esclamò.

«Io... grazie, Isabelle.»

Lady Warleigh annuì e le propose di accompagnarla mentre si occupava di una serie di incombenze relative alla conduzione del castello.

Le incombenze erano davvero molte, e Rowena imparò parecchie cose mentre Isabelle discuteva dei pasti con i cuochi, dei cambi di biancheria con le lavandaie, e parlava con il siniscalco e con diversi altri componenti della servitù. Quando la cuoca chiese alla castellana che cosa dovesse preparare per alleviare il gonfiore di cui soffriva il marito, fu Rowena a rispondere. «Il rimedio più efficace è senza dubbio la ruta fresca. La si può mangiare appena colta oppure se ne beve l'infuso.»

La cuoca le fece un profondo inchino riconoscente e Rowena ricambiò.

«Vi ringrazio» le disse Isabelle una volta uscite dalle cucine. «Accettereste di insegnarci i rudimenti della vostra scienza?»

«Sarò felice di farlo» replicò lei. «Sono grata per il dono che il Signore mi ha dato e mi piacerebbe condividere le conoscenze che posseggo.»

«Io adoro svolgere le mie mansioni di Signora di Avington» le confidò Isabelle. «Kelsey invece non mi reputava capace di fare niente oltre a occuparmi del mio aspetto» ammise con un sorriso mesto.

Era chiaro che il suo ruolo di castellana in quella fortezza le procurava solo gioia, e tuttavia Rowena non poté fare a meno di pensare che la sua condizione era piuttosto insolita tra la nobiltà: aveva la grande fortuna di amare e di essere amata dall'uomo che l'aveva sposata, a differenza della maggior parte delle dame del suo rango.

Tuttavia la sua posizione dipendeva dal lavoro di tanta gente. Rowena sospirò.

«Sembrate turbata.» La voce di Isabelle si intromise nei suoi pensieri.

«Non vi dà mai fastidio il fatto che tante persone abbiano messo la propria vita in secondo piano rispetto a voi e alle vostre necessità?» le chiese scrutandola con attenzione.

Nel momento stesso in cui le parole le uscirono di bocca

desiderò non averle pronunciate. Non aveva avuto intenzione di offendere chi l'aveva trattata in modo tanto cortese, anche se quella gentilezza poteva essere stata dettata unicamente dalla convinzione che lei potesse essere Rosalind. Scrollò il capo, contrita. «Perdonatemi, vi prego. Non avrei dovuto...»

Isabelle le rivolse un sorriso rassicurante. «Un tempo sarei stata d'accordo con voi. Infatti non ero utile a nessuno, inclusa me stessa. Ma quando ho avuto l'opportunità di assumermi le responsabilità relative alla mia posizione, tutto mi è diventato chiaro. Ciò che faccio qui, occuparmi della conduzione di questo castello e della gente che vi risiede, ha una grande importanza. Quando le terre sono produttive gli abitanti di Avington vivono nel benessere, e nei periodi di carestia Simon provvede al loro sostentamento grazie alle scorte accumulate nei nostri magazzini. In caso di minaccia, inoltre, gli abitanti del villaggio possono rifugiarsi nella fortezza ed essere protetti da queste alte mura.»

«Ma non avrebbero bisogno di protezione, se alcuni nobili non intendessero impadronirsi con la forza di terre che non appartengono a loro.»

Isabelle scrollò le spalle. «Tutto ciò non succede nel luogo da cui venite? Non c'è mai stato qualcuno che si è appropriato di ciò che non gli appartiene? Non è mai arrivato nessun esercito invasore?»

Rowena sospirò. «Suppongo che in passato sia accaduto. Ho sentito raccontare di navi vichinghe che razziavano le coste vicino ad Ashcroft.»

«E la gente di quelle parti non si raduna sotto una guida forte e di cui si fida?»

«Il capo viene scelto tra i rappresentanti più valorosi dei clan scozzesi. Non ottiene il suo posto solo per diritto di nascita.»

«E a essere designati non sono spesso i figli dei grandi condottieri?»

«Credo di sì.»

«È perché i grandi uomini generano grandi uomini» affermò Isabelle, appoggiandosi una mano sul ventre. «Prego solo che mio figlio diventi un uomo buono come suo padre.»

Rowena aveva già imparato a rispettare Lady Warleigh e a tenere conto delle sue idee, se non altro per ricambiare la cortesia con cui veniva trattata.

Così si inchinò. «Mi avete dato molti argomenti su cui riflettere.»

Isabelle ricambiò l'inchino. «Vi ringrazio per avermi ascoltata. Ora, se volete scusarmi, vorrei sdraiarmi un po' prima di cena. Simon insiste perché lo faccia» aggiunse con un sorriso tenero e indulgente.

«Fate pure. Il bambino deve affaticarvi molto.»

Non appena Isabelle fu uscita Rowena sospirò. Anche se non era convinta che lo stile di vita dei nobili fosse migliore del suo, nondimeno rispettava la castellana di Avington.

Il che tuttavia non significava che dovesse abbandonare il suo modo di vedere le cose. Non voleva avere parte in qualcosa che le sembrava sbagliato.

Christian e Simon erano seduti a tavola in attesa che avesse inizio la cena. «Ad Avington ci sono diverse persone che vennero qui da Dragonwick dopo che Kelsey ne assunse il controllo» dichiarò Lord Warleigh. «Dobbiamo avvicinare tutti coloro che vivevano al castello e conoscevano Rosalind. Anche se non è probabile che la riconoscano dopo tutti questi anni, potrebbero fornirci dei particolari in grado di risvegliare la memoria di Rowena.»

Christian annuì, ma profonde rughe gli solcavano la

fronte. «Ti ho già riferito quali sono le uniche cose che rammenta della sua infanzia. A meno che non si verifichi qualcosa che riesca a portare a galla dei ricordi di cui non è consapevole, non credo che il tuo piano servirà a molto. Era molto piccola al tempo in cui lasciò Dragonwick. Cionondimeno, interrogare la tua gente è una buona idea.»

«Istruirò alcuni dei miei cavalieri più fidati perché trovino chi potrebbe esserci d'aiuto.»

«Nessuno deve sapere il motivo di queste domande» puntualizzò Christian massaggiandosi il collo.

Simon scrollò le spalle. «Non ho intenzione di rivelare agli uomini il motivo della mia richiesta. In questo modo, tra l'altro, non correremo il rischio che si lascino sfuggire qualcosa inavvertitamente.»

Christian annuì. «Credo che mi unirò a loro.»

Isabelle intervenne dal suo posto accanto a Simon. «Non ce n'è bisogno, Christian. Dopo tutte queste settimane di assenza ci piacerebbe godere della vostra compagnia.»

Lui però rifiutò con gentile fermezza. «Non posso restare seduto qui ad aspettare. Preferisco rendermi utile.»

Notò che Isabelle e Simon si scambiavano un'occhiata prima che lei chinasse la testa in un inchino regale. «Come desiderate» disse. Era un gesto che Christian aveva spesso visto fare a Rowena, e non fece che accrescere la sua convinzione di aver trovato la donna giusta.

Nessuna di quelle coincidenze sarebbe servita a qualcosa a meno che Rowena non cambiasse idea, rifletté, mentre un senso di frustrazione lo afferrava alla gola nel rendersi conto che avrebbero potuto darsi tanto da fare per niente. Anche se avessero trovato la prova definitiva, lei non aveva intenzione di restare.

Raddrizzò la schiena. Forse, quando avesse avuto modo di rendersi conto che tutto ciò che le aveva raccontato la madre sul conto dei nobili non era necessariamente vero, avrebbe cambiato idea circa il ritorno in Scozia.

Un fremito lungo la schiena gli disse che lei era lì ancora prima che la voce squillante di Isabelle annunciasse: «Finalmente! Ecco Rowena».

Christian si impose di controllare le proprie reazioni quando la vide, perché sapeva che avrebbe provato una violenta attrazione, come gli accadeva sempre. Quando però il suo sguardo si posò su di lei, ferma in fondo alle scale, si rese conto che niente avrebbe potuto prepararlo a quella visione.

Rowena si era cambiata per la cena e adesso indossava un abito di velluto verde cupo. Il tessuto sembrava aderire alle sue forme perfette con sfrontata sensualità, modellandosi sui fianchi, sulla vita sottile e sui seni pieni e sodi che avrebbero catturato anche occhi meno appassionati dei suoi.

L'attenzione di Christian si spostò sul corpetto dall'ampia scollatura e sulla morbida gola bianca dove pulsava una vena.

Divorò con lo sguardo ciascun lineamento del suo viso, in particolare il mento ostinato che in quel momento sembrava morbido e sorprendentemente vulnerabile. Notò il rossore che le accendeva gli zigomi e fissò gli occhi verdi che avevano assunto la stessa sfumatura dei nastri di velluto intrecciati nei capelli.

«Non è incantevole?» osservò Isabelle con voce piena di approvazione quasi materna.

Era mai esistito qualcuno più incantevole di lei?

«È timida» gli suggerì ancora. «Dovreste andare a prenderla e scortarla fino al tavolo.»

Ma non fu Christian ad alzarsi per accoglierla, bensì Simon. Lui non riusciva a muoversi. Gli sembrava di essere incollato alla sedia.

Rowena esitò un solo istante prima di prendere il braccio che il suo ospite le porgeva.

«Siete troppo gentile, Lady... Isabelle» ringraziò compita. «Il merito è tutto dell'abito.» Lanciò un'occhiata di apprezzamento al vestito di velluto verde. «Qualunque donna sarebbe bellissima con un vestito del genere.»

«Questo non è vero. Non sei d'accordo anche tu, Christian, che l'abito risalta per merito di chi lo indossa?» aggiunse Simon con estrema galanteria.

Lui trattenne il respiro. Non avrebbe potuto dire nient'altro che la verità. «Non ho mai visto niente di più incantevole.» All'improvviso fu assalito dalla visione ancora più irresistibile dei suoi occhi incupiti dalla passione, di quelle labbra morbide arrossate dai suoi baci.

Lo sguardo di Rowena incrociò il suo per un lunghissimo e vulnerabile momento prima di posarsi altrove, e Christian fu grato che non fosse in grado di leggere i suoi pensieri.

Lei rivolse un lieve sorriso a Simon e poi abbassò le palpebre facendo risaltare le lunghe e folte ciglia contro l'avorio delle guance. «Vi ringrazio tutti. Ora però vi prego di non aggiungere altro, perché mi avete già fatta arrossire.»

Simon l'aiutò a sedersi. «Allora nessuno pronuncerà più una parola al riguardo.»

Christian si ritrovò a stringere le labbra. Avrebbe voluto dirle tante cose, ma sapeva che non avrebbe mai potuto farlo, anche se non sarebbe più riuscito a dormire senza che lei lo tormentasse nei suoi sogni. Non avrebbe potuto rivelarle che il suo corpo sembrava rinascere a nuova vita ogni volta che lei era vicina. Non poteva confessarle che desiderava che gli sorridesse come aveva fatto con Simon.

Seguendo il filo dei propri pensieri comprese che l'attrazione fisica che provava per lei non bastava a spiegare la profondità dei suoi sentimenti. Provava un senso di meraviglia e di timore reverenziale per la sua nobiltà di portamento e di carattere. Gli indumenti che indossava non avevano fatto altro che enfatizzare ciò che lui aveva già intuito.

Sarebbe stata una castellana bella e nobile per Dragonwick, se solo avesse deciso di accettare quel ruolo.

Di sicuro era quella la ragione per cui aveva avuto quella reazione nel vederla comparire abbigliata come una regina. Lui però non poteva assumersi l'impegno di governare Dragonwick e nemmeno quello di sposare l'orgogliosa Rowena.

Christian trascorse il giorno seguente con alcuni dei cavalieri di Simon. Insieme riuscirono a rintracciare un sorprendente numero di persone che un tempo erano vissute a Dragonwick, ma nessuna di loro abitava all'interno del castello o vi si era recata di frequente.

Da una coppia che aveva lasciato Dragonwick di recente per stabilirsi ad Avington presso alcuni parenti aveva appreso una cosa che lo aveva turbato parecchio.

Riportò la notizia a Simon, Isabelle e Rowena durante il pasto serale. L'uomo, che si chiamava Luke, gli aveva chiesto di ringraziare da parte sua il Signore di Avington. «Vi prego, riferite a milord che siamo davvero molto felici di essere qui» gli aveva detto, «perché a Dragonwick la situazione è ormai drammatica. La gente soffre la fame, le terre inaridiscono. Il conte si è rinchiuso nella fortezza e non fa alcuno sforzo per occuparsi dei suoi possedimenti.»

Simon corrugò la fronte, incredulo. «Kelsey?»

Isabelle stava scuotendo il capo, palesemente turbata da quelle notizie. «Mio pa... Lord Kelsey è uscito a cavallo ogni giorno della sua vita. Anche se lo faceva solo per controllare di persona ogni aspetto della vita di Dragonwick, trascorreva tutto il suo tempo in giro per il feudo.»

«A quanto pare, non di recente» commentò Christian stringendosi nelle spalle. «Luke mi ha riferito che non è passato giorno in cui non si sia sentita la mancanza del *Drago*» proseguì avvertendo lo sguardo di Rowena su di sé, «e che ci sono molti fittavoli che non hanno timore di affermarlo ad alta voce.»

Nonostante il disappunto per non aver trovato nessuno che potesse aiutarlo a identificare Rowena, Christian era stato felice di apprendere che la lealtà verso il precedente signore era ancora viva tra la sua gente. «Una volta che si saprà di Rosalind, avremo un sostegno ancora maggiore da parte degli abitanti di Dragonwick.»

Subito dopo incontrò lo sguardo di Rowena e vide che i suoi occhi verdi erano colmi di orrore.

«Perdonatemi» disse lei con studiata calma. «Non intendo offendere nessuno di voi, ma ho già espresso il mio parere a tale riguardo. Non voglio che venga scatenata una guerra a causa mia. Se volete scusarmi...»

Si allontanò con la schiena eretta, lasciando Christian a chiedersi se fosse mai esistita una donna più ostinata o più desiderabile di Rowena.

10

Erano trascorsi due giorni da quella conversazione su Dragonwick. Rowena si trovava sulla soglia della dimora signorile e stava osservando stupita la scena che si svolgeva in cortile. Mentre Christian salutava la sua famiglia appena arrivata, si ritrovò a provare una certa curiosità insieme a un inaspettato struggimento. Per fortuna, pensò, i suoi sentimenti non sarebbero stati notati, visto che l'attenzione di tutti i presenti era concentrata sui due nuovi arrivati.

In quel fresco pomeriggio, la notizia che Lord Greatham e sua figlia Lady Aislynn erano arrivati ad Avington aveva indotto Rowena, Isabelle e Simon, che stavano sorseggiando del vino caldo e aromatizzato nel solarium, a uscire per accoglierli. Christian non era con loro, e del resto era mancato a ogni pasto degli ultimi due giorni.

Rowena si era imposta di non dare importanza alla sua assenza, e si era tenuta occupata insegnando alle donne del castello come preparare unguenti e medicamenti. Il fatto che fossero ansiose di imparare e grate per la sua disponibilità la aiutava in qualche modo ad alleviare il disperato desiderio che suo malgrado il cavaliere suscitava in lei.

Le notti invece erano più dure. Era allora che veniva assalita dal ricordo di come le sue carezze le avessero acceso i sensi e dalla consapevolezza di quanto il suo corpo anelasse a rivivere quell'esperienza nonostante fosse decisa a lasciarsi alle spalle lui e quella passione inopportuna.

Si riscosse bruscamente concentrandosi su quello che stava accadendo in cortile. Anche Isabelle e Simon, come Rowena, si tenevano in disparte per permettere ai tre di vivere quel momento di ricongiungimento con una certa intimità.

La ragazza, minuta e pallida, si sporse dalla sella del cavallo come per dire qualcosa a Christian e cadde tra le sue braccia.

Immediatamente Isabelle scese i gradini di pietra. «Portatela dentro» ordinò.

Quei momenti avrebbero potuto essere frenetici se non fosse stato per la natura calma e rassicurante della castellana. In meno che non si dica Aislynn fu messa a letto, sotto una pesante coperta. I cerchi scuri sotto i suoi occhi rivelavano che era esausta.

«Dobbiamo lasciarla riposare» aveva appena detto Isabelle voltandosi per uscire, quando Aislynn aprì gli occhi e si guardò attorno confusa.

Rowena restò in silenzio mentre tutti gli altri cominciavano a parlare contemporaneamente.

«Aislynn, stai bene?»

«Sentite male da qualche parte?»

«C'è qualcosa di cui avete bisogno?»

Sollevando una mano per zittirli, Christian si sedette sul bordo del letto. «Nostro padre ci ha raccontato che di recente sei stata ferita, Aislynn. Non ti saresti dovuta mettere in viaggio così presto...»

La ragazza sollevò una mano tremante per scostarsi dalla fronte una ciocca di capelli dai riflessi argentei. I suoi lineamenti delicati e la taglia minuta la facevano apparire eterea e fragile. «Sto bene. Sono solo stanca. La ferita non mi fa più male.»

Osservandola, Rowena credette di scorgere un'espressione tormentata in quegli occhi dello stesso colore di quelli del fratello. La giovane donna si sollevò a sedere con estrema cautela. «Vorrei conoscere i tuoi amici» disse.

Christian fece le presentazioni. «Aislynn, questi sono Simon Warleigh e sua moglie Isabelle. Lei è Rowena» aggiunse quando lo sguardo della sorella si spostò.

Aislynn accennò un inchino rivolto a tutti loro prima che i suoi occhi tornassero a posarsi su Rowena scrutandola con attenzione. «Sono felice di conoscervi, finalmente» la salutò.

Lord Greatham si fece avanti attirando su di sé l'attenzione dei presenti mentre si rivolgeva con tenerezza alla figlia. «Credo che per ora sia abbastanza. Devi riposare.»

Lei gli sorrise e sospirò. «Come ho detto, sto bene e mi sento piuttosto sciocca per avervi fatto preoccupare.» Guardò Christian. «Mi interessa molto di più sapere perché ci hai fatto stare tanto in pensiero.»

Lui guardò Rowena, che avanzò di qualche passo mentre Isabelle le faceva un cenno di incoraggiamento. «Mi dispiace, Aislynn, ma sono stato costretto al silenzio dal giuramento fatto a un uomo in punto di morte. Quando sono partito non potevo dirti altro.» Trasse un profondo respiro prima di continuare. «Mi avevano rivelato che la figlia del *Drago* era ancora viva e che sarei dovuto arrivare fino in Scozia per ritrovarla.»

Aislynn non riuscì a nascondere la sua incredulità. «Viva? Ma lo sanno tutti che rimase uccisa insieme al padre durante l'attacco di Kelsey a Dragonwick.»

Christian catturò lo sguardo di Rowena e lei si chiese con il cuore in gola che cosa avrebbe pensato Lady Aislynn di tutta quella situazione. «Forse no» replicò lui.

«Davvero?» Ailsynn guardò Rowena. «Siete voi la figlia del *Drago*?»

«Non lo so» rispose Rowena con estrema franchezza.

«Vostro fratello però è convinto che io lo sia.»

Aislynn si lasciò ricadere sui cuscini al colmo della confusione. «Ci sarà tempo più tardi per questo» intervenne Isabelle con un tono tranquillo che tuttavia non ammetteva repliche.

«Ma... ma...» balbettò Aislynn.

«Per ora basta» la interruppe suo padre. «Per le spiegazioni dovrai aspettare fino a quando non ti sarai riposata.» Tuttavia, mentre parlava, Rowena notò i suoi occhi azzurri fissarla stupiti.

Stava cominciando a sentirsi come una strana creatura, affascinante e incredibile al tempo stesso, e quella sensazione non era affatto piacevole. Sollevò il capo e sostenne lo sguardo di Lord Greatham senza vacillare.

Lui le rivolse un cortese inchino aspettando che lei e Isabelle lo precedessero fuori dalla stanza. Una volta in corridoio tuttavia parve perdere interesse per la sua persona. L'espressione con cui si rivolse a Christian era piena di gioia e di sollievo. «Stai bene, figlio mio?»

Lui annuì. «Sì. Mi rendo conto di aver fatto preoccupare voi e Aislynn. Non posso fare altro che implorare il vostro perdono.»

Rowena si accorse che gli occhi di Lord Greatham erano umidi di lacrime, prima che lui se li asciugasse passandosi una mano stanca sul viso. Quel segno di amore paterno la commosse e le fece desiderare con maggiore intensità di scoprire chi fosse stato suo padre.

Era stato il tipo d'uomo capace di commuoversi al ritorno di un figlio o di una figlia?

Non lo avrebbe mai saputo con certezza.

Christian fu molto contento di riabbracciare il padre e la sorella dopo essersi tanto preoccupato che potessero stare in pensiero per lui. Vederli lì però lo stupì, visto che Lord

Greatham non lasciava mai Bransbury, e il suo senso di colpa per averlo costretto ad abbandonare le sue terre crebbe a dismisura. La ferita alla gamba che si era fatto qualche anno prima cadendo da cavallo gli rendeva difficile trascorrere molte ore in sella. Prima di partire per quell'avventura aveva notato che zoppicava leggermente e il suo cuore si stringeva ogni volta che ripensava a quanto era stato forte e vigoroso suo padre al tempo in cui lui era andato in Terra Santa.

Nonostante la preoccupazione, tuttavia, notò l'aria avvilita di Rowena e se ne chiese il motivo. Si domandò se fosse infelice lì e se desiderasse...

Sollevò una mano per fermarla mentre si allontanava. «Rowena.»

Lei si voltò e lo guardò con i suoi occhi a mandorla, incerti e pensosi.

Lui la raggiunse portandosi una mano alla cintura. «Ho una cosa per voi.» Le porse la borsa di velluto che lei gli aveva dato ad Ashcroft.

Dopo una lunga esitazione Rowena la prese, badando bene a non toccarlo. Christian cercò di non farci caso e di non pensare al fatto che aveva chiesto in prestito quelle monete d'oro a Simon già da qualche giorno. Era stato troppo occupato a fare domande in giro per restituirgliele, si giustificò, ma in realtà sapeva bene che aveva aspettato tanto solo per non essere costretto ad affrontarla da sola.

Rivolse la sua attenzione al padre. «Avete detto che Aislynn è stata ferita per mano di Sir Fredrick mentre lei e Jarrod stavano tornando da Ashcroft, dove erano andati a cercare me?»

«Già. È stato Sir Fredrick. Li ha seguiti dopo essersi imbattuto in loro in un mercato.»

«Vostra sorella è stata ad Ashcroft?» chiese Rowena in tono impaziente.

«Così dice. Ma lei e Jarrod non si sono fermati a lungo. Quando Aislynn ha detto ad Hagar che era mia sorella, la vostra amica li ha informati che eravamo partiti. Sulla via del ritorno sono stati costretti a fermarsi a Kewstoke, presso il fratello di Jarrod, perché Aislynn era stata ferita. Jarrod si trova ancora lì, perché il fratello è gravemente malato. Lei invece ha convinto mio padre a continuare a cercarmi nonostante non fosse ancora in forze.»

Lord Greatham fece un rigido cenno d'assenso e Christian comprese che stava cercando di trattenere la collera. «Sir Fredrick dev'essere completamente pazzo. Aspetto solo il giorno in cui potrò fargliela pagare.»

«Chi è questo Sir Fredrick?» domandò Rowena.

«Il braccio destro di Kelsey. Si preoccupa solo del suo padrone. Quei due hanno commesso un gran numero di misfatti insieme e continueranno a commetterne fino a quando qualcuno glielo permetterà.»

Lei indietreggiò. «Ora vi lascio. A più tardi, Lord Greatham» si accomiatò con un inchino.

L'anziano nobile chinò il capo. «Lady Rowena. Sono davvero felice che mio figlio sia riuscito a riportarvi a casa, anche se la sua assenza ci ha fatto preoccupare così tanto.»

La ragazza parve irrigidirsi quando lui pronunciò la parola *casa*. «Vi ringrazio per la vostra gentilezza, milord.» Poi si voltò e si diresse verso la propria stanza.

Non appena la porta si chiuse dietro di lei, Christian trasse un profondo respiro. «Mi dispiace per tutte le preoccupazioni che vi ho causato, padre» mormorò. «So che devono essere state gravi per indurvi a uscire da Bransbury.»

Lord Greatham gli posò una mano sulla spalla. «Sì, ma adesso assentarmi da Bransbury non mi preoccupa più come in passato.»

«Che significa?»

«Llewellyn ha deciso di trattare con me.»

«Come è successo?»

«Sua figlia Leri ha sposato Gwyn ap Cyrnain.»

«Il promesso sposo di Aislynn! E lei come ha reagito?»

Suo padre sollevò una mano per prevenire altre domande. «No, non preoccuparti per lei. È contenta di come sono andate le cose. E Leri del resto porta in grembo il figlio di Gwyn.»

Christian corrugò la fronte, perplesso. Se Aislynn non era infelice, allora...

«Naturalmente non posso restare lontano all'infinito» aggiunse suo padre. «Gli equilibri della regione sono ancora incerti. Ma quando ho saputo che Aislynn era stata ferita nulla avrebbe potuto trattenermi a Bransbury. Lei è stata sempre una figlia devota nei miei confronti.»

Vedere il dolore che si rifletteva negli occhi di suo padre procurò a Christian una stretta allo stomaco. Sì, diversamente da lui, sua sorella era stata buona e obbediente. Fu quella consapevolezza che lo indusse a cercare lo sguardo del padre. «Sarò un figlio migliore di quanto non sia stato finora. Avete la mia parola» disse solennemente.

Lord Greatham gli strinse la spalla. «Sono orgoglioso di te, figlio mio.» Gli occhi umidi rivelavano la sua commozione.

Furono quelle lacrime di gratitudine a rinforzare in Christian il desiderio di fare il proprio dovere fino in fondo. Non importava se i suoi pensieri erano costantemente rivolti a un'ostinata giovane donna con un cuore gentile e dei grandi e tristi occhi verdi.

Jarrod Maxwell giunse ad Avington qualche giorno dopo Aislynn e suo padre. Rowena guardò i suoi capelli neri e gli occhi dello stesso colore pensando che fosse la persona dall'aspetto più esotico che avesse mai visto. Tuttavia non provò alcun interesse particolare per lui come uomo.

Quel sentimento era riservato a una persona che non lo teneva in nessun conto. Il fatto che Christian le avesse restituito la borsa con più oro di quanto gliene avesse prestato era servito solo a rammentarle il suo esasperato senso dell'onore. Lui manteneva sempre la parola.

Deliberatamente Rowena evitò di guardare Christian mentre Jarrod entrava nella grande sala avvolto in un mantello svolazzante. La spilla con l'emblema del drago appuntata sulla spalla brillava alla luce delle candele mentre si avvicinava alla tavola.

Quando tutti coloro che gli si erano radunati attorno cominciarono a parlare simultaneamente, lui non rispose subito. Invece lanciò un'occhiata piena di risentimento ad Aislynn.

Rowena lasciò che la conversazione proseguisse senza prendervi parte, e scrutò inosservata il viso di Aislynn. La sorella di Christian aveva un'espressione di sfida e nei suoi occhi si indovinava una collera trattenuta a stento.

Era chiaro che era accaduto qualcosa tra la ragazza e il misterioso cavaliere bruno, anche se nessuno degli altri presenti pareva averlo notato mentre discutevano del fatto che Jarrod era stato nominato erede del castello di Kewstoke dal fratello Eustace, e di come Aislynn e suo padre fossero partiti da quelle terre senza avvertire nessuno. Ma forse lei era più sensibile a certi stati d'animo a causa dei sentimenti confusi che provava nei confronti di Christian.

Si riscosse da quelle riflessioni non appena si rese conto che adesso stavano parlando di lei. L'espressione di Jarrod Maxwell era stupita come quella degli altri quando avevano appreso la notizia. «È possibile che sia vero?» esclamò lasciandosi cadere su una panca.

Ancora una volta lei fu costretta a rispondere, e lo fece con una certa riluttanza. «Non ne ho idea. Ma visto che

Christian ne è così certo ho acconsentito a venire qui per cercare di scoprire la verità.»

Sentì che Christian la fissava con la sua solita aria di disapprovazione e per tutta risposta sollevò il mento in un gesto di sfida.

Subito dopo tornò a disinteressarsi della conversazione. Rivolgendo ancora una volta l'attenzione ad Aislynn, notò il modo in cui i suoi occhi brucianti sembravano scontrarsi con quelli scuri del cavaliere, e si rese conto di sapere molto poco della sorella di Christian. La giovane donna aveva passato la maggior parte dei giorni precedenti a letto e lei aveva dato per scontato che fosse a causa del suo recente ferimento. A dire il vero era stata contenta di poter evitare di spiegare la sua situazione a un'altra persona che avrebbe cercato di convincerla a prendere il posto che le spettava a Dragonwick.

Come se le avesse letto nel pensiero, Isabelle intervenne. «Vi chiedo di lasciar cadere l'argomento per un po'. Io non ho mai vissuto in una vera famiglia e vorrei godermi questi momenti in vostra compagnia. Chissà cosa ci riserverà il domani e quando potremo ritrovarci tutti insieme ancora una volta!»

Ci furono parecchi cenni d'assenso. Tuttavia Rowena notò che Aislynn sembrava piuttosto disinteressata a tutto tranne che a Jarrod, perché continuò a guardare furtivamente nella sua direzione mentre lui parlava con gli amici.

Lei non poteva certo muoverle un rimprovero per quel comportamento riservato, visto che le era stato insegnato a nascondere sempre i propri sentimenti. E avrebbe continuato a farlo, anche se desiderava che le cose potessero essere diverse. In ogni caso, mentre il pranzo proseguiva, nessuno parve far caso al suo silenzio.

Quando finalmente Isabelle si alzò proponendo alle dame di uscire a fare una passeggiata in giardino per permettere agli uomini di ritirarsi a chiacchierare in una saletta, Rowena aderì con entusiasmo alla proposta. Non aveva voglia di ascoltarli progettare piani che avrebbero potuto riguardarla. Continuare a pensare ai suoi sentimenti per Christian e stargli vicina serviva solo a confonderla e a tormentarla.

Tuttavia, mentre lasciava la stanza insieme a Isabelle e all'infelice Aislynn, si ritrovò a fissare lo sguardo sulle sue ampie spalle.

Non erano in giardino da molto quando Jarrod Maxwell le raggiunse arrivando dal sentiero che avevano appena imboccato. Il cavaliere si fermò di fronte ad Aislynn fissandola con i suoi penetranti occhi scuri. «Volete concedermi un istante del vostro tempo, Lady Aislynn?» le chiese.

Lei gli rivolse un'occhiata altezzosa. «Non posso lasciare la mia ospite in modo così scortese.»

Isabelle li valutò con un'espressione perspicace, facendo supporre a Rowena che anche lei si fosse accorta della tensione che aleggiava tra i due. «Non preoccupatevi per me, cara Aislynn» rispose in tono cordiale. «È chiaro che Jarrod deve discutere con voi di una questione estremamente importante.» Poi si rivolse a Rowena. «A voi non importa, vero?»

La ragazza, pur palesemente sconcertata, assentì. «No, certo. Prego, fate come desiderate.»

Gli occhi di Aislynn si strinsero per il disappunto. «Preferirei non...»

Ma Jarrod non le diede l'opportunità di protestare oltre e prendendola per un braccio la trascinò via.

Isabelle stava sorridendo quando si sedette su una panca.

Rowena la guardò. «Non siete preoccupata per lei? Quell'uomo sembrava molto in collera e...»

«Non più di quanto non lo sia lei.» Continuò a sorridere soddisfatta. «Anche io e Simon abbiamo avuto i nostri scontri» le confidò poi passandosi una mano sul ventre.

Rowena non capiva quell'atteggiamento. Non riusciva a immaginare di poter litigare con Christian in quel modo. Non sarebbe servito ad altro che a rivelare la reale portata dei sentimenti che nutriva per lui.

Meglio tenere il dolore celato nel proprio intimo, dove sarebbe stato al sicuro. Lo aveva fatto per tutta la vita. Era l'unico modo che conosceva di rapportarsi con le proprie emozioni.

Non che lei e Christian fossero nella stessa posizione di Simon e Isabelle o di Jarrod e Aislynn. L'interesse di Christian nei suoi confronti nasceva dal suo disperato bisogno di vendicare il *Drago*. I baci e le carezze che si erano scambiati non significavano niente per lui.

Si ritrovò di nuovo a pensare al comportamento di Jarrod nei confronti di Aislynn. «Come può piacerle essere trascinata via in quel modo?»

Lo sguardo di Isabelle si accese di una luminosità segreta. «Spesso ciò che provoca la massima irritazione è anche ciò che fa incendiare il sangue. Lei ha scelto Jarrod. Lui è il più impulsivo dei tre.» Proseguì con un'espressione possessiva negli occhi viola. «Il mio Simon è il più determinato e risoluto.»

Per qualche strana ragione Rowena provò la tentazione di difendere Christian. Anche se nei suoi confronti non aveva agito come lei avrebbe voluto, era un uomo buono e davvero non comune. «Anche Christian è determinato e fermo nei suoi propositi» commentò impulsivamente. «Soprattutto se consideriamo tutto ciò che ha fatto per trovarmi e per portarmi qui. Inoltre è gentile, giusto e rispettoso nei confronti degli altri, anche di coloro che non appartengono al suo rango. Ha persino aiutato a nascere il bambino di una giovane donna che si era innamorata di un uomo sposato con un'altra.»

Isabelle la scrutò pensierosa. «Davvero stupefacente. E pensare che è un nobile!»

Rowena si fece seria rendendosi conto di aver contraddetto le sue precedenti affermazioni sui nobili. «Io... Ciò non toglie che a volte sia arrogante e disposto a fare qualsiasi cosa per assicurarsi terre e titoli.» Subito dopo distolse lo sguardo. «Ma non voglio più parlare di questo. Christian Greatham non ha bisogno che io prenda le sue difese.» Si ritrovò a ricacciare indietro le lacrime mentre fingeva di ammirare un cespuglio di rose con grande interesse.

«State bene, Rowena?» le chiese gentilmente Isabelle. «Perdonatemi se vi ho rattristata.»

Lei si strinse nelle spalle. «Mi sono punta con una spina.»

«Dovete fare attenzione. Possono insinuarsi sotto la pelle e diventare difficilissime da togliere.»

«Già.» Proprio come le era successo con l'attrazione che provava per Christian.

Qualche tempo dopo le due donne stavano ancora passeggiando nel vialetto quando udirono un tumulto che arrivava da oltre il recinto del giardino. Scambiandosi un'occhiata sgomenta si affrettarono a raggiungere i cancelli della fortezza.

La visione che si presentò ai loro occhi indusse Rowena a trattenere il respiro. In cortile, in sella a uno stallone bianco, si trovava Jarrod. Il cavaliere teneva stretta a sé un'agitata ma raggiante Aislynn.

Era evidente che dovevano essere stati fuori dalle mura visto che le zampe del destriero erano sporche di erba e fango.

Christian e Simon, che erano già arrivati, corsero loro

incontro. Il braccio di Jarrod si strinse attorno alla vita di Aislynn mentre diceva qualcosa ai due amici. Lei e Isabelle erano ancora lontane e non riuscirono a sentire le sue parole, ma il grido stupito di Simon fu inequivocabile. «Attaccati da Sir Fredrick!»

Rowena osservò Christian che si tastava il fianco alla ricerca di una spada che non era al suo posto. «Dobbiamo inseguirlo!» gridò.

Aislynn sollevò il capo che teneva appoggiato alla spalla di Jarrod. «No, Christian» disse al fratello. Il suo sguardo adorante indugiò sul profilo dell'uomo che la teneva stretta. «Jarrod lo ha lasciato andare.»

Christian si passò una mano tremante tra i capelli scuri. «Lo hai lasciato andare? Sei impazzito, Jarrod?»

Il cavaliere si accigliò. «No, non sono pazzo. Semplicemente non voglio cominciare la mia vita con la donna che amo con uno spargimento di sangue.»

«Amore!» gridò Isabelle affrettandosi a raggiungerli. «Io lo avevo capito.»

Rowena la seguì più lentamente. «Tu e Aislynn?» udì che Christian esclamava.

Aislynn sollevò il mento. «Proprio così; e ci sposeremo subito.»

Jarrod continuò a tenerla stretta mentre i suoi occhi trovavano quelli dell'amico. «Se tuo padre darà il suo consenso.»

Lei gli si avvinghiò al petto. «No, anche se non lo farà. Io sarò tua moglie in ogni caso.»

Jarrod si rivolse a Christian. «Non voglio che si metta contro la sua famiglia. Se tu non mi vuoi come marito di tua sorella...» Si interruppe mentre il suo sguardo scuro lasciava trapelare trepidazione e rassegnazione.

Christian scrollò il capo sorridendo. «Come potrei non volerlo, amico mio? Chi potrei desiderare di meglio per mia sorella di te che sei stato per me un amico e un fratello? Sono sicuro che mio padre la penserà allo stesso modo.»

Lord Greatham era arrivato alle loro spalle senza essere notato nella confusione del momento. «Sarei onorato di potervi chiamare figlio» dichiarò avvicinandosi allo stallone e tendendo le braccia.

Aislynn vi si lasciò andare con un grido di gioia. «Vi ringrazio, padre.»

Rowena osservò la scena con il cuore dolente; poi il suo sguardo scivolò su Christian con profondo struggimento mentre si chiedeva come sarebbe stato essere tenuta stretta tra le braccia di un padre e sentirsi amata, o di un uomo che la guardasse come Jarrod faceva con Aislynn.

Ma non aveva senso desiderarlo tanto, visto che quel sogno non si sarebbe mai realizzato.

Jarrod e Aislynn furono uniti in matrimonio dal prete di Avington.

Non avevano occhi che l'uno per l'altro.

Durante la cerimonia Rowena si ritrovò sempre più spesso a osservare Christian, che indossava una tunica di velluto verde cupo. In quegli abiti lussuosi sembrava ancora più imponente e distante, ed era così attraente che il solo guardarlo le faceva male al cuore. Da parte sua, lui sembrava inconsapevole della presenza di Rowena mentre si avvicinava per congratularsi con la sorella e l'amico.

Lei si impose di non lasciar trapelare ciò che provava. Sapeva bene di che natura fosse l'interesse di Christian per lei, e non voleva che indovinasse quanto fosse consapevole di ciascun suo movimento, di ogni sua parola, di ogni sorriso.

Imbarazzata, fece scorrere una mano sulla gonna dell'abito di velluto rosso che aveva indossato per l'occasione. I nastri intrecciati tra i suoi capelli erano dello stesso colore della tunica che si intravedeva sotto la scollatura e i lunghi spacchi delle maniche. Doveva ammettere che l'insieme era incantevole, ma si ripeté ancora una volta che non si era vestita così per Christian.

Nonostante avesse ricambiato con grande affetto gli abbracci degli amici, Jarrod non lasciò nemmeno per un istante la mano della giovane donna che gli stava accanto. Il suo amore per lei trapelava da ogni sguardo che le rivolgeva e si faceva tangibile ogni volta che la sfiorava mentre percorrevano la grande sala dove Isabelle aveva fatto preparare il banchetto nuziale.

Sentendosi esclusa da tutta quella gioia Rowena indugiò in disparte mentre gli altri prendevano posto a tavola. Con suo grande stupore, fu Christian ad accorgersi del suo turbamento.

Christian avvertiva la presenza di Rowena con ogni fibra del suo essere, come gli accadeva sempre. Abbigliata in rosso e oro, era così incantevole che non osò quasi guardarla dopo la prima breve occhiata che le aveva rivolto quando era entrata nella cappella, allorché il suo cuore aveva cominciato a battere come un tamburo che risuonava sul campo di battaglia. Tuttavia, per quanto ci provasse, non riuscì a trattenersi dallo scrutarla di sottecchi, notando come il velluto rosso esaltasse la sua pelle d'avorio o come le sue chiome dai riflessi ramati splendessero più luminose dei nastri dorati con cui erano intrecciate. Non poté nemmeno impedirsi di trattenere il respiro mentre ammirava la provocante curva del seno, sottolineata dalla profonda scollatura dell'abito.

Quando entrarono nella grande sala si accorse che Rowena si traeva in disparte e di colpo provò il bisogno impellente di alleviare i suoi timori. Avrebbe voluto avvicinarsi e assicurarle che era la benvenuta.

Sapeva anche che sarebbe stato difficile fermarsi lì. L'attrazione che provava per lei fin dalla prima volta che l'aveva vista, e che teneva a bada a fatica, era sempre sul punto di esplodere sfuggendo al suo controllo.

La scrutò furtivo, e vedendo l'estremo pallore del suo viso dimenticò tutti i buoni propositi, si allontanò dal gruppo che circondava gli sposi e le tese una mano. «Venite.»

Lei lo fissò con gli occhi verdi sgranati per l'incertezza.

Christian le rivolse un sorriso incoraggiante e notò che la sua espressione cambiava trasformandosi in gratitudine e in un'emozione più complessa, che suscitò un calore violento e inestinguibile nel più profondo del suo essere. Benché sapesse che la reazione di Rowena era dettata dalla gratitudine perché era giunto ad alleviare la sua solitudine, e non da un vero sentimento nei suoi confronti, Christian fu sul punto di perdere il controllo. Aveva la gola arida e lo stomaco stretto in una morsa dolorosa, e si chiese se non fosse impazzito a procurarsi un tale tormento.

Tuttavia non poteva più tirarsi indietro, ormai. Facendolo l'avrebbe ferita e così cercò di tenere sotto controllo l'inquietudine mentre Rowena gli posava la mano sul braccio.

Quel contatto gli procurò una sensazione bruciante anche attraverso lo spesso velluto della manica.

Facendo del suo meglio per ignorare quelle reazioni inopportune, la scortò fino al tavolo e l'aiutò ad accomodarsi, accorgendosi con grande sgomento che l'unico posto disponibile era quello accanto a lei.

Si sedette a sua volta con fare circospetto. Condurla a tavola era una cosa, fare cortese conversazione cercando di ignorare l'attrazione che provava era tutta un'altra storia.

Nessuno dei presenti parve notare il pesante silenzio che era caduto tra lui e Rowena. E anche se lo avesse fatto, Christian non era pronto a romperlo.

Forse fu il suo desiderio di focalizzare l'attenzione su qualunque cosa che non fosse la donna che gli sedeva immobile accanto, che lo indusse a notare l'uomo che si era fermato ai piedi della pedana su cui era collocato il loro tavolo. Si trattava di un tipo alto e magro che sembrava avere qualcosa di familiare, mentre indugiava incerto rigirandosi il cappello tra le mani.

Simon parve accorgersi della sua presenza quasi nello stesso momento perché gli fece cenno di avvicinarsi. «Vieni, Walter. Volevi parlare con me?»

La conversazione si acquietò e tutti fissarono il nuovo arrivato.

L'uomo annuì, contrito per averli interrotti. «Scusate, milord. Pensavo vi interessasse sapere che ho il nome di qualcuno che può aver conosciuto Lady Rosalind da bambina.»

In quel momento Christian rammentò che si trattava di uno degli uomini a cui aveva posto delle domande sulla figlia del *Drago*, e animato da un subitaneo interesse per ciò che aveva da dire si sporse per sentire meglio. Accanto a lui, Rowena fece lo stesso.

«Parla» lo spronò Simon.

Rendendosi conto che tutti i presenti attendevano con ansia le notizie di cui era latore,Walter parve rinfrancato. «Mia figlia Laurel è venuta a trovarmi di recente insieme al marito e ai bambini, così le ho raccontato che cercavate qualcuno che avesse conosciuto Rosalind. Laurel allora mi ha detto che da ragazzina era amica della figlia di un cavaliere al servizio del *Drago*, e che questa Jannelle conosceva bene la piccola. L'ultima volta che si sono incontrate, a una fiera in un vicino villaggio, Jannelle ha raccontato a Laurel che stava per sposarsi e che sarebbe andata a vivere nel castello di Brillington, di cui il futuro marito era il signore.»

«Conosco quelle terre» intervenne il padre di Christian.

Simon sollevò una mano per attirare l'attenzione di tutti coloro che erano seduti al suo tavolo. «Preferirei che discutessimo di questa faccenda in privato.»

Subito Christian si rese conto di quanto fosse pericoloso trattare una questione così delicata davanti a tutta quella gente. Anche se era improbabile che fosse presente un alleato di Kelsey, sarebbe bastato un accenno casuale al fatto che stavano facendo ricerche su Rosalind dopo avere portato al castello una giovane donna, per suscitare un interesse non gradito.

«Io e le altre dame rimarremo alla festa» propose allora Isabelle. «Ma ci attendiamo un esauriente resoconto dell'incontro.»

Simon annuì e si alzò, seguito da Christian e da Lord Greatham. Jarrod fece altrettanto, ma solo dopo aver ricevuto un lungo bacio dalla moglie.

Christian li osservò, convinto che nel proprio futuro non avrebbe potuto trovare posto un amore del genere. Quando si sarebbe sposato, lo avrebbe fatto con una donna che avrebbe votato tutta se stessa a Bransbury.

Ma il senso di vuoto che accompagnò quella riflessione era così doloroso che capì di non potersi permettere il lusso di continuare a pensarci in quel momento. Doveva occuparsi di un'altra questione.

Nel momento stesso in cui entrarono nella saletta si rivolse al padre. «Avete detto di conoscere Brillington.»

«Proprio così.»

«È molto lontano? Possiamo condurvi Rowena subito oppure pensate che sarebbe meglio andare a prendere quella donna e convincerla a venire qui?»

Lord Greatham si strinse nelle spalle. «Non è molto distante, a occhio direi due o tre giorni di viaggio. Ma suggerirei di scoprire innanzitutto se Lady Jannelle vive ancora laggiù, prima di correre il rischio di allontanare Rowena dalla protezione fornita da questa fortezza. Anche se nessuno conosce la sua identità, viaggiare con un nemico giurato di Kelsey alle calcagna farebbe di lei un facile bersaglio. E Sir Fredrick sembra estremamente interessato a tutto ciò che facciamo, di recente.»

Jarrod trasse un profondo respiro. «Avrei dovuto ucciderlo quando ne ho avuto l'opportunità.»

«Non ti torturare, Jarrod» lo consolò Christian. «Kelsey ha acceso l'odio in molti dei suoi uomini, perciò anche se Fredrick fosse morto, un altro avrebbe presto preso il posto di quel sinistro cavaliere.»

Simon annuì. «Dobbiamo tenere Rowena qui.»

«Allora andrò io a Brillington» affermò Christian.

Suo padre sollevò una mano. «No, sarò io a intraprendere questo viaggio. Conosco Lord Brillington, e ho maggiori probabilità di convincerlo a mandare sua moglie con me qui ad Avington.»

«Ma la vostra gamba...» obiettò suo figlio.

Lord Greatham si irrigidì. «Sono più che in grado di portare a termine un compito così facile» replicò in un tono venato di orgoglio. «Sono riuscito a mantenere l'ordine sulle mie terre mentre tu eri in giro per il mondo.»

Christian provò un profondo rammarico. Non sarebbe mai stato troppo presto per farsi carico dei suoi doveri a Bransbury.

Si inchinò al padre accettando la sua decisione mentre questi si rivolgeva a Simon. «Se sarete così gentile da fornirmi il necessario per il viaggio, partirò domani stesso.»

«Avrete tutto ciò che chiederete, milord, siano uomini o provviste.»

«Forse una scorta potrebbe convincere il marito di Lady Jannelle a lasciarla partire senza paura che possa accaderle qualcosa» ragionò Christian.

Simon annuì. «Sarà fatto.»

«C'è ancora una cosa» affermò Jarrod. L'attenzione generale si concentrò su di lui. «Nel frattempo io e Aislynn potremmo andare a Bransbury.»

«Non è una tua responsabilità» osservò Christian in tono amaro. «Sono io quello che dovrebbe tornare a casa.»

«Puoi farlo, ma che cosa farai con Rowena?» gli rammentò Simon serio. «Hai detto di averle dato la tua parola che la ricondurrai ad Ashcroft qualora decidesse di volerci tornare.»

Nel pesante silenzio che seguì, Christian si rese conto di non poter replicare a quell'obiezione. Ma non fu la sua promessa a impedirgli di ribattere, quanto la consapevolezza che Rowena avrebbe potuto decidere di andarsene mentre lui era lontano.

In quel caso non l'avrebbe più rivista.

«Anche se Llewellyn ha acconsentito a stipulare la pace, sarebbe meglio se a Bransbury ci fosse qualcuno in grado di prendere delle decisioni in caso dovesse accadere qualcosa» aggiunse suo padre.

Mentre gli altri continuavano a discutere dei loro piani, Christian non disse nulla. Non poteva. Presto sarebbe arrivato il giorno in cui Rowena avrebbe accettato le proprie responsabilità scegliendo di rimanere, oppure avrebbe deciso di tornare ad Ashcroft.

In un modo o nell'altro sarebbe stata irraggiungibile per lui. Comunque non poteva permettersi di dare libero corso al dolore che quel pensiero gli procurava, non importava quanto lo desiderasse.

Christian udì un rumore e sollevò lo sguardo dal ritratto che aveva fatto a Rowena mentre era ad Ashcroft. Aislynn aveva portato il disegno dalla Scozia, dove lo aveva letteralmente sottratto a Sean, e glielo aveva restituito.

Mentre la porta si apriva lentamente lui si chiese chi potesse essere. Forse si trattava di suo padre. Aveva preso l'abitudine di andare spesso a trovarlo in camera sua durante la loro permanenza ad Avington.

I suoi occhi si spalancarono quando vide Rowena scivolare nella stanza e chiudersi la porta alle spalle. La confusione gli fece corrugare la fronte, ma non disse nulla. Si limitò a scrutarla e vide che era vestita con lo stesso abito di velluto rosso che indossava alla festa.

Christian si alzò, rendendosi conto che la stava fissando con un'intensità imbarazzante, e guardò il disegno. Che cosa avrebbe pensato vedendolo studiare il suo ritratto in quel modo? «Rowena, che cosa...?» Tentò di nascondere la pergamena dietro la schiena, poi sospirò rendendosi conto che si trattava di un gesto completamente folle.

Lei gli andò accanto e quando vide che cosa teneva in mano la sua espressione si riempì di stupore. «Che cos'è?»

Lui scrutò lo schizzo senza dire nulla.

Rowena allungò una mano e lo prese. «Da dove viene?»

«L'ho fatto il giorno in cui vi ho chiesto in prestito un foglio di pergamena, a casa vostra.»

«Quindi è questo che Sean si è portato via quel giorno.»

Lui si incupì. «Lo sapevate?»

Lei lo affrontò con aria di sfida. «Mi ero accorta che aveva preso qualcosa dal tavolo, ma non sapevo di cosa si trattasse.» Trasse un profondo sospiro. «Non lo avevo visto.»

Christian annuì, ma lei non se ne accorse perché stava fissando il disegno. Dopo un lungo momento si voltò verso di lui. «È così che mi vedete?» gli chiese con una voce che era poco più che un sussurro.

La meraviglia che lesse nei suoi occhi e i sentimenti confusi che aveva provato per tutto il giorno lo resero così vulnerabile che non poté fare altro che dirle la verità. «Sì.»

A quella risposta lei si sentì vacillare e Christian la afferrò attirandola a sé. «State bene?»

Rowena socchiuse le palpebre e gli posò un dito sulle labbra. «Zitto!»

Il suo cuore cominciò a battere all'impazzata. «Perché siete venuta qui, Rowena?»

Lei scrollò la testa. «Io... Dobbiamo proprio parlare?»

Christian non aveva più alcun desiderio di resistere alla passione che provava per quella donna.

La strinse al petto, e Rowena si lasciò andare tra le sue braccia.

11

Rowena non aveva immaginato che potesse accadere questo. Era andata a cercare Christian per dirgli che non aveva più intenzione di restare ad Avington.

Il desiderio struggente suscitato dalle nozze e la consapevolezza che la gentilezza e il sostegno di tutti coloro che la circondavano si basavano su pretese infondate erano un peso opprimente che non poteva più essere ignorato. Soprattutto dal momento che proprio quel giorno si era resa conto che Christian poteva offrirle solo una distaccata cortesia, che però bastava a creare confusione nei suoi sentimenti.

Trovarlo che studiava quel disegno e vedere in che modo l'aveva ritratta aveva cambiato tutto. Non poteva ignorare l'ammirazione e lo struggimento con cui lui stava fissando la donna del disegno.

E quella donna era lei.

Tutta la sofferenza dei giorni passati si dissolse in un istante.

Rowena sospirò, lasciandosi andare tra le sue braccia e godendo della sua forza. In tutta la vita non aveva mai vissuto un momento come quello, non si era mai sentita così desiderata e al sicuro.

Sollevò il capo socchiudendo le palpebre mentre i loro occhi si incontravano. «Baciatemi, Christian.»

Con un gemito lui chinò il capo per esaudire la sua richiesta.

Christian la voleva, la desiderava a tal punto che quel bruciante bisogno gli indeboliva le ginocchia. Il sangue gli scorreva ardente nelle vene infiammando i suoi lombi, fino a fargli dimenticare il motivo per cui non poteva averla.

Era stato un pazzo a resistere a quell'attrazione che gli toglieva il respiro.

Le sue mani le accarezzarono la schiena, scesero sulla vita esile, assecondarono la curva sinuosa dei fianchi. Lo spesso velluto ostacolava i suoi sforzi di modellare quell'incantevole profilo, procurandogli un moto di frustrazione mentre approfondiva il bacio.

Sentì le braccia di lei cingergli il collo e il suo abbandono gli procurò un moto di gioia.

Eccitato com'era, avrebbe desiderato di più e così la allontanò gentilmente. «Lasciatemi...»

Rowena esitò solo un istante e poi si scostò, in modo che lui trovasse i lacci del suo vestito e li sciogliesse dimostrando un'inaspettata abilità.

Lo scrutò da sotto le palpebre socchiuse con i suoi occhi verdi come il muschio umido, mentre l'abito le scivolava giù dalle spalle. Lentamente e senza mai lasciare il suo sguardo Christian glielo sfilò fino a farlo cadere a terra, poi si occupò della tunica dorata che fece la stessa fine.

Il suo sguardo avido si posò sui seni pieni sotto la camiciola trasparente, che lasciava intravedere i capezzoli rosei e induriti.

A quella vista la sua eccitazione crebbe fino a diventare insopportabile, costringendolo a chiudere gli occhi e a respirare a fondo nel tentativo di tenere a freno le proprie emozioni.

Rowena comprese che in quel momento era lei la più forte, e la sua evidente passione la rese audace. «Siete dunque così timido, milord?» mormorò.

«Timido?» Lui la attirò di nuovo a sé modellando il suo corpo contro il proprio senza cercare di nascondere l'eccitazione. «La vostra bellezza è disarmante. Sto solo cercando di mantenere il controllo.»

Lei abbassò lo sguardo sulla sua virilità e un profondo rossore le colorò le guance mentre la passione le incendiava le vene.

«Vi ho sconvolto, Rowena?» le sussurrò lui gentilmente.

Stupita, lei sollevò il viso non volendo che interpretasse in modo erroneo la sua reticenza. «Anch'io vi desidero, Christian.»

Lui si lasciò sfuggire un gemito e la sua bocca trovò quella di lei, chiudendola con un bacio appassionato che le fece girare la testa.

Rowena si strinse a lui assaporando sollievo e gioia in uguale misura. Lo desiderava con tutta se stessa, dal più profondo del cuore. Non avrebbe mai immaginato di poter provare per un altro essere umano un sentimento così forte e profondo come quello che nutriva per Christian.

Era innamorata di lui. Ora sapeva di esserlo stata sin dal primo momento in cui lo aveva visto esanime sulla spiaggia di Ashcroft. Allora si era convinta di essere attratta da lui solo perché era un nobile come suo padre, ma adesso capiva che in realtà era il suo cuore che tentava di risvegliarsi all'amore.

Non riusciva a immaginare che cosa sarebbe accaduto se Christian non fosse giunto ad Ashcroft. Ma un'eventualità del genere era impossibile, si disse, perché era stato il destino a decidere tutto, esattamente come aveva detto Isabelle, e nonostante la propria iniziale riluttanza, ora se ne rendeva conto anche lei.

La consapevolezza di amarlo portò una nuova luminosità nel suo sguardo mentre lo allontanava da sé per fissare quegli incredibili occhi azzurri. «Lasciate che vi spogli» gli sussurrò con audacia.

Christian trattenne il respiro e la portò sul letto con passo malfermo. Poi si sedette sul bordo e le guidò le mani sull'orlo della propria tunica senza dire una parola.

Rowena sollevò l'indumento sfilandolo lentamente. Il suo sguardo indugiò sulla pelle liscia del petto di Christian, che alla luce delle fiamme aveva assunto una sfumatura dorata. Dopo essersi liberata della tunica si chinò per sfiorargli con le labbra la pelle rovente.

Lui la tenne contro di sé sciogliendo i nastri dorati che le trattenevano i capelli, fino a quando le ciocche dai riflessi ramati non le ricaddero sulle spalle come lingue di fuoco. Le sue dita si intrecciarono in quella folta massa di seta mentre la dolce bocca di Rowena gli tracciava un sentiero di baci sul torace.

Le labbra di lei scesero a sfiorargli il ventre, gustandolo e assaporandolo lentamente. Con la lingua gli tormentò l'ombelico e sentì che i muscoli del suo stomaco si tendevano e cominciavano a tremare sotto le sue carezze.

«Basta» la implorò con voce roca.

Con il respiro affannoso Christian la prese tra le braccia e la baciò sulle labbra, poi la fece alzare in piedi ancora una volta prima di afferrarle l'orlo della camicia. Lentamente sollevò il tessuto leggero prendendo nota di ogni particolare che si rivelava al suo sguardo.

Rowena restò immobile, provando timidezza e impazienza nello stesso tempo, certa che lui sarebbe riuscito a udire il cuore che le batteva nel petto mentre le sfilava l'indumento e lo faceva cadere a terra fluttuando. Quando Christian le sfiorò la morbida curva del seno, il violento brivido che la scosse le fece trattenere il respiro.

«Ho ripetuto sovente a me stesso che niente sarebbe potuto essere più perfetto della vostra pelle» mormorò lui in un tono venato di timore reverenziale. «Mi sbagliavo. Voi siete ancora più bella di quanto immaginassi. Non trovo parole per descriverla, così morbida e luminosa, del colore di una squisita perla. Non potrei mai nemmeno tentare di ritrarvi con le mie misere capacità. Perché i contorni del vostro corpo sono proprio come il Signore voleva che fosse la donna... anche questa deliziosa voglia sulla spalla.» L'attirò a sé e si chinò per imprimervi un bacio. «Le mie parole, così come le mie mani, sono troppo impacciate e indegne per descrivervi e sfiorarvi.»

Rowena non avrebbe potuto parlare nemmeno se avesse voluto, tanto era stupita che un uomo solitamente poco loquace come Christian pronunciasse con tanta facilità parole così poetiche, che sembravano venirgli dal cuore.

Così si limitò a fissarlo con i suoi luminosi occhi verdi umidi di lacrime, incurante se in quel momento in essi si indovinava tutto ciò che aveva nel cuore, e gli tese le braccia.

Lui la strinse a sé.

Un istante dopo erano sdraiati sul letto e la calzamaglia di Christian era scomparsa come per magia. La loro pelle finalmente si toccava senza più nessun impedimento e le loro labbra erano libere di percorrerla senza alcun freno.

Lui la fece stendere sul cuscino e chinò la testa per baciarle i seni. La sua lingua stuzzicò un capezzolo e Rowena gemette mentre il suo respiro si faceva più affrettato e un calore liquido si diffondeva nel suo ventre. Come se avesse percepito i suoi pensieri e le sue sensazioni, Christian prese ad accarezzarla gentilmente ma con fare esperto.

Non poteva che essere così, dopo che già una volta l'aveva portata all'estasi con il suo tocco.

Le gambe di Rowena si schiusero come per incanto, invitando quella mano a un contatto più intimo. Christian non si fece pregare e la sua virilità eccitata pulsò dolorosamente sentendola pronta per lui. Sapeva di essere ormai vicinissimo a perdere il controllo. Non riusciva a pensare ad altro che a fondere il proprio corpo con il suo.

Quando Rowena con un gemito lo implorò di farla sua, Christian si sollevò su di lei prendendo finalmente ciò che gli offriva senza riserve.

Le sfiorò la pelle di seta delle cosce trattenendo il respiro per fermare quell'attimo. Mai nella sua vita aveva desiderato qualcosa più di quanto volesse perdersi nella dolcezza delle sue forme sinuose.

Avrebbe voluto che quel momento durasse per sempre, ma sapeva anche che la sua eccitazione non lo avrebbe permesso. Tuttavia non poteva nemmeno dare libero sfogo alla sua passione, per non rischiare di farle male.

Rowena aprì gli occhi e lo scrutò con un'espressione colma di desiderio e di interrogativi. Lui le fissò le labbra con estrema gentilezza. «Non vorrei causarvi dolore.»

Lei ricambiò il suo bacio e si inarcò contro di lui.

Entrando dentro di lei con un unico, fluido movimento, Christian provò l'incredibile ed esaltante sensazione di avere finalmente trovato la sua dimora.

Rowena lo tenne stretto a sé esultando per la tenerezza con cui lui l'aveva presa. Ora erano una donna e un uomo senza più barriere tra loro, e con la prospettiva di assaporare un piacere infinito.

Cominciò a muoversi con lentezza sotto di lui, finché a poco a poco il suo corpo non si accordò al ritmo della danza più antica del mondo, un ritmo che non sospettava di conoscere. Quando Christian assecondò i suoi movimenti, Rowena rovesciò la testa all'indietro, incapace di formulare qualsiasi pensiero che non fosse la consapevolezza di loro due insieme.

Christian non riusciva a pensare ad altro che a soddisfare il suo bisogno di lei, e le sue spinte accelerarono per raggiungere quell'obiettivo.

I suoi gemiti soffocati gli dissero che anche lei era preda della passione che li divorava, e quella consapevolezza lo spinse a desiderare di darle sempre maggior piacere.

Tuttavia, in qualche angolo recondito della sua mente sapeva di doversi frenare fino a quando non fosse arrivato il momento giusto.

Fu solo quando la sentì gridare il suo nome mentre si inarcava sotto di lui, che diede libero sfogo al bruciante bisogno che gli infiammava i lombi.

Con un'ultima spinta il suo piacere esplose in una miriade di scintille che parvero catturare la luce mentre lei si aggrappava a lui sospirando soddisfatta.

«Rowena!» gemette Christian prima di lasciarsi andare tra le sue braccia. Molto più tardi, quando ormai i battiti del suo cuore erano tornati normali, rotolò su un fianco e l'attirò a sé facendole appoggiare il capo nell'incavo della spalla.

Rowena!

Anche se la sua passione si era placata, Christian si perse nel suo profumo e nell'emozione di essere insieme a lei.

Tuttavia non poteva dimenticare che non aveva il diritto di provare quei sentimenti, non aveva il diritto di impegnarsi con quella donna.

Doveva la propria fedeltà a suo padre, al quale aveva promesso che d'allora in avanti sarebbe stato un figlio migliore. Non avrebbe infranto quella promessa.

Lentamente si sollevò a sedere e lei lo guardò confusa, rendendosi conto della sua irrequietezza. «Che succede, Christian?»

«C'è una cosa di cui dobbiamo parlare, una cosa che dovete comprendere.» Lei rimase in silenzio a osservarlo, mentre la sua espressione si faceva d'un tratto insondabile tra le ombre del letto.

Christian udì la tensione nella propria voce mentre cercava di spiegare le sue ragioni nonostante il rammarico che gli chiudeva la gola. «Non posso offrirvi nient'altro oltre a quello che abbiamo già avuto. Devo tornare a Bransbury. Io e mio padre... Noi ci separammo in termini piuttosto tesi quando decisi di partire per la Terra Santa, molti anni fa. Sono tornato in patria da meno di un anno, e in questo periodo ho trascorso molto poco tempo a casa, dove c'è bisogno di me.»

Lei restò in silenzio e lui proseguì nel tentativo di chiarire il suo punto di vista. «Mio padre ha atteso per molti anni il mio ritorno.»

«Quindi adesso vivrete la vostra vita in funzione delle sue necessità.»

«Lui non sta bene. Non ve ne siete resa conto?»

Lord Greatham sembrava essersi ripreso splendidamente per un uomo della sua età che aveva intrapreso un viaggio lungo e faticoso. «Ho notato che zoppica leggermente, ma non mi è parso certo un invalido.»

Doveva esserci qualcos'altro, oltre alla salute del genitore, che attirava Christian a Bransbury, rifletté Rowena. Forse il senso di colpa per essere rimasto lontano tanto a lungo e per non aver capito che suo padre stava soffrendo per la perdita della donna che aveva amato con tutto il cuore. Non era stata sua intenzione trascurare il figlio, ma nella sua mente di ragazzo lui non se ne era reso conto.

«Voi non volete nemmeno provare a considerare la situazione dal mio punto di vista» osservò Christian passandosi una mano sul viso. «Jarrod e Aislynn partiranno per Bransbury domani mattina, ma le cose non sarebbero dovute andare così. Jarrod ha i suoi doveri da assolvere, ora che è stato nominato erede dal fratello.»

Rowena gli rivolse un'occhiata piena di collera. «Perché non andate voi al posto loro, dunque?» Vedendo che lui non replicava fece una risata amara. «È solo la vostra determinazione a scaricarvi la coscienza da un'altra colpa, che vi trattiene dal farlo» gridò.

Christian strinse le labbra. Non le avrebbe confessato quanto gli faceva male l'idea di separarsi da lei, e che era stato proprio questo a impedirgli di protestare quando sua sorella e il marito avevano deciso di partire al posto suo.

Rowena si coprì con il lenzuolo. «Voltatevi, vi prego.»

Lui gemette per la frustrazione, ma fece ciò che gli era stato chiesto. La udì recuperare gli abiti e vestirsi. Malgrado la tentazione, si costrinse a non guardare garantendole l'intimità che aveva chiesto.

Il rumore successivo che udì, fu la porta della camera che si apriva. Voltandosi, la vide sparire mentre l'uscio si chiudeva dietro di lei. Allora balzò in piedi e le corse dietro, ma si fermò di colpo nello scorgere Isabelle ferma sulla soglia della propria stanza, sull'altro lato del corridoio.

La donna inarcò le sopracciglia mentre un'espressione preoccupata le incupiva gli occhi violetti. Lui le fece un inchino, indietreggiando per nascondere la sua nudità dietro la porta. «Perdonatemi, Isabelle» mormorò senza smettere di scrutare il corridoio.

Era deserto.

Isabelle annuì, ma nonostante l'evidente perplessità non tornò in camera. Continuò a guardarlo, e Christian si rese conto che si aspettava che si ritirasse.

Allora si inchinò di nuovo ed esaudì quel desiderio. Sarebbe voluto andare da Rowena, farsi ascoltare da lei, ma quella notte non osava farlo. Non intendeva creare ulteriore imbarazzo a lei o a qualcun altro. Non si sarebbe meravigliato, infatti, se Isabelle avesse visto la ragazza uscire dalla sua camera.

La risposta a quell'interrogativo non si fece attendere molto a lungo. Quando uscì dalla stanza il mattino successivo, dopo una notte tormentata e insonne, ebbe la precisa impressione che la sua ospite lo stesse aspettando, perché comparve nel corridoio con indosso un lungo e caldo mantello.

«Vorreste farmi l'onore di accompagnarmi a fare una passeggiata in giardino, Christian?» gli chiese Isabelle.

«L'onore sarebbe tutto mio» replicò lui offrendole il braccio, grato che non fosse troppo turbata per accettarlo.

Isabelle non disse nulla fino a quando non furono all'aperto. Una volta lì si fermò all'inizio del vialetto e lo studiò con estrema attenzione. «Non saprei in che altro modo affrontare l'argomento, dunque vi parlerò senza troppi giri di parole, milord. Ho scorto Rowena fuggire dalla vostra camera la scorsa notte. Ho visto in che stato era.»

Christian corrugò la fronte. «Lo stato in cui era?» Poi, accorgendosi che l'espressione della donna si faceva impaziente, si decise ad ammettere la verità. «Mi chiedevo se ve ne foste accorta, infatti.»

Nonostante il suo evidente disagio nell'affrontare l'argomento, Isabelle sostenne lo sguardo di Christian senza vacillare. «Sì. Ho pensato che tra voi stesse nascendo qualcosa. Capisco quando un uomo desidera una donna. Dopo stanotte, tuttavia, vorrei conoscere le vostre intenzioni nei suoi confronti, perché credo che se aveste voluto corteggiarla e offrirle il vostro cuore non avreste cercato di tenere segreti i vostri incontri o i vostri sentimenti. Né immagino che Rowena avrebbe pianto uscendo dalla vostra stanza.»

Christian non riuscì a nascondere il proprio imbarazzo. «Mi state chiedendo se sto considerando l'idea di prenderla in moglie?»

Lei annuì. «Proprio così.»

Lentamente lui scosse la testa. «No, non le chiederò di sposarmi. Io...»

L'espressione di Isabelle si indurì. «Allora cosa avete in mente, Christian?» Subito dopo sollevò una mano. «No, non ditemelo. Preferisco risparmiare a entrambi l'imbarazzo che ne deriverebbe. Permettetemi solo di rammentarvi che Rowena potrebbe essere mia sorella, la mia unica parente ancora in vita. E anche se non lo fosse, mi aspetto che venga trattata con rispetto. È una donna buona e onesta, e ha sofferto molto.»

Si interruppe per qualche istante, come se volesse riflettere prima di parlare. «Anche se fosse vero che è solo la figlia illegittima di uno sconosciuto cavaliere, avete forse dimenticato che anch'io sono nata da un'unione illegale?» aggiunse.

Christian non era disposto ad accettare quel tipo di rimprovero. «Questo è l'ultimo dei miei pensieri, Isabelle. Io...» Trasse un profondo respiro. «Io non so cosa dire.»

Le sopracciglia scure della donna si inarcarono pericolosamente. «Temevo proprio questo. Allora d'ora in avanti devo chiedervi di fare attenzione a come la trattate. Non dovete più infastidirla.»

Lui fece un rigido inchino. «Non avevo alcuna intenzione di farlo. Quello che è accaduto ieri sera è stato un errore e non si ripeterà più.»

Con un sobbalzo improvviso Rowena si rese conto di quale fosse l'oggetto di quella conversazione e si mise le mani sulle guance che bruciavano. Santo cielo! Il fatto che Isabelle e Christian stessero discutendo di lei era a dir poco mortificante.

Era scesa in giardino per riflettere e per cercare di dare un senso alla confusione in cui si trovava la sua vita. Quando si era appartata dietro una siepe mai avrebbe creduto di dover udire simili parole. Voleva solo un po' di riservatezza per evitare di incontrare Christian.

Non appena si accorse che i due proseguivano lungo il vialetto si affrettò a rientrare nella fortezza, sempre tenendo un occhio vigile su di loro perché non voleva che la vedessero arrivare dal giardino.

Mentre si apprestava a passare attraverso la grande porta d'ingresso udì le parole di Christian. «No, non le chiederò di sposarmi.» Anche se lo aveva già affermato la sera in cui l'aveva trasportata dal laghetto al suo giaciglio, sentirglielo ripetere le fece male.

La consapevolezza che non lo avrebbe sposato nemmeno se fosse stato l'ultimo uomo sulla terra non serviva ad alleviare la morsa di dolore che le stringeva il cuore. Perché Rowena sapeva che se le cose fossero state differenti, se lui l'avesse voluta, lei sarebbe stata felice di donargli il suo cuore, la sua mente e la sua anima.

Ma Christian non la voleva.

L'unica cosa che desiderava in quel momento era gettarsi sul letto e piangere tutte le sue lacrime fino a esaurire il dolore e la solitudine che le attanagliavano l'anima. Tuttavia non poteva. Doveva controllarsi e decidere che cosa fare.

Intanto sapeva per certo che non poteva restare lì ancora a lungo. Il suo arrivo in Inghilterra non era servito a niente, né a lei né a nessun altro.

Doveva tornare a casa, tra la gente di Ashcroft, alla vita che conosceva. Era la sola speranza che le restava di ritrovare una parvenza di pace.

Sapeva che le ultime settimane l'avevano cambiata profondamente, e ora il pensiero di dover vivere senza Christian le provocava una sofferenza tale da toglierle il respiro, nonostante lui l'avesse ferita in modo crudele.

Tuttavia avrebbe dovuto farlo.

C'era un'amara ironia nel fatto che proprio una delle cose a cui lui teneva di più, cioè aiutarla a rientrare in possesso del suo titolo e delle sue terre, era quella che rendeva impossibile il loro legame. Perché Christian era convinto di dover votare il suo futuro ad assolvere il suo dovere nei confronti del padre.

Per questo non aveva nulla da offrirle, anche se avrebbe voluto.

Sfortunatamente lei non aveva modo di andarsene da Avington senza aiuto, e dunque avrebbe dovuto parlare con Christian e con Isabelle, che con tutta evidenza sapeva cosa era successo tra loro.

Doveva farsi forza e affrontare la situazione senza ulteriori indugi. Sapeva che li avrebbe trovati a tavola per il pasto del mattino. Sarebbe stato più semplice comunicare la sua decisione davanti a tutti senza bisogno di parlare personalmente con ciascuno di loro, decise avviandosi.

Entrò nel salone a testa alta. Christian, Isabelle e Simon erano già lì.

Dopo avere salutato si sedette, e si accorse subito che i primi due la stavano scrutando.

Mentre cercava di mangiare, gettò una breve occhiata ai loro visi. Le erano diventati più cari di quanto avesse mai immaginato possibile in così breve tempo e il rammarico per come erano andate le cose le procurò una stretta al cuore. «Perdonatemi» cominciò in tono piuttosto commosso. «Vi chiedo un momento del vostro tempo.»

Attorno al tavolo cadde un silenzio pieno di aspettative.

In special modo avvertì il peso degli occhi azzurri di Christian fissi su di lei. La notte precedente l'avevano guardata con trasporto e passione, e ora la scrutavano accorti.

Rowena trasse un profondo respiro e si fece forza. «Vorrei informarvi che ho deciso di tornare ad Ashcroft.»

Per un lungo momento il silenzio continuò a regnare sovrano nella sala. «Che cosa vi ha condotto a una tale decisione?» le chiese alla fine Simon.

Lei non si azzardò a guardare in direzione di Christian mentre rispondeva. «Io... Mi sembra che non ci sia alcun motivo per restare qui. Nessuno ha potuto confermare una parola di ciò che ha rivelato l'uomo arrivato ieri durante il pranzo. Siamo in una situazione di stallo.»

«Ma non siete stata informata?» esclamò Isabelle. «Il padre di Christian è partito per un posto che si chiama Brillington per condurre qui una dama che conosceva Rosalind.»

Rowena spalancò gli occhi. «Davvero?» Poi arrossì ed evitò deliberatamente di guardare Christian, rendendosi conto che lui non le aveva detto nulla di tutto ciò quando aveva parlato della partenza di Jarrod e Aislynn.

La vergogna che provò nel ricordare la loro conversazione e i fatti che l'avevano provocata la indusse a scuotere la testa. «Anche questo tentativo, tuttavia, potrebbe rivelarsi inutile.»

Gli incantevoli occhi di Isabelle la fissarono supplichevoli. «Anche se non scoprissimo niente di certo io vorrei che viveste qui con Simon e me. Sarebbe la benvenuta, vero tesoro?»

Lui annuì scrutando preoccupato la tristezza della moglie. Poi si rivolse a Rowena. «Sì, saremmo felici di avervi qui ad Avington.»

«Vi prego, Isabelle, permettetemi di fare da sola le mie scelte» mormorò lei senza riuscire a soffocare il rammarico che le venava la voce. «Io ho un'altra vita, delle persone a cui tengo e che mi vogliono bene.» Anche se Isabelle le sarebbe mancata moltissimo, non avrebbe potuto sopportare di essere così vicina a Christian.

Il silenzio calò ancora una volta sui presenti.

«Dobbiamo accettare i vostri desideri» disse alla fine Simon.

Rowena lo guardò con gratitudine. «Grazie.»

Isabelle parlò dolcemente e lei si accorse che i suoi occhi viola erano umidi. «Voglio solo dirvi che mi mancherete.»

«Anche voi» sussurrò Rowena con un groppo in gola.

«Quando volete partire?»

«Appena possibile.»

Isabelle sospirò. «Dobbiamo preparare le vostre cose e fornirvi una scorta.»

Lei la fermò scuotendo il capo. «Porterò via solo ciò con cui sono venuta. Tutto quello che mi avete donato è stato regalato alla donna che speravate fosse vostra sorella.»

Isabelle sostenne il suo sguardo. «E lo è stata, anche se solo nel mio cuore. Vi prego di non rifiutare il mio affetto restituendomi ciò che vi ho donato.»

Rendendosi conto di non poter ferire quella cara donna, che le aveva dato molto più di alcuni indumenti, lei annuì. «Io...» Non riuscì a dire altro senza correre il rischio di scoppiare a piangere.

Nel silenzio che seguì risuonò la voce di Christian. «Attendete almeno il ritorno di mio padre.»

Rowena non poté evitare ancora di guardarlo, ma quando lo fece fu felice di vedere che la sua espressione insondabile la aiutava a mantenere il controllo. «Quanto potrebbe volerci?»

«Quattro o cinque giorni» replicò lui in tono gelido.

Sarebbero stati un'eternità!

Le facce attorno al tavolo la fissarono in attesa. Come poteva rifiutarsi? Quella gente era stata molto gentile con lei, l'aveva accettata, voleva credere in lei, anche se lo faceva per amore di un uomo morto da parecchio tempo.

«Aspetterò.»

Ci furono sospiri di sollievo e l'esclamazione di gioia di Isabelle. Ma solo silenzio da parte di Christian.

«Non ha importanza ciò che vostro padre potrebbe scoprire» affermò lei guardandolo negli occhi. «Sento che devo tornare a casa. Questa vita è la vostra, non la mia, e vi auguro che i vostri sforzi per combattere Lord Kelsey abbiano successo. Io però non ho il coraggio di farlo.»

Lui piegò le labbra in una smorfia amara ma decisa. «Come desiderate, Rowena. Ho promesso di ricondurvi ad Ashcroft quando me lo aveste chiesto, e non romperò quel voto.»

«Grazie» mormorò lei con un filo di voce.

Senza aggiungere altro si alzò e uscì di corsa dal salone. Lacrime cocenti le pungevano le palpebre, ma non voleva versarle davanti agli altri. Mentre si chiudeva la porta alle spalle e vi si appoggiava contro per non cadere, cominciarono a rigarle le guance cadendo sul vestito.

Christian udì i discorsi sommessi che seguirono la sua fuga. Aveva la sensazione di ascoltare persone che parlavano un linguaggio sconosciuto. Nessuna di quelle parole riuscì a penetrare nella sua mente occupata da un unico sconvolgente pensiero.

Rowena stava per partire.

Avrebbe voluto correrle dietro e supplicarla di non andar via. Ma non poteva farlo. Era come se fosse inchiodato alla sedia.

Il dolore che provava poteva essere causato solo dal rammarico di avere fallito. Non era riuscito a provare l'identità di Rowena. Non aveva vendicato il suo antico tutore.

Tuttavia in quel momento non fu il viso del *Drago* a comparire nella sua mente, ma quello di Rowena.

Sollevò il capo e si rese conto che Isabelle lo stava guardando con un'espressione piena di tristezza.

Dopo la loro conversazione mattutina, Christian non poteva non pensare che lo stesse biasimando per l'infelice piega che aveva preso il corso degli eventi. E a dire la verità cominciava a credere che avesse ragione.

Era anche certo che la decisione di Rowena fosse stata influenzata da ciò che era accaduto tra loro due.

«Non credete che cambierà idea se Lady Jannelle potrà aiutarla ad accertare le sue origini?» gli chiese Simon.

Ancora una volta Christian sentì lo sguardo di Isabelle su di sé mentre rispondeva. «Non credo.»

L'amico sospirò. «Mi occuperò di organizzare una scorta per riportarla al villaggio con tutti gli onori.»

Isabelle si posò una mano sul ventre. «Se solo potessi accompagnarla.»

«Io ho portato Rowena e io la ricondurrò a casa» intervenne serio Christian.

Si rese conto che Isabelle lo stava ancora osservando e fu sicuro che stesse ripensando alla loro discussione.

Dato ciò che le aveva detto, non era sorpreso che fosse meravigliata per il fatto che lui volesse accompagnare Rowena, pur avendo affermato che non avrebbe commesso l'errore di trovarsi di nuovo da solo con lei.

Tuttavia doveva accompagnarla. Era la cosa giusta da fare. Non si sarebbe sottratto alle sue responsabilità.

12

Erano trascorsi quattro giorni da quando Christian aveva parlato con Rowena, e da allora aveva cercato di evitarla con estrema risolutezza, come del resto lei aveva fatto nei suoi confronti. Era uscito spesso a cavallo con Simon, che aveva pur sempre le proprie responsabilità da assolvere.

Christian sospirò mentre spazzolava il dorso di Gideon. Anche se era stata una lunga giornata, che aveva impiegato recapitando un messaggio a uno dei vassalli di Simon che viveva ai margini della contea di Avington, non aveva alcuna voglia di rientrare al castello. Negli ultimi tempi aveva visto Rowena solo durante i pasti, e per lui quelle erano state le ore più difficili anche se lei non gli aveva mai rivolto la parola.

Era talmente assorto nei suoi pensieri che passò qualche tempo prima che un suono di voci gli dicesse che qualcuno era arrivato ai cancelli del castello. Lord Greatham era tornato.

Christian raddrizzò le spalle, facendo del suo meglio per ignorare l'inquietudine che lo aveva assalito. Non doveva lasciarsi coinvolgere, sia che suo padre avesse portato con sé Lady Janelle e lei avesse avuto delle informazioni per loro oppure no. Ciò che era fatto era fatto.

A dire il vero, a meno che la dama in questione non potesse fornire una prova definitiva a Rowena, qualunque cosa avesse detto avrebbe fatto poca differenza. Lei era decisa a tornare in Scozia, alla propria vita di sempre.

E in gran parte era colpa sua.

Sapendo che continuare a rimuginare sulla situazione non sarebbe servito a nulla, Christian si diresse in cortile e scorse suo padre che cavalcava verso il castello. Accanto a lui c'era una donna in sella a una puledra bianca. Gli uomini di Simon li seguivano a breve distanza.

Dunque Lady Janelle era venuta. Christian non poté impedirsi di provare un filo di speranza, che però si impose di soffocare subito.

Dovevano aspettare e ascoltare che cosa aveva da dire.

Rowena si fermò all'ingresso della piccola sala delle udienze. Cercando di ignorare Christian, concentrò l'attenzione su Lord Greatham e il suo sguardo si spostò poi da lui all'esile donna dai capelli neri che gli stava accanto.

Doveva essere la dama che lui era andato a prendere. Un certo nervosismo la afferrò mentre avanzava nella stanza, ma si rifiutò di darvi peso. Non poteva permettersi di sperare che quella donna sarebbe stata in grado di dirle chi era.

Fu Christian ad alzarsi e a presentarle la nuova arrivata. «Rowena, questa è Lady Jannelle, la dama che ha avuto occasione di visitare Dragonwick quando voi eravate bambina.» Nei suoi occhi azzurri non si leggeva la minima emozione.

Rowena chinò il capo in segno di saluto. «Lady Jannelle.»

La donna le si avvicinò scrutando con attenzione ogni suo lineamento. «Lady Rosalind?»

Lei fece un cenno di diniego. «Se vi hanno condotto qui dicendovi che io sono Rosalind, allora mi dispiace perché io non ricordo di aver mai vissuto a Dragonwick, e fin da piccola mi è stata raccontata una storia diversa sulla mia infanzia. Vi prego di perdonarmi se a causa mia avete dovuto allontanarvi da casa e da vostro marito.»

Gli occhi castani di Lady Jannelle si addolcirono. «Non preoccupatevi per mio marito, cara» mormorò posandole una mano sul braccio. «Sono vedova ormai da molti mesi. E poi non dovete darmi spiegazioni. Lord Greatham mi ha informata di tutto.» Rivolse all'uomo in questione quella che a Rowena parve un'occhiata affettuosa. «Io stavo solo interrogando me stessa e la mia capacità di ricordare.»

«E quale risposta vi siete data?» non poté fare a meno di chiederle lei.

Nel silenzio che seguì avvertì gli occhi dei presenti fissi su loro due. Finalmente Lady Jannelle, i cui occhi erano scuri come i capelli, scosse il capo. «La verità è che non lo so. Vedo che c'è una somiglianza con il *Drago* nel colore dei capelli e nel modo in cui tenete il capo eretto. Wallace Kelsey aveva un portamento regale, e voi possedete quella stessa qualità...»

Regale?

Rowena si stupì nel sentirsi descrivere in quel modo. Lei era una popolana.

La voce di Lady Jannelle la riscosse da quelle riflessioni. «Tuttavia non posso esserne sicura.» Il suo sguardo incontrò quello di Rowena. «Non rammentate proprio nulla della vostra vita prima che vi conducessero in Scozia? So che eravate molto giovane, ma se ricordaste anche solo un piccolo dettaglio, forse io potrei essere in grado di verificarlo.»

Rowena cercò di nascondere il proprio disappunto. Sapeva già che anche quel tentativo non avrebbe condotto a nulla.

Cercò di convincersi che ad andare delusa era stata solo la speranza di apprendere qualche notizia su suo padre.

Non le importava di essere l'erede di terre che avevano provocato dolore e sofferenza a così tanta gente.

Non volendo tuttavia che qualcuno di loro, soprattutto Christian, si accorgesse della sua delusione, sollevò il capo. «Ricordo solo due cose» ammise, e descrisse con alcune frasi brevi e concise ciò che rammentava, pur sapendo che non sarebbe servito a nulla.

Lentamente Lady Jannelle scrollò il capo. «È davvero molto poco. Purtroppo non ho niente da aggiungere.» Il suo sguardo addolorato incontrò quello di Lord Greatham. «Desideravo così tanto potervi essere d'aiuto.»

Il padre di Christian si avvicinò alla dama e le offrì il braccio, riconducendola al suo posto. «Voi avete fatto del vostro meglio, mia cara. Nessuno qui vi attribuirà responsabilità che non avete.»

Gli occhi scuri di Lady Jannelle rimasero incatenati a quelli di lui. «Ma vi ho deluso...»

«Non avete deluso nessuno, e meno che mai me» le assicurò l'anziano gentiluomo con delicatezza insospettata.

Rendendosi conto che li stava fissando, Rowena trasferì l'attenzione sulle morbide babbucce di pelle rossa che Isabelle le aveva regalato, chiedendosi tuttavia incuriosita che cosa stesse accadendo tra i due.

Sembrava che Lord Greatham non avesse affatto rinunciato del tutto a vivere, come suo figlio aveva sostenuto.

Lanciò un'occhiata pensierosa a Christian e vide che era perso nelle proprie meditazioni, con una espressione cupa in volto.

Era probabile che fosse contrariato perché Lady Jannelle non l'aveva riconosciuta, pensò Rowena, risentita perché lui sembrava incapace di preoccuparsi di qualcos'altro oltre a vederla restituita a Dragonwick. Il fastidio per l'atteggiamento di Christian, tuttavia, riuscì ad alleviare il disappunto di non aver appreso nulla di significativo.

Ormai non aveva più alcun motivo per procrastinare il suo ritorno in Scozia, realizzò tristemente. «Vi ringrazio di aver intrapreso questo viaggio per me» disse rivolta alla dama; poi lanciò un'occhiata ai presenti, badando a non indugiare su nessun volto in particolare per timore che un qualunque accenno di malinconia la facesse esitare. «Ringrazio tutti voi per i vostri sforzi.» Si rivolse a Simon perché sapeva che avrebbe sollevato meno obiezioni degli altri. «Credo che sia giunto per me il momento di partire.»

L'espressione abbattuta del giovane lord lasciava trapelare un profondo rammarico, ma lui si limitò ad annuire. «Così sia.»

Rowena si rese conto che Christian era uscito, ma evitò di girarsi anche quando sentì la porta chiudersi alle sue spalle.

Christian lasciò la fortezza e si diresse alle stalle per prendere il suo stallone. Aveva bisogno d'aria e soprattutto di stare da solo per riflettere. Per abituarsi al fatto che Rowena presto sarebbe uscita dalla sua vita senza che lui avesse portato a termine il compito che si era prefissato.

Mentre cavalcava, la sua frustrazione non fece che aumentare. Osservò i campi verdeggianti, i contadini ben nutriti che vi lavoravano, la pace che formava uno stridente contrasto con le proprie emozioni in subbuglio e la collera che montava dentro di lui.

Non poteva impedirsi di pensare a quanto fosse diversa la situazione per la gente di Dragonwick e delle terre circostanti. Lasciando Avington, Rowena non stava solo distruggendo le sue speranze di vendicare il Drago, ma stava anche abbandonando tutte le persone la cui vita sarebbe migliorata se lei si fosse fatta carico delle proprie responsabilità.

Non poteva permetterle di andar via, anche se le aveva

promesso che non avrebbe interferito nelle sue decisioni al riguardo.

Doveva pur esserci qualcosa che poteva fare.

All'improvviso gli venne un'idea: non sarebbe stata coercizione mostrarle quanto avrebbe significato la sua presenza per gli abitanti di Dragonwick. Rowena era una delle persone più altruiste che conosceva, l'aveva vista al lavoro come guaritrice... Si sarebbe limitato a farle vedere quanto bene avrebbe potuto fare. Considerata la sua bontà d'animo, certo non se la sarebbe sentita di ignorare l'evidenza. Con rinnovata speranza Christian fece voltare il cavallo e tornò a spron battuto verso il castello.

Avrebbe convinto Rowena a trascorrere con lui una mattinata. Non poteva rifiutargli quel piccolo favore.

Nel profondo del suo cuore Christian era convinto che se ciò che intendeva mostrarle l'avesse colpita, sarebbe bastato un giorno per convincerla a rimanere. Se non avesse reagito alla desolazione e all'abbandono in cui versavano le terre di Dragonwick, allora non sarebbe servito a niente attendere oltre.

Una fantesca lo informò che avrebbe trovato Rowena nella sua stanza. Christian non si concesse alcuna esitazione e vi si diresse con passo risoluto.

A giudicare dal modo in cui lei si era comportata quel mattino, era improbabile che avrebbe avuto un'altra opportunità di trovarla sola, a meno che non l'avesse creata di proposito.

Bussò a lungo senza ottenere risposta, ma alla fine lei venne ad aprire. «Sì?»

La sua espressione si irrigidì quando vide di chi si trattava. «Che cosa volete, Christian?»

Irritato per quel gelido contegno lui oltrepassò la soglia costringendola a farlo entrare. «Parlarvi.»

Lei indietreggiò, ma il suo atteggiamento rimase guardingo. «Io non voglio parlare con voi.»

Christian lottò contro la collera e contro il dolore che quel rifiuto aveva suscitato in lui. In fondo le aveva dato tutti i motivi per reagire in quel modo.

«Sono venuto a pregarvi di concedermi un favore» esordì dopo aver tratto un profondo respiro nel tentativo di recuperare la calma.

Rowena lo guardò inarcando le sopracciglia in una silenziosa domanda.

«Vorrei che veniste a cavalcare con me, domani mattina.»

Lei lo guardò seria. «Perché dovrei uscire a cavallo con voi, milord?» Gli indicò le sue cose accatastate sul letto. «Mi sto preparando a partire.»

Christian decise di essere il più onesto possibile. «So di avervi indotto a odiarmi e non posso farvene una colpa. Ho fatto una grande confusione. Tuttavia c'è qualcosa che vorrei mostrarvi prima che partiate.»

Rowena evitò di guardarlo. «Io non vi odio, Christian. Io...» Chiuse gli occhi con un profondo sospiro.

«Allora mi accompagnerete?»

«Poi voi vi metterete finalmente il cuore in pace?» La sua espressione era mesta.

«Sì» le assicurò lui con aria solenne.

Lei restò immobile per un lungo momento. «D'accordo, farò ciò che chiedete» accettò dopo aver tratto un profondo respiro. Ma Christian non ebbe nemmeno il tempo di assaporare il sollievo procuratogli dal suo assenso, perché subito dopo Rowena gli chiese, brusca: «Ora volete uscire, per favore?».

Lui raddrizzò le spalle e annuì con compassata freddezza, poi la lasciò.

Rowena, confusa, continuò a chiedersi perché mai avesse acconsentito ad accompagnare Christian in quella misteriosa cavalcata. Si era quasi sentita obbligata a farlo, spinta dalla muta disperazione che aveva percepito in lui, nonostante ciò la facesse sentire a disagio.

Da quando lo conosceva si era resa conto che per Christian tre cose erano importanti: la sua famiglia, gli amici e rendere giustizia al suo amato *Drago*. In qualche modo quell'uscita doveva essere collegata al suo desiderio di vendetta, rifletté, perché in caso contrario non le avrebbe chiesto di accompagnarlo.

Quella consapevolezza non fece che aumentare il suo turbamento.

Tuttavia aveva dato la sua parola e nel suo intimo sapeva di averlo fatto perché non lo odiava, come lui aveva immaginato. Al contrario, malgrado lui l'avesse ferita, continuava ad amarlo con tutto il cuore.

Così quella mattina indossò uno dei vestiti che le aveva dato Isabelle, un incantevole abito di pesante velluto color lilla, si gettò sulle spalle una cappa blu scuro e poi scese in cortile, dove Christian la stava aspettando. Anche lui indossava un lungo mantello di velluto nero, su cui spiccava la spilla con l'emblema del drago.

Mentre il servitore che era venuto a chiamarla la conduceva dal cavaliere, lui le fece un rigido inchino. «Buongiorno» si limitò a dirle.

Lei rispose al saluto con la stessa freddezza.

Fu il domestico che la aiutò a montare. Una volta in sella alla puledra, Rowena lanciò un'occhiata nervosa in direzione di Christian.

Lui parve leggerle nel pensiero. «Andrò piano» la rassicurò infatti. «Non ho dimenticato la vostra inesperienza con i cavalli.»

Sforzandosi di soffocare infastidita la vampata di calore che quelle parole avevano suscitato, Rowena si affrettò a distogliere lo sguardo. Niente era cambiato tra loro.

Quando lui le mostrò come tenere le redini chiedendole se pensava di riuscire a cavarsela, Rowena annuì senza guardarlo.

«Non abbiate timore» disse Christian con un sospiro. «La puledra è docile e seguirà Gideon.»

Lei annuì ancora una volta. A quel punto lui salì in sella e spronò lo stallone a mettersi in moto.

Come aveva affermato Christian, la sua cavalcatura fece altrettanto e Rowena fu costretta a concentrarsi su ciò che stava facendo. Nonostante l'esperienza accumulata durante il viaggio verso Avington, cavalcare non le era ancora familiare.

Christian adattò l'andatura di Gideon a quella della puledra e presto Rowena scoprì di essere in grado di guardarsi attorno.

Se fosse stata meno nervosa avrebbe potuto godersi la passeggiata attraverso la lussureggiante campagna. Attraversarono il villaggio situato ai piedi del castello, poi si inoltrarono tra folti boschetti e campi messi a riposo in quel periodo dell'anno.

Dovunque andassero si imbattevano nella gente che viveva su quelle terre e che al loro passaggio sollevava le mani e si inchinava in segno di saluto. A volte qualcuno offriva loro da bere e da mangiare.

Proseguirono così per tutta la mattinata senza scambiarsi più di qualche parola, mentre Rowena continuava a chiedersi dove stessero andando. La sua curiosità cresceva a ogni miglio che percorrevano.

Tuttavia non fece alcuna domanda. Non voleva dare a Christian la soddisfazione di fargli capire che era impaziente, e aspettò che fosse lui a darle spiegazioni.

Pranzarono con il cibo che Christian aveva portato con sé, ciascuno perso nei propri pensieri. Fu solo qualche tempo dopo, quando ripresero il cammino, che Rowena percepì un cambiamento nell'uomo che cavalcava davanti a lei, una sottile tensione che la mise in allarme.

Studiò il suo profilo cercando di capire che cosa lo preoccupasse. La linea delle spalle era più rigida, come se i muscoli fossero tesi fino allo spasimo. Le sue mani sulle redini sembravano muoversi in modo impercettibile e le ginocchia erano strette sui fianchi del cavallo mentre scrutava la campagna circostante.

Rowena era convinta che quei cambiamenti sarebbero passati inosservati a qualunque persona che fosse stata meno in sintonia con lui.

Quando giunsero sulla sommità di una collina lasciò spaziare lo sguardo sul paesaggio che si stendeva davanti a loro, cercando di indovinare che cosa potesse aver causato in lui quel mutamento. All'inizio non le riuscì di individuare alcuna ragione. Poi, mentre i suoi occhi vagavano notando i verdi boschi e i campi rossastri, si rese conto che c'era qualcosa di diverso. Non si trattava di una differenza concreta, quanto piuttosto di una sensazione a cui non riusciva a dare una spiegazione razionale. Era come se i terreni che giacevano a riposo in attesa della primavera non fossero più produttivi. Vi si avvertiva un senso di desolazione, un cupo squallore, e in qualche modo fu certa che sarebbe stato molto difficile trarre sostentamento da quella terra.

La sua puledra seguì Gideon lungo il versante della collina e si immerse con lui nella foresta sottostante. Mentre passavano tra gli alberi, Rowena notò che lì le ombre erano più cupe e che tra il fogliame sembrava aleggiare una costante minaccia.

A quel punto non riuscì più a rimanere ferma nel suo proposito di non fargli domande. «Dove stiamo andando, Christian?» chiese, piuttosto a disagio.

Lui rallentò il passo per cavalcarle a fianco e la fissò serio. «Fidatevi di me.»

Lei s'inumidì le labbra con la punta della lingua mentre gettava un'altra trepidante occhiata attorno a sé. Tuttavia, nonostante l'ansia che provava, annuì.

Presto furono di nuovo allo scoperto.

Rowena credeva che avrebbe tirato un sospiro di sollievo, e invece quella sensazione di timore non si alleviò nemmeno mentre attraversavano i campi aridi, del tutto privi di vegetazione. Lì i contadini al lavoro non sollevarono nemmeno il capo per salutarli, com'era accaduto al mattino. Tennero gli occhi bassi limitandosi a cadere in ginocchio fino a quando non furono passati.

Alla fine, mentre s'inoltravano in un altro tratto buio e sinistro di foresta, Rowena decise di dar voce al sospetto aveva cominciato a insinuarsi nella sua mente. «Che posto è questo? Dove mi avete portata?» domandò a Christian dopo aver spronato la puledra ad accelerare il passo per affiancarlo.

«A Dragonwick» rispose lui, senza nemmeno provare a scusarsi.

Lei si fermò di colpo costringendolo a fare altrettanto. «Lo avevo intuito. Speravate che avrei trovato questi luoghi familiari e che sarei stata in grado di ricordare qualcosa?»

Lui scrollò il capo. «Ho pensato che fosse possibile. Ma non era questo il mio reale scopo.»

«Allora perché siamo qui?»

«Perché volevo che vedeste con i vostri occhi lo stato in cui versano queste terre... e la gente che vi abita, naturalmente. Credevo...»

Rowena si appoggiò una mano sul fianco. «Credevate che, una volta vista di persona la situazione, avrei fatto il possibile per guadagnarmi il diritto di assumermi la responsabilità di tutto questo.» Fece un ampio gesto. «Eravate convinto che avrei voluto migliorare le cose.»

Christian mostrò un certo imbarazzo. «Pensavo che se solo vi foste guardata attorno avreste visto...»

Lei lo interruppe sollevando una mano. «Siete voi che non volete vedere. Che cosa potrei fare io per questa gente? Se anche foste in grado di provare che sono Rosalind, dubito che qualcuno di loro vi ringrazierebbe, perché per queste persone significherebbe solo guerra e ulteriori privazioni. Sapete anche che quell'uomo, Kelsey, non lascerà mai i suoi possedimenti in mano a una donna, soprattutto se ha dalla sua il sostegno del re. In ogni caso, in che modo potrei aiutare questa gente?»

«Se non altro sarebbero governati da qualcuno che avrebbe a cuore il loro benessere» le rispose.

Rowena allargò le braccia. «Ve lo chiedo ancora una volta. Cosa potrei fare io per loro? Io conosco solo le erbe e come usarle per curare le malattie. Non so niente di come si dirigono un castello e il relativo contado.»

«Potete imparare.»

«Non voglio farlo.»

Christian strinse le labbra. «Allora non c'è altro da dire.» Le fece un inchino. «Torniamo ad Avington.»

«Sì.» Dimenticando la propria inesperienza, Rowena diede uno strattone alle redini per far girare la sua cavalcatura, come aveva visto fare a Christian. La puledra però, colta di sorpresa da quell'ordine inaspettato, scartò di lato sbalzandola a terra.

Il suo stupore fu così grande che impiegò qualche istante per rendersi conto che era principalmente il suo orgoglio a essere uscito malconcio da quella brutta esperienza, anche se era un po' indolenzita.

Christian smontò con un balzo e si inginocchiò accanto a lei. «Santo cielo, Rowena! Siete impazzita?»

«Sissignore, lo sono. In caso contrario non mi troverei qui con voi.»

Quando lui allungò una mano per aiutarla ad alzarsi, Rowena gli lanciò un'occhiata incollerita. «Lasciatemi stare, vi prego. Posso cavarmela da sola.»

Con espressione cupa Christian ritirò la mano e la osservò mentre si rimetteva in piedi. Rowena avrebbe voluto massaggiarsi il fondoschiena dolorante, ma non gli avrebbe dato la soddisfazione di fargli capire che le faceva male.

Sollevò il capo con orgoglio, augurandosi di essere riuscita a celare l'imbarazzo. «Che le è successo?» chiese, guardandosi attorno alla ricerca della puledra, che era scomparsa.

«È corsa ad Avington guidata dall'istinto di autoconservazione» replicò lui a labbra strette.

Lei non si degnò di rispondere a quel commento sarcastico.

Christian evidentemente non si aspettava una replica, perché proseguì senza curarsi di nascondere l'ira e lo sdegno che gli venavano la voce. «Come potete ignorare le vostre responsabilità e i vostri diritti di nascita?»

Rowena si guardò attorno come se fosse in trappola, chiedendosi che cosa avrebbe dovuto fare. Sapeva solo che avrebbe voluto scappare lontano da quell'uomo. Com'era possibile che la sua vita ordinata e relativamente felice fosse cambiata così tanto in quel breve tempo? Nonostante il dolore per la mancanza dell'amore di un padre, ad Ashcroft sapeva di avere una precisa collocazione nella vita del villaggio. Ora invece non sapeva più niente di niente.

E il responsabile era proprio l'uomo che la stava accusando. «Voi volete distruggere tutto ciò che ho conosciuto e in cui ho creduto» replicò incrociando le mani sul petto.

Christian sostenne il suo sguardo senza accennare ad

ammorbidire il proprio atteggiamento. «Ciò che credevate di sapere era una menzogna.»

Lei gli si avvicinò, senza curarsi di dover rovesciare all'indietro la testa per guardarlo. Dal giorno in cui lo aveva visto svenuto sulla spiaggia, Christian Greatham non aveva fatto che confonderla. Che una buona parte di quella confusione fosse imputabile all'attrazione che provava per lui era del tutto irrilevante. «Non potete esserne sicuro» esclamò. «Non abbiamo trovato nulla a riprova del fatto che io sono Rosalind di Dragonwick. Voi lo desiderate così tanto da sottovalutare questo fatto inconfutabile.»

Christian strinse le mani a pugno lasciandosi sfuggire un gemito. «E voi vi rifiutate di prendere in considerazione l'importanza di tutte le coincidenze che noi abbiamo cercato più volte di farvi notare.»

«Siete impossibile!» Rowena gli voltò le spalle e fissò il sentiero da cui erano venuti.

13

Impossibile?

Quella donna credeva davvero che le avrebbe permesso di tornare ad Avington a piedi e da sola benché non conoscesse la strada?, si chiese Christian accecato dalla collera e dalla frustrazione.

Afferrò Rowena per un braccio costringendola a voltarsi e a guardarlo negli occhi. Lei cercò di sottrarsi alla presa e lui sperimentò un rinnovato senso di frustrazione che lo indusse a irrigidirsi come se nel suo intimo covasse un serpente pronto a colpire.

La tenne ferma stringendole gli avambracci in una morsa, e lei ricambiò il suo sguardo con aperta sfida.

Dannazione! Nonostante la situazione la trovava ancora bellissima e desiderabile, con quel nasetto impertinente e il mento orgogliosamente sollevato.

Per esperienza sapeva che con lei l'irritazione non portava da nessuna parte, perciò cercò di calmarsi. «Dove volete andare?»

Allora lei lo guardò, ma i suoi occhi verdi erano infuriati come un mare in tempesta. Non c'era alcun segno di resa in essi. «Voi non avete mantenuto la parola che mi avete dato. Avevate giurato che non mi avreste forzato a...»

Non aveva mantenuto la parola? L'aveva forzata? Christian aveva soffocato la propria passione nei confronti di quella donna, e lei ancora lo accusava!

Gliel'avrebbe fatta vedere lui!

Se doveva considerarlo colpevole in qualsiasi caso, tanto valeva darle una valida ragione.

Senza più riflettere la prese tra le braccia come avrebbe voluto fare milioni di volte. E quando un gemito soffocato le sfuggì dalle labbra, lui la ridusse al silenzio con un bacio infuocato.

Rowena cercò di sottrarsi, ma solo per qualche breve istante, prima che le sue labbra si ammorbidissero, socchiudendosi in un aperto invito.

Christian, benché molto sorpreso da quella reazione, non si lasciò sfuggire l'opportunità di saziare il desiderio tanto a lungo tenuto a freno e approfondì il bacio con un trasporto che gli fece girare la testa.

Rowena allungò le braccia e gli cinse il collo, attirandolo a sé e aderendo al suo torace.

Le braccia di Christian si strinsero sulle sue esili forme, facendole percepire in maniera inequivocabile il suo desiderio e la sua eccitazione.

Quando la sollevò tra le braccia e la depose a terra, il mantello si allargò attorno a lei creando una macchia blu sul letto di variopinte foglie autunnali.

Rowena non aveva né la forza di opporsi, né la voglia di farlo. Nel momento in cui le loro bocche si unirono, la passione che aveva tenuto racchiusa nel suo cuore divampò riprendendo vita.

Era stata una sciocca a illudersi di poter resistere ai sentimenti che provava per Christian. In quel momento capì senza ombra di dubbio che non avrebbe mai cessato di desiderare quell'uomo e di amarlo con ogni fibra del suo essere.

Quando lui tentò di tirarsi indietro, lei gli si aggrappò con tutte le sue forze. Non poteva sopportare che la lasciasse proprio quando quel desiderio così urgente le infiammava le vene.

Doveva soddisfarlo.

Christian si chinò di nuovo su di lei e la sua voce si trasformò in un sussurro intimo e accorato. «Devo togliermi questi vestiti di dosso per sentire il contatto con la vostra pelle» mormorò spiegandole perché aveva allentato la stretta per un attimo.

Scossa da un nuovo brivido di passione, Rowena lo lasciò andare.

Christian non trovò il coraggio di guardarla mentre si liberava degli indumenti. Temeva che non sarebbe riuscito a trattenersi ancora a lungo, e invece voleva disperatamente dare piacere a entrambi.

Non appena tornò ad abbracciarla si accorse che lei stava cercando di sollevarsi la gonna sui fianchi.

La fermò con una mano tremante. «No, non vi permetterò di privarmi dell'immenso piacere di scoprire il vostro splendido corpo» sussurrò.

Rowena fu scossa da un lungo brivido di eccitazione, e trattenne il respiro mentre un sorriso impudico le curvava le labbra sensuali. «Come desiderate, milord» mormorò.

Lentamente rimise a posto il vestito tirandolo fino alla punta dei piedi. Poi tornò a sdraiarsi con le mani dietro la testa e un'espressione invitante.

Lui si chinò e con deliberata lentezza le tirò su l'orlo della gonna, scoprendo un paio di babbucce rosse di pelle. Ne sfilò una, tolse l'altra e denudò poi gli esili piedi dalle pesanti calze.

Rowena sospirò, pregustando già il momento in cui sarebbe stata nuda tra le sue braccia. Mentre lui le baciava le caviglie, il suo respiro si fece affrettato e un fremito le percorse il corpo.

Christian non aveva mai accarezzato una donna in quel

modo né aveva pensato che avrebbe potuto farlo. Ma un intenso bisogno scaturito dal più profondo del suo essere gli fece desiderare di conoscere ogni centimetro di lei, di esplorare ogni suo più recondito recesso.

Le tracciò una scia di baci roventi partendo dalle caviglie e salendo lungo il polpaccio, indugiando un po' più a lungo sulla pelle delicata e sensibile dietro il ginocchio, scostando i vestiti via via che saliva, consapevole che lei tremava a ogni carezza.

Quando infine giunse all'incavo delle cosce, fu lui a fremere in un violento spasmo. Rowena restò immobile in attesa.

No, non era ancora il momento, decise Christian. Non voleva mettere fine a quella dolce tortura, anche se la sua capacità di mantenere il controllo di sé era messa a dura prova.

Rowena sentì il suo corpo tendersi come un arco a ogni bacio, a ogni carezza, a ogni movimento della lingua di Christian sulla sua pelle. Quando lui indugiò più a lungo stuzzicando ed eccitando il cuore segreto della sua femminilità, credette che sarebbe morta di piacere.

Christian si sollevò per sdraiarsi su di lei e il corpo di Rowena parve protestare per il disappunto, ma la delusione scomparve nell'istante in cui la bocca di lui trovò la sua, comunicandole il suo ardore.

«Rowena» gemette Christian. La baciò e poi si ritrasse di nuovo. Questa volta, però, lei comprese all'istante quale fosse il suo intento. Sollevandosi a sedere, alzò le braccia tenendo le palpebre socchiuse mentre lui le sfilava il vestito. Una volta nuda, tornò a sdraiarsi invitandolo nel suo abbraccio.

Per un lungo momento lo sguardo di Christian la contemplò quasi con timore, prima di esaudire il suo desiderio e abbracciarla.

Aveva dimenticato quanto fosse incantevole, con i seni alti e sodi, la vita esile e i fianchi perfettamente proporzionati.

La baciò ancora una volta sulla bocca, per poi scendere lungo la gola fino a quando non trovò un capezzolo; cominciò a tormentarlo con le labbra e allorché lo sentì turgido ed eretto si dedicò con uguale concentrazione all'altro.

Rowena credeva che non sarebbe riuscita a sopportare a lungo quella squisita tortura e si inarcò sotto di lui mentre i suoi fianchi sembravano cercarlo come se fossero animati da una volontà propria. «Io... Oh, Christian, vi prego! Non resisto più.»

Christian esaudì la sua implorazione. Si sollevò su di lei e scoprì che era già pronta a riceverlo. Con un sospiro di sollievo scivolò in quell'accogliente e caldo recesso.

Le sue emozioni si trasformarono ondata dopo ondata in un indescrivibile piacere che lo sopraffece lasciandolo senza fiato per la sua intensità.

Lei assecondò il ritmo del suo corpo, ansiosa di raggiungere di nuovo le vette di passione che lui le aveva già fatto conoscere, e quando finalmente giunse all'apice del piacere si lasciò sfuggire un gemito di stupore e meraviglia. Le emozioni che l'assalirono furono così intense e toccanti da sconvolgerle la mente. Non erano più Christian e Rowena, ma un solo essere.

Solo quando l'estasi si placò riuscì a respirare normalmente.

Avrebbe mai potuto separarsi ancora da quell'uomo?, si chiese rotolando di fianco. Con un sospiro si appoggiò un braccio sugli occhi e si inumidì le labbra aride. Si sarebbe mai sentita ancora così completa senza Christian?

Non credeva che fosse possibile sperimentare con un altro la stessa comunione di corpo e di spirito che aveva provato con lui, e la consapevolezza di quella incontestabile verità la scosse nel più profondo del suo intimo.

Lo guardò, ammirando il viso che le era tanto caro, anche più delle sue carezze.

I loro occhi si incontrarono. Sgomenta, Rowena trasalì vedendo l'espressione desolata di Christian. Avrebbe voluto abbassare le palpebre per fermare il tempo ai momenti dell'amore, ma sapeva che non avrebbe mai potuto difendersi contro quello che lui stava per dire.

«Perdonatemi ancora una volta, Rowena» mormorò Christian con stanca rassegnazione. «Non avevo il diritto di toccarvi più di quanto non ne abbia mai avuto. Volesse il cielo che potessi fare qualcosa per cambiare la situazione.»

Lei lo guardò per un lungo momento, sentendosi afferrare dal risentimento. «Che cosa volete dire con questo? Siete voi ad avere la facoltà di scegliere cosa fare della vostra vita.»

Christian si accigliò. Era chiaro che la collera di Rowena l'aveva lasciato stupito e in qualche modo scontento. «Sapete anche voi come stanno le cose tra me e mio padre.»

Rowena si sentì afferrare dalla disperazione. Si trovavano esattamente allo stesso punto di prima.

Si sollevò a sedere e si tirò il mantello attorno al corpo prima di alzarsi. Poi si voltò per affrontarlo. «Sì che lo so. Ma non sono affatto sicura che lo sappiate voi.»

«Che cosa intendete dire?»

«Insistete nell'affermare che è vostra responsabilità restare al fianco di vostro padre. Tuttavia comincio a chiedermi se tutto questo non sia basato sui vostri bisogni piuttosto che sui suoi.»

«I miei?» Christian era palesemente incredulo. «Come potete rivolgermi un'accusa del genere quando sapete che glielo devo, visto che l'ho lasciato solo per così tanto tempo?»

Dopo aver raccolto i suoi indumenti, Rowena lo guardò dritto negli occhi. «Mi chiedo se a motivarvi non sia il vostro senso di colpa piuttosto che l'affetto filiale. O forse è il timore a frenarvi. Mi riferisco alla paura di svelare troppo di voi stesso. Queste sono le uniche possibili spiegazioni che riesco a trovare per giustificare una così totale cecità in un uomo che normalmente è un ottimo osservatore.»

«Voi parlate per enigmi.»

Rowena storse la bocca. «Davvero? Convincetevi che è vero e non avrete alcun bisogno di riflettere sulle vostre motivazioni.»

Fece per allontanarsi, ma Christian la afferrò per un braccio impedendole di andarsene. Rowena si voltò, pronta a protestare, ma vederlo nudo in tutto il suo conturbante splendore la fece ammutolire.

«Spiegatemi che cosa intendete dire» le chiese lui.

«Voi accusate me di non voler vedere, ma io potrei dire lo stesso di voi. Considerate vostro padre un uomo vecchio e menomato perché desiderate che sia così. Provate a vederlo attraverso gli occhi di qualcun altro. Per esempio quelli di Lady Jannelle.»

«Lady Jannelle?»

Rowena si limitò a fissarlo. «Anche se tutto ciò che pensate fosse la verità e vostro padre avesse bisogno del vostro aiuto, avreste comunque diritto a una vita vostra. Lo lasciaste quando lui soffriva per la morte di sua moglie e non si accorgeva del vostro dolore. Di sicuro vi sarete reso conto che non è un uomo cattivo. Ha semplicemente commesso un errore, e la responsabilità è unicamente sua.» Il suo tono si fece ancora più duro. «I figli non appartengono ai loro genitori. Ciascuno ha la sua vita.»

Non ci fu alcun cambiamento nei lineamenti ostinati e

tuttavia incredibilmente attraenti di Christian. «Così come voi avete la vostra» ribatté.

«Sì!» Rowena liberò il braccio divincolandosi e cominciò a correre.

«Rowena, non fuggite!» cercò di fermarla lui. «È troppo pericoloso per voi andarvene in giro da sola. Dovete restare con me.»

Lei però non gli diede ascolto. Non poteva farlo. Sarebbe riuscita a trovare un minimo di pace solo allontanandosi da Christian e dall'amore che nutriva per lui.

Così continuò a correre senza sapere dove andava. La sua voce la inseguì per qualche tempo, poi si affievolì fino a scomparire. Tuttavia lei proseguì, nel tentativo di sfuggire all'uomo che con un bacio era in grado di farle smarrire la via per tornare all'unica vita sicura che conosceva.

Solo dopo essere arrivata al limitare della foresta si fermò e scrutò i terreni coltivati che si stendevano davanti a lei mentre si vestiva in fretta. Chissà dove si trovava.

E come avrebbe fatto a tornare ad Avington da lì? Un crescente senso di disagio la afferrò.

Lei e Christian si erano allontanati di parecchie miglia quel giorno, e adesso era a piedi.

Rowena decise di seguire il confine del bosco, dove avrebbe almeno potuto trovare riparo in caso di necessità. Anche se non avevano fatto brutti incontri, si trovavano pur sempre sulle terre di Dragonwick.

Una parte di lei desiderava ritornare indietro e trovare Christian. Nonostante le cose terribili che si erano detti, lui l'avrebbe condotta in salvo ad Avington.

L'orgoglio però non le permise di farlo. La convinse che non aveva bisogno di nessuno. Aveva vagato per anni nei boschi intorno ad Ashcroft. Si sarebbe servita delle sue conoscenze per tirarsi fuori da quella difficile situazione. Una volta tornata nei territori di Avington, di sicuro avrebbe ottenuto aiuto da uno dei fittavoli, decise, e si incamminò servendosi della posizione del sole come guida.

Desiderava solo smettere di pensare a Christian e a quanto era stata bene con lui. Soprattutto voleva dimenticare il dolore provato nel rendersi conto che lui non avrebbe mai smesso di macerarsi in quell'assurdo senso di colpa. Era talmente assorta nelle sue riflessioni che non notò i tre uomini a cavallo che erano appena usciti da sotto gli alberi fino a quando uno di loro non smontò e non corse verso di lei.

Rowena si voltò e schizzò verso la foresta. Per un momento pensò di essere riuscita a distanziarlo, poi si sentì tirare indietro e si rese conto che lo sconosciuto l'aveva afferrata per il mantello.

Con il cuore in gola cominciò a gridare e si lanciò in avanti con tutte le sue forze, sperando che il tessuto si squarciasse o che la stretta del suo aggressore si allentasse. Invece non fu così. Il velluto era troppo pesante e la presa dell'uomo sicura.

Leggendole la paura nello sguardo, lo sconosciuto scoppiò a ridere mostrando i denti anneriti. Tornò verso i compagni, e uno di loro si affrettò a sbattere Rowena al suolo.

Lei non poté fare altro che urlare, dando libero sfogo al terrore di cui era preda.

Christian inseguì Rowena per qualche tempo gridando il suo nome. All'improvviso si fermò imprecando perché era inciampato su un ramoscello aguzzo. Quando chinò la testa si rese conto che aveva i piedi scalzi ed era completamente nudo.

In fretta tornò nel luogo dove erano ammucchiati i suoi abiti, e dopo averli recuperati si vestì. Poi afferrò le redini del suo paziente stallone, montò in sella e partì a rotta di collo nella direzione in cui Rowena era scappata, continuando a imprecare a bassa voce perché sapeva che stava spingendo Gideon oltre il limite delle sue forze. Ma doveva trovarla.

Dannazione! Le cose che gli aveva detto continuavano ad affollargli la mente.

Con tutta evidenza lei era così in collera da non capire nemmeno di cosa stesse parlando. La sua valutazione delle motivazioni che lo spingevano ad agire non era certamente razionale.

La scelta che aveva operato per il proprio futuro era dettata dall'onore. Aveva evitato le responsabilità per troppo tempo rimanendo lontano dalla sua famiglia.

Tuttavia il pensiero di vivere una vita intera senza di lei gli procurava una dolorosa stretta al cuore. Ma doveva riprendersi. Non poteva far vedere a Rowena quanto fosse sconvolto all'idea di perderla.

Sapeva che lei lo avrebbe accusato di essere turbato solo perché non aveva ottenuto ciò che voleva, perché non aveva vendicato il suo tutore. Christian però non era certo che quel fallimento bastasse a spiegare i suoi sentimenti.

Infatti non era al *Drago* che pensava in quel momento, ma a Rowena e al modo in cui si sentiva ogni volta che la teneva tra le braccia o che la vedeva sorridere.

Un'intensa sofferenza lo attanagliò allo stomaco a quel pensiero.

Mentre si trovava in quello stato deplorevole un suono si fece strada nella sua mente. Passò un lungo momento prima che si rendesse conto di cosa significava. Era un grido di donna.

Rowena!

Si sollevò sulla sella e fece fermare il cavallo. Le grida sembravano arrivare dal tratto di foresta da cui era appena venuto.

Immaginando di esserle passato vicino senza accorgersene, tornò indietro al galoppo piegandosı sul collo dello stallone.

Non udì altri rumori e nemmeno altre grida, ma stranamente questo non fece che accrescere i suoi timori.

Buon Dio! Era stato troppo immerso nei suoi pensieri per capire da dove fosse giunto quel grido. Non sapeva che cosa lo avesse provocato, ma sapeva che era colpa sua. Non avrebbe dovuto lasciarla andare via da sola.

Il fatto che si fosse fermato solo per rivestirsi non era una giustificazione di fronte alla terribile eventualità che Rowena potesse essere ferita, o peggio.

Ma solo quel grido lancinante e nient'altro avrebbe potuto guidarlo da lei.

Non la scorse fino a quando non arrivò al limitare del bosco. Subito dopo notò anche l'uomo sporco e lacero che la teneva e gli altri due che gli erano vicini. A quella vista gli si gelò il sangue nelle vene. I tre si voltarono mentre faceva fermare il cavallo a pochi passi da loro.

I suoi occhi trovarono quelli di Rowena mentre l'uomo che la teneva ferma si faceva scudo con il suo corpo. Il luccichio di una lama le comparve vicino alla gola esile e bianca.

«Non provate a combattere, milord, se non volete che infilzi la vostra bella dama» gridò il suo rapitore.

«Se solo ti azzardi a sfiorarla, giuro che ti farò pentire di essere nato» replicò Christian in tono gelido.

A quelle parole i fuorilegge parvero indietreggiare impercettibilmente, anche se Rowena continuò a restare sotto la minaccia del pugnale. Quello che sembrava il capo però si riprese subito, e continuò con una certa spavalderia. «Belle parole, milord. Ma non dimenticate che per uccidere me dovrete passare attraverso lei. Datemi la vostra spada.»

Christian studiò con attenzione i suoi avversari. Erano

un gruppo piuttosto mal ridotto. Con tutta probabilità si trattava di soldati cacciati da qualche esercito. Forse proprio da quello di Kelsey, anche se gli sembrava strano che avessero la temerarietà di mettersi a depredare i viandanti proprio sulle terre del conte. Non potevano sapere che lui e Rowena si trovavano a Dragonwick senza il permesso del loro signore.

Erano armati di spade comuni, quelle usate dai soldati semplici. Gli abiti sporchi e laceri che indossavano non erano di buona fattura. Tutti sembravano piuttosto denutriti e non avrebbero offerto molta resistenza in un campo di battaglia.

Ciononondimeno, l'affermazione del loro capo riguardo al fatto che avrebbe dovuto trafiggere Rowena prima di arrivare a colpire lui lo preoccupava. Perciò, nonostante fosse convinto che non gli sarebbe stato difficile liberarsi di quei briganti, restò immobile. Non avrebbe messo a repentaglio l'incolumità di Rowena ingaggiando una battaglia con loro.

«Deponete la spada» gli ordinò ancora l'uomo.

Anche se era riluttante a separarsi dalla sua lama, Christian si rese conto che avrebbe semplicemente dovuto attendere un momento più favorevole.

Lentamente si slacciò la cintura e fece cadere la spada a terra davanti a sé. Il capo si rivolse a uno degli altri uomini. «Prendila, Fowler.» Questi si avvicinò guardingo.

Christian non si degnò di informarlo che non aveva intenzione di reagire... per il momento. Si limitò a concentrarsi sul viso di Rowena, il cui sguardo inorridito seguiva la spada perduta.

«Ce l'ho, Gorrel» annunciò Fowler.

Vedendo la spada nelle mani del compagno, il capo dei briganti abbassò il pugnale.

Christian represse a stento un sospiro di sollievo, rendendosi conto che niente gli era prezioso come la vita di quella donna. Ma non intendeva rivelare la profondità delle proprie emozioni per timore di metterla ulteriormente in pericolo.

«State bene?» le chiese con deliberata calma, sforzandosi di rimanere impassibile.

Lei chiuse gli occhi e fece un respiro profondo. «Sì.»

Gorrel l'afferrò di nuovo tornando a premerle la lama contro la gola. «Vi ho detto che potevate parlare?»

Christian sollevò una mano. «No. Non dirò un'altra parola.»

Doveva assolutamente fingersi arrendevole per quanto ciò lo irritasse a dismisura. Non osò nemmeno rischiare di rassicurare Rowena, anche solo con un'occhiata. Così evitò il suo sguardo interrogativo e adottò un atteggiamento passivo.

Trattenne il respiro fino a quando Gorrel non mise via di nuovo il pugnale. Il suo sollievo fu però di breve durata, perché il malvivente ordinò ai suoi compagni: «Prendeteli!».

Lui pregò che dovunque li avessero condotti non ci fossero altri banditi. Scappare sarebbe stato più difficile se avesse dovuto combattere con un numero maggiore di predoni.

Ma avrebbe liberato Rowena, giurò a se stesso. A qualsiasi costo.

14

«Si è rivelata proprio una giornata fruttuosa» disse il capo dei briganti ai compagni, che annuirono con stolto entusiasmo. «Non si vedevano da anni dei viaggiatori nobili su queste terre.» Poi fece un brusco cenno a uno dei suoi. «Prendila, Carew.»

Questi si avvicinò e afferrò Rowena minacciandola con il proprio pugnale.

Christian chiuse gli occhi e respirò profondamente, costringendosi a restare calmo anche se i suoi timori e il senso di colpa per quello che le stava accadendo rischiavano di sopraffarlo.

«Che cosa abbiamo qui?» Quelle parole lo indussero a sollevare le palpebre di nuovo.

Ora Gorrel era così vicino che poteva sentire il cattivo odore che emanava da lui. Il suo sguardo avido era fisso sulla borsa appesa alla cintura di Christian. Un attimo dopo l'afferrò e tagliò i lacci che la tenevano. Poi la soppesò con un sorriso soddisfatto.

«Se non fai del male alla dama ne avrai molto di più» intervenne lui cogliendo l'occasione al balzo.

Il fuorilegge lo guardò sarcastico. «E quando me lo consegnerete ci sarà un esercito ad aspettarmi. Non è così, milord?»

Christian si accigliò. «Ti do la mia parola che se non la

sfiorerai avrai il tuo oro.» La sua voce si indurì mentre una collera incontrollabile lo afferrava. «Ma se le torci anche un solo capello, allora non dubitare che sarai tu a pagare.»

Gorrel fece involontariamente un passo indietro, ma subito dopo si riprese. «Belle parole.» Si rivolse all'uomo che aveva chiamato Fowler. «Legalo.»

Christian restò tranquillo durante tutta l'operazione. Non avrebbe dovuto minacciare quell'uomo, si rimproverò. Il suo scopo era convincere quel farabutto che non rappresentavano un pericolo per lui. Non importava quanta fatica avrebbe dovuto fare per tenere sotto controllo la propria ira per il bene di Rowena.

«Ora ci metteremo in marcia» annunciò subito dopo il capo, soddisfatto.

Mentre si mettevano in cammino, Christian cercò di indirizzare un'occhiata incoraggiante a Rowena, che era stata costretta a salire davanti a uno dei briganti. Gli fu difficile incontrare il suo sguardo, legato mani e piedi com'era al suo stallone.

Aveva bisogno di tempo per elaborare un piano che li avrebbe tirati fuori da quella situazione, considerò.

I tre li condussero in una caverna ben nascosta nella foresta, non lontano da dove erano stati catturati. Carew spinse Rowena all'interno mentre gli altri due rimasero a controllare Christian dopo averlo trascinato a terra.

Nonostante fossero rozzi e ignoranti, sembravano aver compreso benissimo che la minaccia di fare del male a Rowena bastava a tenerlo tranquillo.

Lei sembrava ragionevolmente calma, e di questo le era grato. Gli sarebbe stato quasi impossibile attendere il momento opportuno per agire, se fosse apparsa più spaventata.

Nonostante la collera che ribolliva nel suo intimo e i tre uomini che li minacciavano, Christian restò impassibile e attese che gli slegassero i piedi. Poi lo fecero passare attraverso la stretta apertura, con le mani legate dietro la schiena, e lo spinsero accanto a Rowena, vicino alle braci ormai spente di un fuoco da campo.

Christian non espresse in alcun modo il suo sollievo per essere stato sistemato accanto a lei e rimase passivo mentre gli legavano di nuovo le caviglie.

Non appena i tre si sentirono sicuri di averli sotto controllo, cominciarono ad accendere il fuoco. Una volta portato a termine quel compito uno di loro tirò fuori un otre di vino e lo passò con entusiasmo agli altri, che stavano mettendo ad arrostire dei conigli selvatici.

Approfittando della loro momentanea distrazione, Christian si avvicinò più che poté a Rowena. «Non preoccupatevi. Riuscirò a tirarvi fuori di qui.»

Lei lo guardò con i grandi occhi verdi colmi di fiducia e annuì. Quello sguardo, tuttavia, invece di rasserenarlo lo fece sentire ancora più stupido. Era stato lui a cacciarla in quella situazione portandola a Dragonwick.

«Che cosa le avete sussurrato, milord?» gli domandò il capo della banda guardandolo con fare sarcastico.

«Le ho detto soltanto di non aver paura» rispose Christian con cauta civiltà.

«Vi siete spaventati, eh?» Gorrel esplose in un'aspra risata, portandosi alla bocca l'otre di vino per passarlo poi ai suoi compagni.

Lui annuì. «Sì. Ma ti reputo un uomo intelligente e credo che non getteresti mai via l'opportunità di ricavare un ottimo guadagno, ben più di quanto hai trovato nella mia borsa.»

Gorrel gli si avvicinò minaccioso. «Vi ho già detto che non sono così ingenuo da credere che non cadrei in una trappola nel momento in cui cercassi di avere la mia ricompensa.»

Christian scrollò le spalle. «Questo potrebbe non succedere se elaborassi un piano. Sono sicuro che hai già cominciato a pensarci.»

Gli altri due si erano avvicinati e ascoltavano attentamente. Gorrel piegò la testa di lato. «E quale pensate che potrebbe essere il mio piano?»

Christian si costrinse a tenere sotto controllo l'esultanza. «Immagino che manderai uno dei tuoi uomini ad Avington con un messaggio da consegnare alla prima persona che incontrerà, in modo da evitare di entrare nella fortezza e rischiare di essere catturato. Sarà questa persona a riferire la tua richiesta a Lord Warleigh insieme al luogo e all'ora della consegna dell'oro. Solo dopo averlo ricevuto rilascerai i tuoi prigionieri.»

«Davvero?» Il tono di Gorrel era brusco, ma Christian intuì che il suo cervello lavorava freneticamente dietro quello sguardo annebbiato. «Non vi confiderò certo i miei progetti, milord, potete starne certo.»

Lui si strinse ancora nelle spalle con deliberata noncuranza. «Vedo che siete troppo intelligente per aver bisogno dei miei consigli» lo blandì.

Il brigante annuì e tornò dai suoi compagni, poi tutti e tre si allontanarono e cominciarono a discutere animatamente tra loro.

Non desiderando attirare la loro attenzione, Christian non tentò nemmeno di parlare con Rowena. Si limitò a lanciarle un'occhiata di incoraggiamento, e lei annuì con uno sguardo pieno di gratitudine.

Christian fu costretto a voltarsi. La fiducia che Rowena riponeva in lui gli faceva troppo male. Quando avessero riconquistato la libertà, l'avrebbe ricondotta ad Ashcroft senza ulteriori indugi, decise. Aveva combinato troppi disastri per cercare di interferire ancora nelle decisioni che lei aveva preso per la propria vita.

I loro rapitori continuarono a conversare con voce sommessa bevendo vino fino a quando la carne che stava arrostendo sul fuoco non cominciò a mandare un odore acre. Il capo diede un ceffone a uno degli altri due, che si affrettò ad andare a prendere il loro pasto.

Senza perder tempo, i tre si avventarono sul coniglio con grande entusiasmo, nonostante il suo aspetto non fosse troppo invitante.

Divisero alcuni pezzi con i loro prigionieri, imboccandoli con le loro dita sporche, e Christian notò che Rowena declinava l'offerta dopo il primo morso. Lui invece si costrinse a consumare la carne bruciacchiata e amarognola, perché voleva mantenersi in forze nel caso si presentasse l'opportunità di fuggire.

Quando ebbero finito di mangiare, Gorrel fece loro segno di sdraiarsi. «È ora di dormire.»

Christian cercò di avvolgersi nel suo mantello, nonostante avesse le mani legate. Poi si stese a terra. Rowena fece lo stesso.

Era impossibile trovare una posizione confortevole, ma alla fine cadde in un sonno agitato.

Rowena si sdraiò seguendo l'esempio di Christian, ma non riuscì a prendere sonno. Tuttavia finse di dormire per non attirare le indesiderate attenzioni dei suoi rapitori.

Non aveva più molta paura. Quando avevano catturato Christian si era tranquillizzata, convinta che lui avrebbe trovato una via d'uscita. Anche se i briganti non avevano seguito il suo suggerimento di chiedere un riscatto, lei nutriva qualche speranza che lo avrebbero fatto presto.

Udì gli uomini passarsi l'otre del vino ricominciando a confabulare e a congratularsi l'uno con l'altro per la loro buona fortuna.

Nell'allegria generale, si intromise a un tratto la voce seria di Carew. «Sì, ma io darei qualsiasi cosa per far tornare la situazione com'era al tempo in cui il *Drago* era vivo» disse, e la conseguenza fu un lungo e doloroso silenzio.

«Non ha senso continuare a pensarci» affermò alla fine Gorrel. «È tutto finito, ormai, e i bei tempi non torneranno.» Nella sua voce si indovinava un profondo rimpianto.

«Già.» Carew parlò così piano che le sue parole erano poco più che un sussurro. «Non vi capita mai di ripensare a quei giorni, quando eravamo delle persone rispettate? Fu una grande fortuna che il *Drago* ci desse un posto dove stare quando tornammo dalla Crociata in Oriente. Quegli anni sotto il suo comando sono stati gli unici in cui mi sia sentito davvero un uomo.»

«Ho detto di smetterla con questo argomento» protestò Gorrel.

Fowler si lasciò sfuggire un profondo sospiro. «Io me lo ricordo bene, soprattutto nelle notti in cui il mio stomaco è vuoto e mi fanno male le ossa a forza di dormire per terra. E anche quando desidererei la compagnia di una donna.»

Carew continuò su quella linea, incoraggiato dalle parole del suo compagno. «Non saremmo dovuti rimanere a Dragonwick dopo che il *Drago* fu ucciso. Non avremmo dovuto accettare l'offerta di Kelsey.»

«Non avevamo altra scelta» intervenne Gorrel, brusco. «Eravamo soldati e lui ci offrì un lavoro.»

«Ma al suo servizio fummo costretti a dimenticare ogni nostra convinzione su ciò che era bene e ciò che era male. E questo lo capimmo fin dai primi mesi» ribatté Fowler.

La voce di Gorrel risuonò nella notte, piena di rammarico. «Ma nessun altro signore ci avrebbe mai voluto dopo avere saputo che avevamo servito il malvagio Kelsey.»

Seguì un altro lungo silenzio.

Rowena trattenne il respiro rendendosi conto della sofferenza che torturava quegli uomini, e all'improvviso comprese che le loro vite avrebbero preso un'altra direzione se a comandarli fosse stata una persona dal carattere onesto e leale. Forse in un mondo privo di ingiustizie la gente comune avrebbe potuto governarsi da sola. Ma visto che esseri malvagi come Kelsey esistevano, gli umili sarebbero stati costretti a soccombere alla tirannia senza uomini forti e onesti a proteggerli.

In ogni caso, in che modo avrebbe potuto aiutarli una donna senza alcuna esperienza in quel campo, come lei? Se avesse avuto qualcuno al suo fianco a consigliarla allora forse...

Il viso di Christian si formò nella sua mente, ma subito respinse l'idea. Lui non voleva avere alcun ruolo nell'amministrazione di Dragonwick e nella sua vita.

Sapeva il cielo quanto avrebbe desiderato impedirsi di pensare a quell'uomo e di soffrire!

La cosa migliore che poteva fare era dormire. E finalmente ci riuscì.

Quando riaprì gli occhi, scorse oltre l'apertura della caverna la fioca luminosità del cielo che si stava finalmente schiarendo. Con l'alba giunse anche la consapevolezza che la sua irritazione nei confronti di Christian non aveva alcun senso. Nonostante la sua ostinata convinzione di dover dedicare il proprio futuro al padre, era un uomo buono e onesto.

Era convinta che non sarebbero stati catturati se lui non l'avesse portata a Dragonwick, ma non era in collera per questo. L'evidente senso di colpa che gli leggeva in viso era una punizione più che sufficiente. Anche se era chiaramente irritato per la situazione, si era arreso ai fuorilegge mostrandosi mite e sottomesso. Del resto era disposto a fare qualunque cosa per rimediare, quando capiva che aveva sbagliato. Lo dimostrava il suo atteggiamento nei confronti del padre.

Quello che la feriva era la consapevolezza che Christian non la amava quanto lei amava lui. Se così fosse stato, il loro amore sarebbe riuscito a infrangere il muro del senso di colpa che aveva eretto attorno al suo cuore.

Rowena lottò contro le lacrime che minacciavano di sgorgarle da sotto le palpebre, ripetendosi che ci sarebbe stato tempo per commiserarsi una volta riguadagnata la libertà.

L'inconfondibile rumore della legna che veniva gettata sul fuoco le fece capire che almeno uno dei rapitori era sveglio.

Si chiese che cosa avrebbe portato quel nuovo giorno. Se quei briganti erano furbi, avrebbero certo seguito il consiglio di Christian e chiesto un riscatto. Ma subito dopo si disse che se fossero stati più intelligenti ci avrebbero pensato da soli.

Sentì che Christian si muoveva.

«Finalmente avete deciso di svegliarvi, milord» disse quella che sembrava la voce di Gorrel. «Dobbiamo sbrigarci a partire.»

Rowena si sollevò a sedere scostandosi i capelli dal viso mentre Christian replicava con cautela: «Per andare dove?».

«Lo scoprirete presto.»

Lei notò che lo sguardo di Christian scrutava la caverna e all'improvviso si rese conto di cosa aveva notato. Carew non era lì.

Incontrò il suo sguardo trionfante chiedendosi perché fosse tanto contento. Poi capì. Avevano mandato un uomo con un messaggio per Simon, proprio come lui aveva suggerito. Anche le sue speranze si risollevarono. Presto sarebbero stati liberi, perché non aveva alcun dubbio che Lord Warleigh avrebbe pagato qualunque somma quei banditi avessero chiesto.

Non venne presentato nessun pasto mattutino, e in fondo al cuore Rowena provò un senso di immensa pietà per quegli uomini, ripensando ai loro racconti di privazioni e disperazione.

Quei sentimenti però non servirono a riempirle lo stomaco vuoto.

La sera precedente non era riuscita a mangiare più di un boccone di coniglio arrosto quando aveva visto come erano sporche le dita che glielo avevano portato alle labbra. Ma forse a quel punto non sarebbe stata altrettanto schizzinosa, si disse imponendosi di non pensare alla fame che la attanagliava.

Quando Carew tornò, poco dopo, chiamò i compagni in disparte e raccontò loro qualcosa in tono eccitato.

«Ci muoviamo» annunciò Gorrel con un sorriso di trionfo guardando i suoi prigionieri.

Prima che avesse il tempo di pensare, Rowena si ritrovò a cavallo davanti a Fowler, come la sera precedente. Cercò con tutte le sue forze di mantenere la calma e di convincersi che presto sarebbero stati liberati.

Era evidente che i tre fuorilegge erano di ottimo umore. Non parlarono di dove si stavano dirigendo o del perché, ma cavalcarono a testa alta verso la loro destinazione.

«Voi non ci state portando ad Avington» affermò Christian guardandosi attorno.

«No» replicò Gorrel, chiaramente compiaciuto.

«Ma avete mandato un messaggio a Lord Warleigh.»

L'altro lo osservò per un lungo momento, poi scrollò le spalle. «Ormai non importa più che lo sappiate o meno. L'incontro si farà a Dragonwick. Quello è il posto che conosciamo meglio, e adesso che gli uomini di Kelsey non si preoccupano più dei nostri movimenti, nessuno ci disturberà fino a quando i vostri amici non porteranno il denaro.» Lo scrutò aggrottando le sopracciglia. «Sempre che siano davvero degni e onorevoli come voi dite.»

Rowena notò che Christian faceva una smorfia a quel commento. «Lord Warleigh verrà» affermò deciso. Poi si richiuse di nuovo nel suo silenzio e tornò a scrutarsi attorno, preoccupato.

Rowena non si lasciò turbare dalla sua inquietudine. Simon sarebbe arrivato presto con il riscatto e tutto sarebbe andato a posto.

Non più di un'ora più tardi doveva essere smentita. Guardò con terrore un gruppo di uomini a cavallo che si avvicinava. Erano almeno otto e mostrarono una certa sorpresa nello scorgere la piccola banda di Gorrel e i suoi prigionieri. Poi uno di loro sollevò una mano e gridando un ordine spronò il suo destriero in avanti. Gli altri lo seguirono.

Rowena non ebbe bisogno di udire l'imprecazione soffocata di Christian per comprendere che si trattava di un infausto sviluppo degli eventi. «Slegatemi e vi aiuterò a combattere!» gridò ai suoi rapitori.

Non avrebbe mai saputo se lo avrebbero fatto oppure no, perché i cavalieri li raggiunsero troppo presto.

Sia Carew sia Gorrel furono uccisi con poco sforzo e senza il minimo rimorso, lasciando Rowena sconvolta mentre uno dei soldati balzava a terra per afferrare le redini dello stallone di Christian.

Avendo visto i suoi compagni cadere senza colpo ferire, Fowler si fece scudo con la sua prigioniera. «Non uccidetemi, Sir Fredrick» lo implorò. «Li stavamo portando da voi al castello.»

Lo sguardo inorridito di Rowena si fissò sull'uomo che era chiaramente il capo dei nuovi arrivati. «Davvero? Allora forse non avrei dovuto essere così precipitoso» replicò. Era chiaro che nonostante le sue parole non provava alcun rammarico per essersi sbarazzato degli altri due briganti, perché i suoi gelidi occhi grigi valutarono i due corpi con totale disinteresse. «Sarò felice di sollevarti dal problema» aggiunse con freddezza mentre il suo sguardo pieno di odio correva su Christian, prode e orgoglioso in sella al suo cavallo benché fosse legato.

«Certo, signore.» Fowler spinse Rowena a terra senza troppe cerimonie. Lei vacillò raddrizzandosi immediatamente e poi cominciò a correre nonostante le tremassero le gambe per la paura.

Sir Fredrick la catturò in un batter d'occhio e con una mano sola la issò di traverso sulla sua sella. Lei lottò per liberarsi e lui le diede un colpo sul didietro con la parte piatta della spada.

«Che Dio vi maledica!» La voce di Christian traboccava di collera come il suo sguardo. «Voi non volete quella donna. Non è niente per voi.»

Sir Fredrick sorrise. «Avete ragione quando affermate che non è niente per me. Ma è chiaro che per voi vale parecchio, e questo mi impedisce di liberarla. Gilbert.» Fece un cenno a uno dei suoi soldati, che smontò da cavallo e andò a prenderla.

Lei si rese conto che non aveva senso lottare ancora, perciò accettò passivamente di essere sollevata e issata su un altro cavallo mentre l'uomo montava in sella alle sue spalle. Non voleva essere sbattuta di nuovo a faccia in giù davanti a Sir Fredrick.

Christian parlò con un tono così pieno d'odio da farle rizzare i capelli sulla nuca. «Se le farete del male vi ucciderò. E se muoio nel frattempo, Simon e Jarrod vi daranno la caccia fino ai più remoti angoli della terra.»

Il sinistro cavaliere emise una risata aspra. «Jarrod sarebbe quel bamboccio mezzo orientale? È un debole. Ha avuto l'occasione di uccidermi e mi ha lasciato andare.»

«Jarrod non è affatto un debole. Ha solo deciso di usarvi

pietà, cosa di cui voi non siete mai stato capace in tutta la vostra vita. Ma non sarete tanto fortunato una seconda volta.»

Rowena sentì un brivido correrle lungo la schiena a quella gelida minaccia, e credette di riconoscere un breve lampo di incertezza negli occhi grigi di Sir Fredrick. Ma era sparito così in fretta che non ne era sicura.

«A Dragonwick» ordinò il malvagio cavaliere in tono brusco, e il gruppo partì lasciando gli uomini caduti sul terreno.

Lei si sentì stringere lo stomaco. A Dragonwick risiedeva l'uomo che aveva assassinato il proprio fratello e una bimba indifesa. Un uomo che l'avrebbe uccisa senza darsi la minima pena se avesse avuto una sola ragione per credere che costituiva una minaccia per lui.

Non era sicura che Christian, benché fosse deciso a proteggerla, sarebbe riuscito ad avere ragione di tanti uomini. La sua ansia crebbe quando Fowler fu costretto a rivelare il loro piano di ottenere un riscatto dal Signore di Avington.

Furono condotti al castello, ma il timore impedì a Rowena di guardarsi attorno. Ricevette solo un'impressione di squallore e desolazione. Le poche persone che incontrò, mentre attraversavano il cortile, avevano un'aria scontrosa e avvilita ed evitavano accuratamente di trovarsi sulla strada del sinistro cavaliere dagli occhi grigi.

Li accompagnarono in una grande camera con le pareti in pietra, un enorme letto e dei pesanti mobili di quercia. Per un momento lei pensò che la stanza fosse vuota, ma poi un uomo si alzò dalla scranna situata vicino al focolare. Si appoggiò pesantemente ai braccioli prima di sollevare la faccia e guardarli. «Come osate introdurvi qui in questo modo?»

Sir Fredrick avanzò fino al centro della stanza e si lasciò

cadere in ginocchio. «Abbiamo catturato Christian Greatham e una donna, Lord Kelsey.» Indicò Fowler. «Quest'uomo e i suoi compagni che abbiamo ucciso avevano intenzione di chiedere un riscatto a Lord Warleigh.»

«Greatham?» Lord Kelsey si avvicinò. Quando la luce che proveniva dalla fiaccola appesa alla parete gli illuminò la faccia, Rowena dovette lottare per trattenere un sussulto.

Il conte aveva un'aria spettrale, con le guance incavate e gli occhi scuri che brillavano di una luce maligna nella faccia grigia. Se Christian aveva ragione, quell'uomo aveva ucciso suo padre e aveva creduto di essersi sbarazzato anche di lei. Ma vedendolo, Rowena non provò alcun desiderio di rivalsa, solo timore per ciò che avrebbe potuto fare loro, perché adesso si rendeva conto che si trattava di una persona capace di grande malvagità. L'odio lo aveva divorato dall'interno, lasciando solo un guscio vuoto.

Kelsey mosse un passo verso di loro, ansimando, quando fu colto da un accesso di tosse.

Sir Fredrick si alzò e corse a sorreggerlo vedendo che vacillava. Il conte continuò a tossire fino a quando non riuscì più a respirare e il suo corpo emaciato parve accartocciarsi su se stesso.

Il cavaliere lo sollevò con sorprendente delicatezza e lo portò verso il letto, deponendovelo con grande cautela.

Kelsey si alzò debolmente su un gomito. «Falli rinchiudere nella torre. Vedremo quanto sarà disposto a pagare Warleigh per loro. Forse accetterà di restituirmi Isabelle.»

«Siete impazzito? Simon non si abbasserebbe mai a un simile scambio.» Christian lottò per liberarsi dalle mani che lo tenevano fermo.

Sir Fredrick, che si era avvicinato a loro dietro ordine del suo padrone, lo schiaffeggiò con il dorso della mano. La testa di Christian scattò all'indietro, ma subito dopo si protese in avanti e centrò il ventre dell'uomo che l'aveva colpito. Sir Fredrick barcollò gemendo per lo stupore e il dolore.

Le guardie afferrarono la corda che teneva legati mani e piedi di Christian e tirarono, mentre lui cercava di inseguire la sua preda. Legato com'era, non riuscì a mantenere l'equilibrio. Cadde all'indietro battendo la testa sul pavimento e restò immobile.

Quando la porta si chiuse alle spalle di Sir Fredrick e dei suoi uomini, Rowena corse vicino al sudicio giaciglio su cui avevano gettato Christian. «Christian! Christian!»

Lui gemette tirando le corde che lo legavano con quanta forza aveva in corpo. Con enorme stupore di entrambi, queste si sciolsero. Evidentemente i soldati dovevano avere allentato i nodi tirandoli. «Temevo... State bene?» sussurrò Rowena.

Lui sollevò una mano per massaggiarsi la nuca. «Sto bene. Santo cielo! Ho combinato un vero pasticcio.» Si sollevò a sedere e si sciolse le caviglie prima di rivolgersi a lei. «Lasciate che vi liberi.»

Quando ebbe finito, Rowena si inginocchiò sul giaciglio al suo fianco. «Non biasimatevi per ciò che è accaduto. Mi avevate avvertito di non allontanarmi da sola. Non mi avrebbero mai preso se fossi stata con voi. Inoltre non potevate sapere che sarebbe accaduto tutto questo quando avete suggerito di venire a Dragonwick. Mi rendo conto che le vostre motivazioni erano giuste.»

Lui non la guardò negli occhi e scrollò il capo. «No. Mi sono intromesso in cose che non mi riguardavano. È stato tutto un errore fin dall'inizio.»

Prima che potesse dirgli che aveva avuto ragione nell'affermare che la gente di quelle terre aveva bisogno di qualcuno che pensasse al loro benessere, Christian proseguì. «Vi riporterò in Scozia non appena riusciremo ad andarcene di qui» le promise. «Sempre che riusciamo a fuggire. Se è intenzione di Kelsey domandare a Simon di restituirgli Isabelle per ottenere il nostro rilascio, il piano fallirà. Simon non acconsentirà mai.» Si batté il pugno contro il palmo. «Avrei dovuto lasciarvi ad Ashcroft. Conducendovi qui non ho fatto altro che mettere in pericolo la vostra vita.»

Lei arretrò, ma lui non parve notarlo.

Le conclusioni a cui era arrivata su Dragonwick erano irrilevanti. Non avrebbe mai potuto cambiare le cose lì. Non sapeva nulla di come si dirigeva un castello. Non era riuscita nemmeno a convincere l'unico uomo di cui le importava che non era necessario che vivesse la propria vita per gli altri.

Adesso non voleva che si prendesse delle responsabilità che non aveva. «Smettetela di sentirvi in colpa. Non serve a nulla. Non avrei mai dovuto venire in Inghilterra, ma la scelta è stata mia, così come lo è la decisione di tornare in Scozia.»

Lui si irrigidì e il suo sguardo si fece tormentato. «Così sia.» Poi fece l'impossibile per riacquistare la padronanza di sé. «La nostra sola speranza è fuggire» affermò dopo una breve riflessione.

Lei annuì, grata che prendesse l'iniziativa perché non desiderava affrontare più quell'argomento. «Sì, ma come faremo?»

Christian trasse un profondo respiro e osservò le fenditure negli scuri che chiudevano l'unica finestra. Alzandosi, andò ad aprirli e dopo aver guardato fuori li richiuse. «Non c'è possibilità di uscire da quella parte. Dobbiamo passare per il castello.»

Rowena lo guardò, sorpresa. «Attraversare il castello?»

«Sì, non abbiamo altra scelta.»

«Ma come...?»

«Dobbiamo fare affidamento sulla segretezza e sulla fortuna.»

«E le guardie? Ho sentito Sir Fredrick ordinare a uno degli uomini di restare di guardia fuori della porta mentre ci conducevano qui.»

«Lasciate che mi occupi io di questo.» Si sedette sul pavimento lontano da lei. «Ora cercate di riposare. Tenteremo di fuggire al sopraggiungere della notte.»

Rowena non sapeva quanto tempo fosse passato quando sentì qualcosa sfiorarle il braccio. Aprendo gli occhi si rese conto che doveva essersi addormentata per un po', perché la stanza era ora immersa nell'oscurità.

«Restate sdraiata immobile fino a quando non vi darò altre istruzioni, vi prego» le sussurrò Christian. «Ce la farete?»

Lei annuì. Subito dopo però si rese conto che lui non poteva vederla. «Sì» bisbigliò allora in risposta.

Lui le posò una mano sulla spalla. «Ricordate. Non muovetevi fino a quando non ve lo dico io.» Poi si allontanò.

Un istante dopo Rowena udì la sua voce risuonare in un punto della cella vicino alla porta. «Guardia! Guardia! La signora sta male.»

«Che cosa volete?» rispose una voce dall'esterno.

«La signora sta male. Non riesco a svegliarla.»

Il catenaccio stridette, la porta si spalancò e un robusto soldato con una cotta di ferro si affacciò, illuminato dalla torcia appesa al muro alle sue spalle. «Portatela qui» gli ordinò con la spada sguainata.

Christian restò indietro per fargli capire che non costituiva una minaccia. «Ho paura di muoverla.»

Lentamente l'uomo entrò nella stanza. «Avete sciolto le corde» sbraitò subito dopo. «Mettetevi contro il muro.»

Sollevando le braccia lui indietreggiò.

Il soldato si avvicinò a Rowena. «Signora?» Lei non diede alcuna risposta e continuò a tenere gli occhi chiusi.

«Signora?» Si chinò per osservarla meglio.

Subito dopo Rowena udì un gemito soffocato e l'uomo le cadde addosso. Il suo grido di orrore si perse contro quell'enorme torace.

Il peso fu sollevato prima che la schiacciasse. Christian la prese per mano e la aiutò ad alzarsi in piedi. «State bene?»

«Sì» sussurrò lei. «Solo non me l'aspettavo.»

Lui si chinò e raccolse la spada che il soldato aveva lasciato cadere. «Dobbiamo andare.»

Con un cenno di assenso Rowena lo seguì attraverso la porta aperta. Appena usciti in corridoio Christian richiuse il chiavistello, poi corse giù per le scale della torre.

In fondo alla prima rampa di scale esitò, guardando prima a destra e poi a sinistra. Rowena invece proseguì sulla destra senza pensare.

Lui lasciò che lo precedesse fino in fondo al buio corridoio e poi giù per i ripidi gradini di pietra. Ai piedi della scalinata una torcia accesa gettava un pallido chiarore su un'altra biforcazione. Ancora una volta lei imboccò il corridoio di destra senza la minima esitazione.

Era così terrorizzata all'idea che li avrebbero potuti catturare prima che riuscissero a fuggire dal castello, che non si soffermò a riflettere sulle proprie azioni. Soltanto quando arrivarono a una stanza alla fine di quel corridoio si fermò di colpo e si portò una mano alla bocca per soffocare un grido. Il suo sguardo si era fissato sullo stemma che dominava la parete di fronte. Tuttavia non fu il drago con gli artigli sollevati a terrorizzarla, bensì lo stendardo appeso sopra. Vi era raffigurato un serpente nell'atto di attaccare.

«Voi conoscete questi luoghi!» le sussurrò all'orecchio la voce eccitata di Christian.

Rowena scosse la testa. «Non lo so. Io...» Era vero. Non sapeva se stesse davvero ricordando quelle stanze. L'unica cosa di cui era certa era che la vista di quel vessillo la riempiva di terrore.

Lui l'afferrò scuotendola per le spalle. «Che cosa c'è, Rowena?» Vedendo che non riusciva a distogliere gli occhi dal serpente la scrollò di nuovo. «Guardatemi.»

Finalmente lei mise a fuoco i suoi occhi azzurri colmi di preoccupazione. «Ditemi che vi succede» le chiese allora Christian più gentilmente.

«Quello stendardo mi terrorizza.»

Lui gli lanciò un'occhiata disgustata. «Appartiene a Kelsey. Lo portava il giorno in cui attaccò Dragonwick. Il giorno in cui uccise vostro padre.»

Rowena rabbrividì. Gettò ancora un rapido sguardo all'oggetto dei suoi incubi prima di chiudere gli occhi e passarsi una mano tremante sulla fronte per scostare alcune ciocche di capelli. «Questo non prova niente. Io ho una paura folle dei serpenti.» I suoi occhi si fissarono in quelli di lui. «Voi lo sapete bene.»

«Insistete ancora a negare la verità. Conoscete ogni cunicolo di questa fortezza, riuscite a orientarvi in questo labirinto di corridoi anche nell'oscurità. Non vi sembra più plausibile che il terrore dei serpenti sia nato in voi quel giorno, vedendo il vessillo avanzare minaccioso verso il castello?»

«Io...» Ancora una volta Rowena si passò le dita tra i capelli, chiedendosi se Christian avesse ragione. Forse stava semplicemente rifiutando di accettare la verità perché aveva paura.

La sola vista di quello stendardo l'aveva riempita di terrore e repulsione. La sua giovane mente aveva cancellato gli avvenimenti di quel giorno. Il suo corpo no.

Rowena lo guardò rivelandogli tutta la sua indecisione e la sua sofferenza. Forse aveva paura anche perché non sapeva come portare a termine tutto ciò che avrebbe dovuto fare se fosse diventata erede di quelle terre.

Il grido che risuonò nell'oscurità alle loro spalle le impedì di riflettere oltre.

Christian la prese per mano e si diresse di corsa verso la porta in fondo alla stanza.

Lei lo tirò per una manica. «Non da quella parte. È questa la direzione che porta all'esterno.» Lo condusse verso un'apertura poco distante, pienamente consapevole del fatto che in qualche modo sapeva come trovare la strada.

Christian non contestò la sua decisione, ma la spronò ad accelerare il passo, tendendo le orecchie alla ricerca di qualsiasi rumore.

«Dovremmo arrivare a una porta» disse Rowena a un certo punto, inducendolo a rallentare giusto in tempo per evitare di andare a sbattere contro il legno di quercia.

Allungando una mano, lui trovò un massiccio chiavistello che si affrettò a far scorrere. Quando tirò, la porta si aprì con un acuto stridio.

Christian uscì e si trovò su una piccola sporgenza da dove si guardò attorno alla ricerca di qualche indicazione sulla loro posizione. Il profilo di una torre solitaria gli disse che si trovavano sul lato posteriore delle mura. Risuonò un altro grido, questa volta alle loro spalle.

Rowena si affacciò da una delle aperture tra i merli. «C'è una scala.»

Lui si chinò a guardare. Si trattava di una scaletta a chiocciola così ripida e stretta da permettere a malapena il passaggio di un uomo per volta. Lei sospirò prima di iniziare a scendere e Christian si chiese se finalmente avesse accettato la verità e si fosse convinta di essere Rosalind.

Ma che importanza poteva avere, visto che desiderava tornare ad Ashcroft?

Dopo pochi passi Rowena si fermò e proruppe in un grido. Prima che lui potesse reagire, lei scomparve dietro la curva successiva.

Christian si lanciò all'inseguimento, ma fu costretto a fermarsi dalla spada sguainata di Sir Fredrick. Alla luce della torcia tenuta da un soldato vide che il cavaliere teneva Rowena saldamente con un braccio. In quel momento udì altri passi che salivano le scale.

«Lasciatela!» gridò pieno di collera e frustrazione, pronto ad affrontarlo.

Sir Fredrick fece una risata sinistra. «Gettate la spada, milord.»

Christian si voltò per tornare da dove erano venuti. Se fosse rimasto libero forse avrebbe potuto aiutarla. Ma subito dopo notò sui bastioni le sagome di diversi soldati pronti a sbarrargli la strada.

Con un grido di disperazione, lanciò la spada nell'oscurità.

15

Li condussero di nuovo nella grande camera da letto del conte.

Rowena percepì l'agitazione di Christian e intuì che si trovavano davvero in una situazione terribile perché mai, da quando lo conosceva, aveva visto i suoi occhi così pieni di collera e di disperazione.

Cercò comunque di mantenere la calma, sapendo che qualsiasi segno di timore da parte sua avrebbe potuto indurlo ad agire anche se le possibilità di avere la meglio su quegli uomini erano praticamente inesistenti. Il che avrebbe significato la sua morte e lei non avrebbe potuto sopportarlo.

Il conte giaceva a letto, sostenuto da una pila di cuscini. Il fuoco ardeva vivace nel caminetto, e nonostante la temperatura rigida dell'esterno nella stanza era insopportabilmente caldo. La faccia di Kelsey sembrava ancor più rinsecchita e scavata. «Portali qui» ordinò a Sir Fredrick con un cenno della mano.

I prigionieri furono spinti fino al letto. Lo sguardo del malato si concentrò su Christian, che ancora una volta era stato legato. «Perché siete venuto a Dragonwick?»

Lui non rispose.

«Perché vi ostinate a combattermi, Greatham?»

Christian scrollò le spalle. «Non voglio diventare lo

strumento della vostra vendetta nei confronti di Simon.»

Il conte si sollevò a sedere sul letto. «Lui ha preso ciò che era mio!» gridò, e poi cominciò a tossire annaspando in cerca d'aria mentre il lenzuolo che si era portato davanti alla bocca si macchiava di sangue.

Sir Fredrick fece per avvicinarsi e così Rowena.

Il cavaliere fu lesto a sbarrarle la strada. «Che cosa credete di fare?»

La ragazza scrutò l'uomo adagiato sul letto.

Una parte di lei avrebbe voluto negare la sua capacità di curarlo. Un'altra parte, quella che riteneva la sua abilità un dono sacro, non poteva farlo.

«Sono una guaritrice» disse rivolta a Sir Fredrick. «Io posso aiutarlo.»

«Siete impazzita, Rowena?» gridò Christian.

Lei evitò di guardarlo. «Io... forse lo sono, ma quest'uomo sta molto male.»

«Lasciatelo morire.»

«Non potete chiedermelo, così come io non posso pretendere che voi trascuriate i vostri doveri.» La sua voce era calma e rassegnata.

Il cavaliere di Kelsey si voltò di scatto. «Riportatelo alla torre e non aprite la porta fino a quando non verrò io.»

Quando quattro guardie lo afferrarono per le braccia Christian lottò con tutte le sue forze per liberarsi. «Non posso lasciarvi...»

Sir Fredrick gli si avvicinò sguainando la spada.

«No!» gridò Rowena. «Se gli fate del male lascerò morire il vostro padrone.» Il cavaliere le indirizzò un'occhiata minacciosa, ma lei sostenne il suo sguardo senza vacillare. «Ascoltatemi bene, Sir Fredrick» proseguì ostentando una sicurezza che non provava affatto. «Il conte non rimarrà a lungo in questo mondo a meno che non venga fatto qualcosa.» Non ritenne necessario specificare che Kelsey sarebbe morto ugualmente nonostante tutte le cure che avrebbe potuto somministrargli.

Senza aggiungere altro Sir Fredrick fece cenno agli uomini di andare e di trascinare via Christian, che cercò strenuamente di opporsi.

Rowena lavorò per tutta la notte.

Si costrinse a relegare in un remoto angolo della mente la consapevolezza che l'uomo che stava curando in quel momento era suo zio, che aveva ucciso suo padre e che aveva tentato di liberarsi anche di lei per appropriarsi di Dragonwick.

Sir Fredrick andava e veniva osservando ogni suo gesto con occhi sempre vigili, mentre le donne del castello le procuravano il necessario per curare il conte. Dapprima controllò addirittura gli ingredienti dei medicamenti uno per uno, ma quando constatò che le pozioni che Rowena somministrava al malato lo aiutavano a respirare, a poco a poco si fece meno sospettoso, pur continuando a temere per la salute del suo padrone.

Quanto a Kelsey, non le rivolse quasi la parola. Sebbene le cure di Rowena avessero effettivamente alleviato le sue sofferenze, in quegli occhi brucianti si leggeva la consapevolezza che la fine era vicina.

Poco prima dell'alba Sir Fredrick e i suoi uomini tornarono con Christian, sempre strettamente legato. Lei lo scrutò ansiosa e con un sospiro di sollievo si rese conto che fortunatamente era incolume, anche se la sua espressione era ancora piena di collera e di frustrazione. «State bene, Rowena?»

«Non parlate!» ruggì Sir Fredrick prima che lei potesse rispondere. «Portatela via» ordinò poi a due soldati.

Questi la afferrarono per le braccia, ma Kelsey li fermò. «Che stai facendo, Fredrick? Io ho bisogno di lei.»

Gli uomini la lasciarono.

Il cavaliere si accigliò. «Warleigh è arrivato con il suo esercito.»

Rowena udì il respiro affrettato di Christian e guardandolo vide il lampo di soddisfazione che illuminò i suoi occhi azzurri quando incontrarono quelli del conte.

Kelsey tirò un profondo respiro cercando di controllarsi. «Non servirà a niente, Greatham. Li affronterò e vincerò.»

Christian lanciò un'occhiata sarcastica ai soldati che lo tenevano. «Con quale esercito? Con questi pochi pazzi che vi sono rimasti leali nonostante la vostra incapacità di guidarli?»

Rowena sussultò vedendo che Sir Fredrick metteva mano alla spada.

Christian sorrise sprezzante. «L'unica ragione per cui osate avvicinarvi è che questi uomini mi tengono fermo» affermò.

Sapendo che quell'atteggiamento equivaleva a un suicidio, Rowena fece un passo verso di lui, ma un'improvvisa debolezza le fece tremare le gambe. Le fatiche di quegli ultimi giorni avevano lasciato il segno.

Udì la voce preoccupata di Christian giungere come da molto lontano. «C'è qualcosa che non va, Rowena? Che cosa vi hanno fatto?»

Lei si scostò i capelli dalla fronte cercando di rassicurarlo. Tuttavia la sua voce risuonò fioca ed esausta. «Niente. Non mi hanno fatto niente. Sono solo stanca.»

Lottando selvaggiamente lui si divincolò dalla stretta degli uomini che lo tenevano, ma questi lo riacciuffarono prima che potesse raggiungerla. Allora si rivolse all'uomo sdraiato a letto e lo guardò con odio. «Voi siete l'incarnazione del male, Kelsey. Malato come siete, l'unica cosa che vi interessa è ferire il vostro prossimo.»

Sir Fredrick fece un brusco cenno ai soldati perché lo trascinassero lontano dal conte. Incurante dei loro sforzi,

Christian continuò a inveire. «Non siete degno di respirare la stessa aria di questa donna, che avete sfruttato senza alcuna remora. Anche se avrebbe ogni ragione di odiarvi e di desiderare la vostra morte, lei si è data da fare per salvare la vostra miserabile vita. E lo ha fatto anche se i vostri tirapiedi continuano a trattarla come se non fosse nessuno.»

Kelsey sembrava confuso. «Voi mettete in dubbio la lealtà di coloro che mi sono devoti. Quanto a questa ragazza...» I suoi occhi slavati la considerarono un istante. «Lei non ha nessun motivo di odiarmi se non perché lo fate voi.»

Rowena capì che non sarebbe riuscita a sopportare altro. La collera e la frustrazione crebbero dentro di lei dandole rinnovata forza. «Ho tutte le ragioni per odiarvi, invece. Voi avete lasciato che il vostro cavaliere picchiasse e tenesse prigioniero Sir Greatham senza il minimo rimorso. Avete ucciso mio padre, e credevate di esservi sbarazzato anche di me.»

«No, non fatelo» gridò Christian.

Il conte si limitò a sollevare una mano come a dare scarsa importanza a ciò che lei aveva appena detto. «Non ho mai posato gli occhi su di te, ragazza.»

Rowena si chinò su di lui. «Invece sì, zio carissimo. L'ultima volta fu la notte in cui conquistaste questo castello.»

«Siete impazzita, Rowena?» esclamò Christian liberandosi di nuovo.

Ma proprio mentre si voltava, Sir Fredrick lo colpì sulla nuca con l'elsa della spada e lui crollò al suolo, privo di sensi.

«No!» gridò Rowena lasciandosi cadere in ginocchio al suo fianco. Lo sollevò tra le braccia, e le si strinse il cuore nel vedere il suo viso immobile e pallido. Quando sentì il suo flebile respiro alitarle sulla guancia chiuse gli occhi con un sospiro di sollievo.

Dall'enorme letto arrivò la debole protesta di Kelsey. «Non è possibile. Vidi la figlia di mio fratello cadere dalle scale quando...»

Sempre tenendo la testa di Christian in grembo, Rowena guardò il conte, che si era sollevato su un gomito e la scrutava pallido in volto. «Invece è vero. Non fui io a morire, quel giorno, ma la figlia della mia nutrice. Voi non l'avreste mai degnata di uno sguardo perché era di rango inferiore al vostro, ma entrambe avevamo i capelli rossi.»

Kelsey fece un cenno a Sir Fredrick. «Portatela qui.»

Il cavaliere afferrò Rowena per le braccia, e benché lei lottasse disperatamente per continuare a tenere stretto l'uomo che amava, la costrinse ad alzarsi in piedi e ad avvicinarsi al letto. Lei riuscì a liberarsi per un istante, ma Sir Fredrick la agguantò per una spalla strappandole il vestito.

«Lasciala. Non può andare da nessuna parte» ordinò Lord Kelsey al suo cavaliere. «Sono inermi.»

Rowena sapeva che era la verità, ma tenne la testa alta e lo guardò con aria di sfida.

Gli occhi del conte la scrutarono agitati. «Sì» disse alla fine. «C'è lo sguardo del *Drago* in te, così orgoglioso e tuttavia...»

Nauseata da quell'apprezzamento, lei gli voltò le spalle e fu allora che lo udì sussultare.

Il conte si sollevò a sedere con sorprendente rapidità e la afferrò con le dita adunche, fissando la sua spalla nuda con uno sguardo che le fece accapponare la pelle.

Poi la spinse via e si lasciò cadere di nuovo sui cuscini. «Signore Onnipotente!» mormorò passandosi una mano tremante sulla faccia.

Fu la voce di Christian a interrogarlo. «Che cosa c'è, Kelsey? Che cosa avete visto?»

Gli occhi del malato incontrarono quelli di Rowena. «La voglia. Quella macchia a forma di falce di luna sulla vostra spalla. Vostro padre ne aveva una identica. È un segno caratteristico.»

Lei vacillò per la sorpresa, anche se una parte della sua mente lo sapeva già.

Era Rosalind di Dragonwick.

Christian provò lo stesso stupore che tenne gli altri immobili, ma sapeva di non potersi permettere il lusso di sprecare quell'occasione. Si alzò da terra con uno scatto fulmineo e si avventò come una furia su Sir Fredrick, sfilandogli la spada dalla cintura. Poi gli tenne la lama puntata contro il ventre. «Liberateci.»

Il cavaliere si riprese in fretta dalla sorpresa e chiamò a raccolta i suoi uomini. «Fermatelo, non importa se mi sta minacciando.»

Fu Kelsey a sollevare una mano tremante. «No, non ostacolatelo» ordinò ai soldati. «I prigionieri devono essere liberati.»

«Ma milord!» lo implorò Sir Fredrick.

Il suo padrone lo guardò senza vederlo. «Ho detto di lasciarli andare.»

Rowena si avvicinò a Kelsey guardandolo con aria interrogativa. «Perché fate questo? Di certo non per amore mio o di mio padre.»

Lui sollevò gli occhi su di lei con un'espressione vacua. «Perché pur sapendo che avevo ucciso tuo padre e tentato di sbarazzarmi di te, mi hai aiutato» rispose a fatica. «Mi hai curato con dedizione e gentilezza.»

«Voi eravate inerme e malato. Come avrei potuto fare altrimenti?»

«È proprio per questo che sarai liberata.» La sua voce ora era più ferma. «E non solo sarai libera, ma riceverai anche ciò che è tuo di diritto: Dragonwick e tutti i possedimenti annessi saranno tuoi.»

«E Isabelle?»

Il viso di Kelsey si raggrinzì. «Lei non vorrebbe niente da me e io devo biasimare solo me stesso per questo.» Fu colto da un accesso di tosse e si batté il petto nel tentativo di respirare.

Rowena prese la ciotola con la pozione dal tavolino accanto al letto e gliela avvicinò alla bocca.

«Rowena?» la chiamò Christian tenendo sempre Sir Fredrick sotto tiro.

Lei gli rivolse uno sguardo che implorava la sua comprensione. «È mio dovere.»

Lui sospirò. L'avrebbe amata come l'amava, se fosse stata diversa?

Finalmente era disposto ad ammetterlo: l'aveva sempre amata. Non sapeva esattamente dove l'avrebbe portato quel sentimento, perché si rendeva conto di non meritare che lei lo ricambiasse. L'aveva ferita e fatta soffrire.

Tutto ciò che poteva fare per lei era restituirle ciò che desiderava di più. La sua vecchia vita. Si rivolse a Sir Fredrick. «Farete entrare Lord Warleigh e i suoi uomini.»

«Voi non avete alcun diritto di dare ordini qui!» gridò il cavaliere.

«Fa' quello che ti chiede» intervenne il conte con il fiato mozzo. «Vi prego! Implorate Isabelle di accettare di vedermi un'ultima volta. Ma ditele che capirò, se non vorrà farlo.» Ancora una volta il suo corpo scheletrico fu scosso dalla tosse.

«Lasciateci andare, Sir Fredrick» gli ordinò Christian. Il cavaliere continuò a esitare e lui sollevò le sopracciglia a mo' di avvertimento, pronto a usare la spada se non avesse aderito alla sua richiesta.

Dopo aver lanciato un'altra occhiata piena d'astio all'uomo sdraiato sul letto, i cui ordini aveva sempre eseguito senza discutere, Sir Fredrick si girò verso il soldato che gli stava a fianco sfilandogli la spada dalla cintura. «Non posso obbedire. Non posso consegnare la fortezza ai vostri più acerrimi nemici.»

Christian si preparò a parare il colpo e subito dopo il fragore delle spade risuonò nella camera.

«No!» gridò il conte prima di ricadere sui cuscini in uno spasmo di tosse.

Christian ignorò tutto tranne l'avversario, che gli si avventava contro come se fosse posseduto dal demonio. Non poteva dire che gli dispiacesse dover combattere contro di lui. Sir Fredrick aveva fatto del male a molte delle persone che gli erano care, e se gliene fosse stata lasciata l'occasione avrebbe continuato a farlo.

Lui però non aveva intenzione di dargliene l'opportunità.

Combatté con intelligenza, risparmiando le forze mentre il suo avversario sferrava un attacco dopo l'altro. Benché il suo vigore fosse alimentato dalla collera, doveva tener conto del fatto che nelle ultime ore aveva preso un paio di violenti colpi alla testa.

Alla fine fu la sua stessa volontà di distruggere che causò la rovina di Sir Fredrick. Christian si spostò di lato per evitare un colpo portato con entrambe le mani che intendeva spaccargli la testa e si rese conto che così facendo il cavaliere aveva lasciato il fianco completamente scoperto. Allora affondò la sua lama.

Sgranando gli occhi per lo stupore, Sir Fredrick lasciò cadere la spada. Si toccò la ferita, poi cadde in avanti e rimase immobile.

Per un istante Christian non riuscì a credere che fosse davvero morto, e stranamente non provò alcun senso di soddisfazione o di trionfo. Solo una grande pietà.

«Mio Dio! Fredrick!» mormorò il conte. «Perché non mi ha dato ascolto?» Il suo tono era debole e lamentoso.

Christian cercò Rowena con lo sguardo e nella sua espressione lesse sollievo e preoccupazione insieme. Subito dopo distolse gli occhi perché avrebbe desiderato molto di più, mentre sapeva di non poterlo chiedere.

«Portatelo via» ordinò alle guardie indicando il cadavere di Sir Fredrick. Poi lanciò un'occhiata a Kelsey che giaceva nel letto, tormentato dalla tosse e dalla sofferenza. «Che gli venga data appropriata sepoltura» aggiunse.

Mentre gli uomini si apprestavano a ubbidire ne prese uno in disparte. «Tu vieni con me.» Insieme andarono alle porte del castello. Il soldato di vedetta sulla torre lo fissò stupito quando gli ordinò di abbassare il ponte levatoio e di aprire i cancelli, ma allorché la guardia gli fece un cenno di assenso ubbidì.

In pochi minuti Simon e i suoi uomini entrarono nel castello e proseguirono fino al cortile interno, rassicurati dalla vista di Christian che li attendeva sui gradini che portavano all'interno dell'edificio principale.

Lord Greatham era con loro. «Stai bene, figliolo?» si informò facendo correre uno sguardo ansioso su di lui.

«Sì, padre. Sto bene.»

Simon si guardò attorno con fare accorto. «Che cosa è successo?»

«Kelsey ha riconosciuto Rowena come Rosalind e l'ha nominata sua erede. Io ho appena combattuto con Sir Fredrick sconfiggendolo.»

Vide lo stupore riflettersi sulle facce dell'amico e del padre e intuì come dovevano sentirsi, perché lui che era stato presente a quegli avvenimenti riusciva a malapena a credere a ciò che era accaduto.

«Per San Giorgio!» esclamò Simon.

«E non è tutto. Il conte potrebbe morire da un momento

all'altro. Ha chiesto infatti di vedere Isabelle.»

Simon si accigliò. «Io non...» Il suo sguardo incontrò quello di Christian. «Credi che intenda farle del male?»

Lui restò pensieroso per un lungo momento, poi scrollò il capo. «Non credo. È... cambiato.»

«Kelsey?»

Christian annuì.

Ripensò a Rowena e al sentimento che aveva scoperto di provare per lei, e capì che non aveva il diritto di parlargliene. L'aveva trattata troppo male ripetendole fino alla nausea che il suo senso di colpa nei confronti del padre era per lui più importante di qualsiasi cosa. Dichiararle il suo amore in quel momento non avrebbe fatto altro che peggiorare le cose, perché qualunque sentimento lei avesse potuto nutrire nei suoi confronti ormai doveva essere svanito.

Era impossibile.

«Christian?»

Lui riprese il controllo con qualche difficoltà. «Sei libero di decidere quello che preferisci, naturalmente, ma credo che non ci sia alcun rischio per Isabelle. Penso che dovresti darle l'opportunità di decidere se venire oppure no. In caso contrario potrebbe rammaricarsene per tutta la vita.»

Simon annuì. «Andrò a prenderla io stesso. Tu e tuo padre riuscirete a cavarvela qui?»

Entrambi fecero un cenno d'assenso. Senza indugio Christian ordinò agli uomini di Warleigh di sostituire i soldati di Kelsey al cancello e alla torre di guardia. Il cambio avvenne senza incontrare molte resistenze.

Ne mandò due anche nella camera del conte a vegliare su Rowena. Non ci andò di persona perché non sapeva cosa dirle, ora che tutto era risolto. Non voleva che pensasse che si aspettava qualcosa in cambio.

Poi chiese a Lord Greatham di seguirlo in una delle stanze vuote del castello. «Ho una cosa da dirvi, padre. So che questo sarà un terribile colpo per voi, ma sento di doverlo fare nonostante la mia promessa di essere un figlio migliore.»

Suo padre corrugò la fronte, perplesso.

Christian trasse un profondo respiro. «Dopo che avrò riportato Rowena in Scozia intendo restare qui per qualche tempo. Solo quando la situazione si sarà normalizzata potrò tornare a Bransbury. Lo devo fare, non solo per il *Drago*, ma per Rowena.»

Lord Greatham scrollò il capo. «Che cosa ha a che fare tutto ciò con l'essere un figlio migliore?»

La sorpresa fece esitare Christian, ma solo per un momento. «Perché voi avete bisogno di me a Bransbury.»

«A me piacerebbe averti a casa. Mi sei mancato moltissimo in tutti questi anni, ma non ho affatto *bisogno* di te.»

«Io pensavo di avervi deluso per essere rimasto lontano tanto a lungo e per avere trascurato i miei doveri.»

Il barone si lasciò cadere pesantemente su una sedia, gli occhi pieni di lacrime. «Io non ero affatto in collera con te, figlio mio. Pensavo che fossi tu a essere arrabbiato, perché non ero riuscito a impedire la morte di tua madre.»

Christian gli posò una mano sulla spalla. «Non vi ho mai biasimato per questo. Fu lei a non voler tenere in considerazione il vostro avvertimento circa il sogno che avevate fatto sulla sua morte. Desideravo solo che mi confortaste, perché mia madre mi mancava terribilmente.»

Suo padre sospirò. «A quanto pare ci siamo sbagliati entrambi. L'importante è non commettere altri errori in futuro.» Poi si alzò. «Fa' come credi riguardo a Dragonwick. C'è davvero molto da fare qui.»

Christian lo abbracciò e lui ricambiò la stretta con calore.

Rowena gli aveva detto parecchie volte che non doveva vivere la sua vita in funzione di suo padre, rifletté Christian. Avrebbe dovuto mettere da parte il senso di colpa e parlarle con franchezza fin dall'inizio. Che pazzo era stato!

Ma ormai era troppo tardi. Lei non lo avrebbe mai perdonato per il modo in cui l'aveva trattata. Non aveva il diritto di aspettarsi niente.

Quando Simon tornò, portò con sé non solo Isabelle, ma anche Lady Jannelle. Ora che Rowena gli aveva insinuato il dubbio che stesse nascendo qualcosa tra suo padre e quell'affascinante dama dai capelli neri, Christian si sentiva un vero sciocco per non averlo notato.

Lord Greatham circondò la nuova venuta di attenzioni, mostrandosi di gran lunga più energico e vigoroso del solito. Nonostante il passo claudicante il suo portamento emanava una virilità che Christian non aveva mai notato prima. Lei poi sembrava pendere dalle sue labbra.

Era stato proprio un idiota!

Dalla sua posizione accanto al capezzale del conte morente, Rowena osservò Isabelle avvicinarsi. Nonostante tenesse il capo eretto, nel suo sguardo c'era un'evidente trepidazione. Traboccante d'affetto, le tese la mano. «Cara sorella.»

Gli occhi viola di Isabelle si illuminarono di felicità per un breve momento mentre le loro dita si sfioravano, ma subito dopo la sua attenzione tornò a focalizzarsi sulla figura sdraiata nel letto.

Rowena continuò a tenerle la mano mentre Isabelle guardava il viso dell'uomo che aveva arrecato a entrambe tanta sofferenza e infelicità. Lei provava solo pietà per il conte, che in nome della sua avidità di potere e di ricchezze aveva ferito e tradito l'unica persona che gli avesse sempre voluto bene.

Il viso di Isabelle registrò orrore e sgomento nel vedere quelle guance incavate e grigie. «Padre... Lord Kelsey» lo chiamò con un sussurro.

Rowena fece per indietreggiare in modo da concedere loro un momento di riservatezza, ma sua sorella continuò a stringerle la mano prima di proseguire con un certo imbarazzo. «Mi avete mandata a chiamare.»

Lui trasse un profondo respiro, anche se il farlo gli costò una enorme fatica. «Io... ti ringrazio per essere venuta. Non merito niente da te. Voglio solo dirti che mi dispiace per ciò che ho fatto a te e a lei, che era la vera erede di mio fratello e adesso riavrà ciò che era suo di diritto.» Lanciò una breve occhiata a Rowena. «Ora che sto per morire mi rendo conto che l'unica cosa che importa è avere qualcuno che piangerà la nostra morte.»

Una lacrima scivolò su una guancia di Isabelle. «Io vi volevo bene e non desideravo altro che voi ricambiaste il mio affetto.»

Kelsey lottò per respirare portandosi una mano al petto. «E io non sono stato capace di farlo.» Il suo sguardo era colmo di disperazione. «Devo rivolgerti una preghiera, anche se non ne ho il diritto. Ma è l'unica cosa che potrebbe darmi un po' di pace, ora che mi sto preparando a lasciare questo mondo.» I suoi occhi si chiusero mentre il suo respiro si faceva più corto e affannoso.

Isabelle si chinò su di lui. «Vi perdono» gli sussurrò all'orecchio.

Senza più riaprire gli occhi, il conte tirò un profondo sospiro e poi ricadde, immobile.

Passò qualche istante prima che Rowena si rendesse conto di ciò che era accaduto. Allora gli appoggiò una mano sul petto emaciato. «È morto.»

Isabelle si coprì il viso con le mani prima di correre da Simon, che aspettava accanto al camino insieme a Lord

Greatham e a Lady Jannelle, e rifugiarsi tra le sue braccia.

Rowena rimase seduta lì, incerta e confusa. Tutto era accaduto così in fretta.

Anche lei avrebbe voluto avere qualcuno che la confortasse. Ma quando provò a lanciare un'occhiata a Christian si accorse che lui stava guardando fuori della finestra dandole la schiena.

Sembrava si fosse dimenticato di lei. Probabilmente era contento che tutto fosse finito. Aveva portato a termine il suo compito con successo rendendo giustizia all'uomo che aveva amato con tutto il cuore.

Ora sarebbe potuto tornare a Bransbury con la coscienza tranquilla.

Cercò di calmare il suo cuore che batteva dolorosamente, senza tuttavia riuscirci. Si sentiva confusa, frastornata. Come sarebbe riuscita a mettere ordine nel caos che regnava a Dragonwick?

Quel giorno se ne era occupato Christian, assicurandosi il controllo della fortezza con la perdita di una sola vita... e quella era stata una precisa scelta di Sir Fredrick. Quanto sarebbero state diverse le cose se lo avesse avuto al suo fianco. Ma non era destino che accadesse.

Rowena si sentiva la mente offuscata dalla confusione, dall'infelicità e dalla stanchezza. All'improvviso avvertì il bisogno di restare sola con i propri turbinosi pensieri. Si diresse verso la porta sapendo che doveva restare lontana da Christian.

Ma la tensione e la fatica delle ultime settimane avevano esaurito le sue forze. Era appena arrivata alla soglia quando un improvviso torpore la afferrò facendola vacillare. Rowena cercò di aggrapparsi a qualcosa di solido per evitare di cadere. Poi tutto si offuscò.

«Rowena!»

Christian udì l'esclamazione allarmata di Isabelle e si voltò giusto in tempo per vedere Rowena accasciarsi al suolo, mentre anche suo padre, Simon e Lady Jannelle gridavano.

Dannazione! Le aveva permesso di spingersi troppo oltre! Prima che gli altri fossero in grado di reagire, corse attraverso la stanza sollevandola tra le braccia. «Rowena, amore mio.»

Lei socchiuse le labbra. «Siete voi, Christian?» sussurrò.

«Sì, sono io, tesoro.» La preoccupazione per la sua salute gli fece abbandonare qualsiasi remora.

Rowena spalancò i suoi incantevoli occhi verdi. «Sto forse sognando?»

Sentendo gli sguardi di tutti i presenti fissi su di loro, lui la trasportò di peso nel corridoio. Non avrebbe messo a nudo la sua anima davanti a tutti.

Aprì una delle porte a caso e quando vide che l'ambiente era arredato in modo confortevole entrò. La depose sul letto e si sedette accanto a lei scrutandole il viso con apprensione. «Preferireste che fosse ur sogno, Rowena?»

L'espressione della ragazza si fece guardinga. «Perché me lo chiedete?»

Christian restò in silenzio per un lungo momento. «Ho detto a mio padre che intendo restare qui a Dragonwick fino a quando ci sarà bisogno di me» la informò.

Lei distolse lo sguardo. «Lo fate perché vi siete reso conto che occuparmi di queste terre sarebbe un compito troppo gravoso per me?»

Lui si irrigidì. «Mi state dicendo che avete cambiato idea e state prendendo in considerazione l'idea di restare?»

Gli incantevoli occhi verdi di Rowena lo fissarono con aria di sfida. «Sì. Mi sono resa conto che la gente di Dragonwick ha bisogno di qualcuno che si prenda cura di questo posto, proprio come dicevate voi. Gli uomini che ci hanno fatto prigionieri ieri avrebbero potuto essere diversi se ci fosse stato un uomo forte e giusto a guidarli. Tuttavia non siete obbligato a offrirmi il vostro aiuto per semplice senso del dovere. Non lo voglio.»

Christian trasse un profondo respiro sapendo di non poterle più nascondere il suo amore, anche se rischiava di essere respinto. «Io ti amo, Rowena. Ti ho amata dal primo momento in cui ti ho vista. È per questo che ho tanto insistito perché venissi in Inghilterra con me anche se tu non ne eri affatto convinta. Come potrei non amarti? Tu sei bella, gentile e saggia nonostante la giovane età. Mi dispiace se la mia confessione può averti fatto arrabbiare.»

«Perché dovrei essere in collera?»

«Perché so di averti fatto soffrire.» Distolse lo sguardo. «Non so se potrai mai perdonarmi per questo.»

«Perdonarti?» Lei si alzò e gli circondò il viso con le mani. «Io ti perdono qualsiasi cosa.»

Finalmente lui la guardò e vide che i suoi splendidi occhi erano velati da lacrime di gioia.

«Io ti amo, Christian. E ti amerò sempre.»

«Tu mi ami?»

«Per ripetere le tue parole, come potrei non farlo? Il destino ha deciso che dovessimo stare insieme.»

«E io amo te, Rowena.» Ora anche i suoi occhi erano umidi.

«Ora sono Rosalind» lo corresse lei con un velo di tristezza.

Lui scrollò il capo. «Per me sarai sempre Rowena. Gli anni che hai trascorso con questo nome fanno parte di tutto ciò che ha contribuito a formare la personalità della donna che amo.»

La felicità che la inondò trasparì dai suoi occhi che brillarono come splendide gemme. Lei non voleva dimenticare la sua vita come Rowena, perché l'aveva resa ciò che era adesso. E Christian le era ancora più caro perché l'aveva capito. «Ti amo, Christian, più di quanto tu creda possibile.»

Lui la prese tra le braccia e lei capì che non c'era altro luogo in cui avrebbe desiderato stare.

Epilogo

Rowena udì dei passi risuonare lungo il corridoio e subito balzò in piedi, lasciando cadere il lavoro di cucito sul pavimento. Conosceva bene quel passo. «Christian!»

Avevano scelto di collocare le loro stanze nell'ala del castello più lontana da quella che era stata in passato la camera di Kelsey. Rowena si era occupata personalmente della loro sistemazione. Desiderava che la loro vita insieme iniziasse senza strascichi che rammentassero le sofferenze del passato. Perciò le pesanti tende di broccato verde, le lenzuola, gli arazzi e il folto tappeto che Christian aveva portato dalla Terra Santa erano tutti nuovi.

La porta si spalancò proprio mentre lei la raggiungeva. Un istante dopo fu tra le braccia del marito, che la strinse forte al cuore. Per un prezioso istante inalò il suo profumo, che sapeva di vento gelido, sudore ed essenza virile.

Poi si scostò percependo con gioia la sua riluttanza a lasciarla andare. «Che cosa ha detto il re?» gli chiese fissando i suoi amati occhi azzurri.

Christian tornò a stringerla. «Ha detto che puoi tenere le terre.»

Ancora una volta Rowena si allontanò. «Davvero? È stato tutto così semplice?»

Lui si fece serio. «Mi sei mancata così tanto, amore. Voglio abbracciarti.»

Lei gli appoggiò una mano sul torace. «Anch'io ho sentito la tua mancanza. Ma tu sei a conoscenza di informazioni che io non ho. Perciò vorrei sapere che cosa è successo, non solo per me, ma per tutti gli altri che sono coinvolti.»

Christian sospirò. «Ti capisco, tesoro. Mi sento solo un po' egoista dopo essere stato lontano per tutto questo tempo. Quanto alla tua domanda, ti dirò che non è stato tutto così semplice. Visto che mio padre e Simon hanno testimoniato che Kelsey ha confermato la tua identità prima di morire, oltre a nominarti sua erede, Re Giovanni ti permetterà di occuparti di Dragonwick. Tuttavia ha posto delle condizioni. Dato che sei una donna, ha disposto che potrai governare solo con il mio aiuto e fino a quando non avrai un figlio maschio che raggiunga la maggiore età e possa prendere il tuo posto. Se morirai senza eredi, le terre torneranno alla corona, ma mi sembra che ci siamo già preoccupati che questo non accada» aggiunse. Le posò una mano sul ventre e la sua espressione si addolcì.

A quel tocco Rowena provò un brivido di eccitazione. Avevano trascorso molto tempo separati e il loro letto era così vicino...

Ma aveva ancora delle domande da fargli. «Hai informato tuo padre della novità? Io naturalmente l'ho già detto a Isabelle.»

Lui si passò una mano tra i capelli neri sembrando quasi confuso. «Non crederai mai a ciò che sto per dirti. Non solo Aislynn è in dolce attesa, lo è anche... Lady Jannelle!»

«Entrambe?»

«Sì. Naturalmente mio padre è contento per Aislynn, ma è addirittura entusiasta per il proprio figlio. Sembra ringiovanito. È preoccupato per la sua sposa, visto che ha già trentasei anni, però mi ha assicurato che è in buona salute.»

«Sono così felice per lui, Christian. So quanto eri in ansia per averlo lasciato solo a Bransbury.»

L'uomo scoppiò a ridere. «Aveva solo bisogno di qualcuno con cui condividere la sua vita e i suoi sogni. Per non parlare della sua passione. È così per tutti gli uomini.» Le stuzzicò la nuca con un bacio.

Rowena chiuse gli occhi mentre un delizioso brivido le correva lungo la schiena. Poi li riaprì di scatto. «Anche per Aislynn va tutto bene?»

«La lettera di Jarrod a mio padre diceva che ormai è rotonda quanto è alta, ma continua a darsi da fare come se niente fosse.»

Lei scrollò il capo. «Vorrei tanto conoscere meglio tua sorella. Isabelle mi è diventata molto cara. E così il piccolo Simon. Sono stata due volte a fare una scampagnata con loro mentre tu e Simon eravate a corte. È stata una vera gioia passare del tempo insieme. Siamo stati così occupati qui a Dragonwick, in questi ultimi sei mesi, che non abbiamo avuto molte opportunità di vedere i nostri cari.»

Avevano lavorato duramente, ma il raccolto prometteva di essere abbondante e Christian e Rowena avevano stabilito di destinarne la gran parte a nutrire le bocche affamate della gente di Dragonwick.

Lui la strinse forte a sé. «Non preoccuparti per me, tesoro. Mio padre sapeva che sarebbe stato difficile all'inizio. E lo stesso vale per gli altri. Da adesso in poi le cose cambieranno.»

«Hai raccontato loro le nostre novità?» gli chiese di nuovo.

Christian la baciò sulla bocca sorridendo. «L'ho fatto. Nessuno è rimasto sorpreso e mio padre intende informare Jarrod e Aislynn non appena arriverà a Bransbury. Mia sorella e suo marito sono stati lì con Lady Jannelle mentre lui era a corte, visto che le condizioni del fratello di Jarrod,

Eustace, di recente sono piuttosto migliorate. Ci informeranno non appena nascerà il bambino.»

«Quasi dimenticavo!» esclamò Rowena battendosi la fronte. «Ho avuto notizie da Hagar. Ha portato la mia lettera al monastero, come le ha suggerito il messaggero che le avevo mandato, e i frati gliel'hanno letta e poi hanno scritto la risposta. Dice che sta bene nonostante senta molto la mia mancanza e che Sean, anche se è ancora piuttosto triste, ha deciso di farsi una propria vita.»

«Sono felice di sentirlo» rispose lui. «Mi riesce facile provare compassione per l'uomo che ha dovuto lasciarti andare.»

«Anche se gli volevo bene come a un fratello, non avrei mai potuto essere sua» replicò lei, guardandolo con gli occhi verdi traboccanti di adorazione. «Sei sempre stato tu il mio amore, anche prima che ti conoscessi.»

Lui la tenne stretta e la stuzzicò con la voce carica di emozione. «Dove sono i baci che ho tanto desiderato?»

Lei sollevò la bocca e lo baciò con fervore mentre il sangue cominciava a scorrerle più veloce nelle vene. «Ti amo con tutto il mio cuore, Christian.»

Lui le fece scivolare le mani sui fianchi procurandole un lungo brivido di eccitazione. «Mi sei mancata così tanto.»

«Anche tu, tesoro.»

Poi le parole non servirono più. Christian la sollevò tra le braccia dando un calcio alla porta alle sue spalle per chiuderla e la depositò sul letto.

Quando alla fine Rowena si accoccolò contro di lui, sazia per l'atto d'amore, lui le appoggiò una mano sul ventre ancora piatto. «Sarà un grande uomo, come lo fu suo nonno. Giusto, saggio e pieno di vita» le sussurrò all'orecchio.

Lei sollevò le labbra a sfiorargli la gola con tenerezza. «La tua ammirazione per mio padre ti fa onore» disse. «Tuttavia vorrei che sapessi che nostro figlio acquisterà tutte queste ottime qualità dal proprio padre.»

Christian sentì un nodo di commozione stringergli la gola. «Non sapevo che fosse possibile amare qualcuno tanto quanto amo te.»

Rowena gli sfiorò il viso con un senso di meraviglia. «Stavo semplicemente sopravvivendo fino a quando non sei venuto a prendermi, anche se non lo sapevo. Pensavo di dover cercare mio padre e il mio passato, invece era te che desideravo trovare.»

«E io ho imparato le stesse cose da te, Rowena.» La baciò a lungo, facendo riaffiorare in lei la passione ancora una volta. Ma la sensazione che provò era tenera e gentile e non richiedeva di essere consumata in fretta, visto che avevano tutta la vita davanti.

Lei sospirò coprendogli la mano che riposava sul suo ventre. «Sono così contenta che i bambini abbiano un'età tale da poter essere amici come lo siete stati tu, Jarrod e Simon. Lo scopo dell'amore è la vita e la sua continuazione.»

Lui scrollò il capo incatenandole lo sguardo con il proprio. «No, tesoro mio. L'amore non ha altro scopo che quello di essere donato.»

Special Saga

Questo mese

Gail Ranstrom

Madame Zoe

Londra, 1818

Deciso a vendicarsi di Madame Zoe, la cartomante che gli ha rovinato la vita, Rob McHugh, Conte di Glenross, scopre che l'indovina in questione è stata uccisa in circostanze misteriose, e che il suo posto è stato preso dalla nipote, Miss Afton Lovejoy. La giovane donna, dalla quale Rob si sente subito irresistibilmente attratto, si propone di smascherare l'assassino responsabile dell'omicidio della zia e di altri delitti analoghi. Poiché tutti gli indizi raccolti dall'intrepida investigatrice sembrano portare proprio a lui, per dimostrare la propria innocenza l'affascinante conte si vede costretto ad aiutarla nelle indagini. Senza rendersi conto che così facendo mette a repentaglio il proprio cuore.

Catherine Archer

La figlia del Drago

Scozia - Inghilterra, 1200

Rowena, la giovane e bellissima guaritrice di un minuscolo villaggio sulla costa della Scozia, decide d'impulso di portare nella casa in cui vive sola un giovane che ha trovato esanime sulla spiaggia. Dopo giorni di delirio, finalmente lo sconosciuto riprende conoscenza e, presentatosi come Sir Christian Greatham, le rivela di essere alla ricerca di Rosalind, la figlia del *Drago*, un valoroso cavaliere nei cui confronti lui ha un grosso debito di gratitudine. Basandosi su alcune informazioni raccolte durante la convalescenza, Christian inizia a sospettare che la donna che sta cercando sia proprio Rowena, e dopo lunghe discussioni riesce a convincerla ad accompagnarlo in Inghilterra per chiarire il mistero che circonda la sua infanzia. Ma durante il viaggio verso il castello di Avington...

Special Saga

Il prossimo appuntamento

Gail Ranstrom

La donna dai due volti

Londra, 1820

Scampato per miracolo al massacro della tribù indiana presso cui ha trascorso gli ultimi quattro anni, Adam Hawthorne torna a Londra deciso a smascherare il mandante della strage e a vendicarsi. Trova alloggio presso la vedova di uno zio recentemente scomparso, Grace Forbush, che lo conquista immediatamente con la sua bellezza eterea e con l'aria di mistero che la circonda. Adam si ritrova così coinvolto in una guerra mortale e senza esclusione di colpi, che metterà in pericolo la sua vita e quella di Grace, ma che lo condurrà anche verso l'amore.

Suzanne Barclay

Mistero nella cattedrale

Inghilterra, 1222

All'ombra della cattedrale di Durleigh si consuma un orrendo crimine: il potente vescovo Thurstan è stato assassinato e Linnet, una giovane erborista, viene accusata del delitto. Simon di Blackstone, coraggioso cavaliere da poco tornato dalle Crociate, è convinto che la fanciulla sia innocente e decide di scoprire il vero colpevole. Non sa ancora che la dolce e incantevole erborista, che lo ama in segreto, è la donna che da anni gli appare in sogno, incarnazione di un sentimento nobile e purissimo. Sa solo che vuole salvarla a ogni costo. Ma qualcuno – spinto dall'invidia e da un antico rancore – è determinato a distruggere la loro fragile felicità...

Questo volume è stato stampato nel maggio 2009
presso la Mondadori Printing S.p.A.
stabilimento Nuova Stampa Mondadori - Cles (Tn)